suhrkamp taschenbuch 5246

Die siebzehnjährige Finja Madsen ist nach einer Party nicht nach Hause gekommen. Es gibt keine Zeugen, keine äußeren Anhaltspunkte dafür, was mit ihr passiert sein könnte. Die Ermittlungen stecken fest. Oberkommissarin Fariza Nasri vernimmt Personen aus dem Umfeld der Vermissten, darunter auch den Freund der Mutter, Stephan Barig. In dessen Haus hat die Party stattgefunden, während er das Wochenende mit zwei Bekannten auf dem Land verbrachte. Barig gibt gewissenhaft Auskunft. Nasri hört zu, stellt Fragen – und ist sich mit einem Mal sicher, dass der Mann lügt. Doch hat er wirklich etwas mit dem Verschwinden der jungen Finja zu tun, oder verbirgt er etwas ganz Anderes? Ein packender, aufwühlender und düsterer Roman.

Friedrich Ani, geboren 1959, lebt in München. Er schreibt Romane, Gedichte, Jugendbücher, Hörspiele, Theaterstücke und Drehbücher. Sein Werk wurde mehrfach übersetzt und vielfach prämiert, u. a. mit dem Deutschen Krimipreis, dem Crime Cologne Award, dem Stuttgarter Krimipreis, dem Adolf-Grimme-Preis und dem Bayerischen Fernsehpreis. Friedrich Ani ist Mitglied des Internationalen PEN-Clubs.

Zuletzt erschienen: *Nackter Mann, der brennt* (st 4827), *Ermordung des Glücks* (st 4931), *Der Narr und seine Maschine* (st 5020) und *All die unbewohnten Zimmer* (st 5059).

Friedrich Ani

LETZTE EHRE

Roman

Suhrkamp

Erste Auflage 2022
suhrkamp taschenbuch 5246

Umschlaggestaltung: zero-media.net, München
Umschlagabbildung: Astrakan / DEEPOL by plainpicture;
mauritius images / Stephan Melzer / Alamy (Auslagen)
Druck und Bindung: CPI books GmbH, Leck
Dieses Buch wurde klimaneutral produziert.
ClimatePartner.com/14438-2110-1001
Printed in Germany
ISBN 978-3-518-47246-0

www.suhrkamp.de

LETZTE EHRE

Und wenn ich prophetisch reden könnte /
und alle Geheimnisse wüsste /
und alle Erkenntnis hätte /
wenn ich alle Glaubenskraft besäße /
und Berge damit versetzen könnte /
hätte aber die Liebe nicht /
wäre ich nichts.

1 Korinther 13

ERSTER TEIL

In meinem Spiegel taucht jeden Morgen eine Frau auf, der ich nicht traue. Wo waren Sie, frage ich sie, zwischen Ihrem achtzehnten und achtundfünfzigsten Lebensjahr? Haben Sie Zeugen für Ihre Anwesenheit in dieser Zeit?

Viele, entgegnet die Frau, Mörder, Junkies, Wegelagerer des Verbrechens, von ihnen werden Sie die Wahrheit erfahren.

Die Wahrheit? *Sie* wollen *mir* etwas von Wahrheit erzählen? Ich glaube Ihnen kein Wort.

1

»Dies ist eine informatorische Befragung«, sagte ich zu Stephan Barig. »Ich möchte den Sachverhalt klären und mir einen Eindruck von Ihrer Person verschaffen; Sie kennen Finja Madsen, das Mädchen, das wir suchen, Sie kennen ihre Mutter, Sie sind mit den Lebensumständen der beiden vertraut.«

»Kein Problem. Ihre Kollegen haben aber schon alles abgefragt.«

»Die Kollegen der Vermisstenstelle«, sagte ich. »Wir sind zuständig für Gewaltdelikte und ungeklärte Todesfälle.«

»EntschuldigenS?«

»Bitte?«

»Was für ein ungeklärter Todesfall?«

»Das wissen wir noch nicht.«

Der Zweiundsechzigjährige mit dem schmalen Schnurrbart zog die Brauen hoch; am Rest des Körpers bemerkte ich keine Regung. Im Lauf der ersten halben Stunde unserer Begegnung nahm er die Hände nur ein einziges Mal aus den Jackentaschen. Er saß aufrecht auf dem Stuhl, den Kopf leicht gesenkt, Oberkörper und Beine unter Spannung. Sogar im Sitzen überragte der Mann mich beachtlich; seine Größe schätzte ich auf etwa einen Meter neunzig bis fünfundneunzig, sein Gewicht auf hundertzehn bis hundertfünfzehn Kilogramm. Graue Augen, verschwommener Blick, chargierend zwischen Lauern und Berechnung. Olivfarbene Lederjacke; Reißverschlusstaschen; darunter trug er einen schwarzen Pullover mit V-Ausschnitt. Blaue Jeans mit albernen Löchern; braune Wildlederschuhe.

»Wie ich Ihnen erklärt habe, möchte ich mir ein Bild machen; die Umstände erkunden; hören, was Sie über die Angelegenheit denken; im Moment sind Sie mein bester Ansprechpartner, der absolute Kenner des familiären Umfelds.«

»Noch mal: Von was für einem Delikt sprechen wir hier? Von was für einem ungeklärten Todesfall?«

»Helfen Sie mir, das herauszufinden, Herr Barig.« Vor mir lag eine grüne Akte mit Fotos aus einem Haus in Trudering, der näheren Umgebung, der Freundinnen Finja und Celina; Berichte der Vermisstensucher und meiner Dezernatskollegen Odoki und Kalk; auf dem Deckel ein unlinierter Spiralblock und ein roter Kugelschreiber.

In Zimmer 214 herrschte Stille zwischen den Sätzen; auf den Fluren rannten die Kollegen der fliehenden Zeit hinterher.

»Sie sind freiwillig bei uns«, sagte ich. »Wir führen ein Kontaktgespräch, in dem Sie mir erzählen, was Sie wissen. Wenn ich den Eindruck gewinne, Sie sind für uns als Zeuge in einer Mordermittlung wichtig, haben Sie die Pflicht auszusagen, und zwar die Wahrheit, sonst geraten Sie mit dem Gesetz in Konflikt, im schlimmsten Fall wegen Strafvereitelung nach Paragraf zweihundertachtundfünfzig Strafgesetzbuch. Das braucht Sie im Moment nicht zu kümmern. Ich weise Sie nur auf die Möglichkeiten hin.«

»Und wie lang dauert das?«

»Welche Dauer meinen Sie?«

»Unsere Dauer, Sie und ich an diesem Tisch. Wie lang brauchen Sie, bis Sie rausgefunden haben, ob ich für Sie wichtig bin oder nicht? Ich führ ein Geschäft, wie Sie wissen.«

»Wichtig sind Sie auf jeden Fall, das hab ich Ihnen schon gestern am Telefon erklärt«, sagte ich. »Andernfalls hätten wir Sie nicht hergebeten. Wie lange Sie bleiben müssen, kann ich Ihnen nicht sagen.«

Er senkte den Kopf; zwanzig Sekunden; kein Mucks; ein neuer Blick, regenwolkengrau wie zuvor. »WissenS, es leuchtet mir ein, dass Sie mich hergebeten haben; ich wär auch so gekommen, was denkenS denn von mir? Wir reden hier von meiner Stieftochter. Nicht direkt, schon klar, Frau Madsen und ich sind nicht verheiratet.«

»Wie lange kennen Sie sich?«

»Zwei Jahre, würd ich sagen. Wir haben uns im Geschäft kennengelernt, sie brauchte eine Batterie für ihre Armbanduhr. Ist das wichtig? Bei allem Respekt: Eigentlich müsst ich jetzt in meinem Laden sein, Konny ist allein, im Verkauf und in der Werkstatt, unser Azubi ist krank; im Grunde alles machbar; besser wär natürlich, ich wär da, manche Kunden erwarten, dass der Chef sie bedient.«

»Verstehe ich gut. Lassen Sie uns über den vergangenen Montag reden, den siebten Oktober. Den Bericht der Kollegen von der Vermisstenstelle habe ich gelesen; den Ablauf möchte ich noch mal gern aus Ihrem Mund hören. Bitte, nehmen Sie sich die Zeit.«

Ausgelöst von diesem epischen Höflichkeitsanfall, juckten mir die Hände.

Bisher wusste ich von einer Doppelhaushälfte am Drosselweg in Trudering, in der eine Party mit Jugendlichen stattgefunden hatte, nach aktuellem Wissensstand ausschließlich Mädchen, von denen eines spurlos verschwand.

Keine Blut- oder Kampfspuren; keine Beobachtungen verdächtiger Vorgänge durch Nachbarn; keine brauchbaren Aufzeichnungen städtischer Überwachungskameras; keine handfesten Indizien, die auf eine Gewalttat hindeuteten. Nur Worte von Leuten, deren Biografien meine Kollegen Jennifer Odoki und Dennis Kalk gerade erst kennenlernten und vor deren auf Glaubwürdigkeit getrimmtem Auftreten sie sich aufgrund berufsbedingter Verbeulung nicht in den Staub warfen.

Wir sind alle verbeult, jeder auf seine Weise, und wir kaschieren unsere Beulen, jeder auf seine Weise.

Drei Tage nach dem Verschwinden der siebzehnjährigen Schülerin Finja Madsen hatte die Staatsanwaltschaft die Ermittlungen uns übertragen, dem Kommissariat für Gewaltdelikte und ungeklärte Todesfälle. Trotz fehlender Beweise handelte es sich für den Oberstaatsanwalt nicht länger um einen gewöhnlichen Vermisstenfall; die Umstände seien merkwürdig und die Aussagen einiger Zeugen lückenhaft; er schließe die Möglichkeit eines Verbrechens nicht aus.

So kam es, dass an einem Freitag im Oktober ein Zeuge namens Barig seit acht Uhr morgens meine Geduld schredderte.

2

»Ablauf?«, sagte Stephan Barig. »Kein Problem. Schreiben Sie mit?«

»Wir nehmen alles auf.«

Er blickte zur Wand. »Stimmt, die schwarzen Punkte sind Mikros, Sie haben's mir erklärt, hab ich vergessen, klar.«

Unwahrscheinlich, dass er es vergessen hatte; er schindete Zeit; die Gründe würde ich hoffentlich bald herausfinden.

»Gegen halb sieben war ich wieder im Haus. Am Montag, genau. Niemand da. Sah alles recht ordentlich aus. Hab schon andere Situationen erlebt, wenn ich zurückkam, darauf könnenS wetten. Kids, schon klar, und ich sag auch meistens nichts, meine Erlaubnis haben sie ja, die dürfen sich austoben, wenn ich aushäusig bin, das Haus ist groß genug, ich leb da allein, bis jetzt; wer weiß, was passiert. Allerdings wird Frau Madsen aus ihrer Wohnung in der Sedanstraße kaum ausziehen, mitten in Haidhausen, bestes Viertel der Stadt, meiner Meinung nach, und sie ist noch jung, sie braucht Leben um sich.«

»Frau Madsen ist jünger als Sie.«

»Siebzehn Jahre. Weil Sie das erwähnen: Die Finja ist auch siebzehn. Zahlenmystik nenn ich so was.« Er wartete auf eine Reaktion von mir. Ich tat ihm den Gefallen und nickte.

»Sie kamen nach Hause«, sagte ich. »Was passierte dann?«

»Nichts. Hab mich unter die Dusche gestellt, mich angezogen und ran an den Schreibtisch. Montag Bürotag, bis Mittag. Die meisten Kollegen erledigen so Zeug am Wochenende, ich nicht. Wir haben samstags bis dreizehn Uhr geöffnet, länger lohnt nicht, war schon zu Zeiten meines Vaters so. Danach: arbeitsfrei, Freizeit mit Freunden. Manchmal nehm ich mir auch den Samstag frei.«

»Wie am vergangenen Wochenende.«

»Richtig. Das hab ich Ihnen am Telefon schon gesagt.«

»Ihr Wochenendvergnügen ist Ihre Privatsache.« Sein Blick verriet mir, dass er überzeugt war, ich meinte es ernst. »Wann brachen Sie am Montag zu Ihrem Geschäft auf, Herr Barig?«

»Halb zwölf etwa. War noch eine Runde joggen vorher, muss sein, wenn am Wochenende Verausgabung stattfand, Sie verstehen mich schon.«

»Ja.«

»Klar tun Sie das. Punkt zwölf war ich im Laden, kam gut durch bis nach Schwabing. Keine zwanzig Minuten später ruft mich Frau Madsen an und sagt, die Finja ist nicht da, war nicht in der Schule, Celina weiß angeblich auch nicht, wo sie steckt. Celina: beste Freundin von Finja.«

»Wir haben mit ihr gesprochen.«

»Ist klar.«

»Weiter.«

»Ist die ganze Geschichte. Hätt sofort zu ihr fahren müssen, stimmt, zu Frau Madsen, ihr beistehen et cetera. Konnt nicht weg, ein altes Ehepaar, Stammkunden seit Urzeiten, hat ein Geschenk für die Schwiegertochter gesucht, eine ausgefallene Uhr, nicht zu protzig, nicht zu dominant, passend zu den Ringen, die die Dame trägt, das Ehepaar hat mir Fotos gezeigt. Die beiden waren am Vormittag schon mal da, sie legten Wert auf meine Person, also kamen sie Punkt zwölf wieder, weil Konny ihnen erklärt hat, ich wär dann da. War ich auch. So ein Gespräch führt man nicht zwischen Tür und Angel. Außerdem: Ich war überzeugt, die Finja taucht jeden Moment wieder auf. Wo soll die denn sein? Was hätt die denn vorhaben sollen? Nur für den Fall, dass Sie das noch nicht erfahren haben, wovon ich aber ausgeh: Die Finja haut schon mal ab. Tingelt durch Geschäfte, vergisst die Zeit, ist ihr egal, was ihre Mutter denkt. Die ist siebzehn, die braucht die Freiheit. Die Finja, verstehenS, was ich sagen will, hat ihren eigenen Kopf, da weiß man oft nicht, was da drin vor sich geht. Muss man auch nicht wissen, sie kriegt's schon hin. Mehr kann ich Ihnen nicht sagen.«

»Sie haben keine Vorstellung, was mit Finja passiert sein könnte?«

»Nicht die geringstc, Frau ...«

»Nasri.«

»Frau Nasri.«

Nasri, Fariza-Marie.

Angenehm. Woher die Marie?

Nach meiner Großmutter Marie Krone. Ihre grauen Strähnen trage ich inzwischen mit einer gewissen Selbstverständlichkeit, auch die Bürde des Gewichts, dessen Gene sie mir vererbt hat; sie zog gern schwarze oder blaue, weit geschnittene Blusen mit aufgestelltem Kragen an; wie ich, was Zufall sein mag. Ich schaue mich an und sehe eine gealterte Frau; nicht alt, eher vom Alter skizziert – als stünde mir das echte, unabänderliche Porträt noch bevor; als blieben mir noch ein paar Jahre zum unbeschwerten Schminken und mich Täuschen.

Du täuschst mich aber nicht, sage ich zu der Frau im Spiegel, die früher im Garten von Oma Marie Federball spielte und in den Pausen Butterbrote mit frisch geerntetem Schnittlauch aß; sie klaute Äpfel beim Bauern Hofmüller; im Sommer triezte sie seine Kühe, indem sie sie mit Stöcken hinter den Ohren kitzelte, im Winter fütterte sie die Schweine mit altem Brot und scheuchte die Hühner durch den Neuschnee, was den neurotischen Hahn zur Weißglut trieb.

3

»Später«, sagte ich, »haben Sie Ihre Lebensgefährtin zur Polizei begleitet.«

Eine Zeitlang nickte Barig vor sich hin. »Gegen Abend, Uhrzeit steht wahrscheinlich im Protokoll. Inspektion am Neudeck. Mehr ist an dem Tag nicht passiert, was mich betrifft.«

»Sie sind schlafen gegangen.«

»EntschuldigenS?«

»Sie sagen, mehr ist mit Ihnen nicht passiert. Haben Sie Ihre Lebensgefährtin allein gelassen?«

Er nahm – zum ersten Mal – die Hände aus der Jacke und schloss sekundenlang die Augen; dann steckte er die Hände wieder in die Taschen und streckte den Rücken.

»Selbstverständlich nicht. Saßen in der Sedanstraße, das Handy griffbereit, haben auf einen Anruf der Polizei gewartet oder von jemandem, der die Finja gesehen hat, in der Stadt oder woanders. Was sagt man in solchen Momenten? Wie verhält man sich? Wie spendet man Trost? Hab so was vorher nie getan, kenn mich nicht aus. Wie hätten Sie sich an meiner Stelle verhalten, in der Nacht? Ich bin dageblieben, hab Kaffee gekocht, Semmeln geschmiert, immer wieder Finjas Nummer gewählt, könnt ja sein, dass sie drangeht.«

»Was dachten Sie, warum Finja nicht ans Telefon geht?«

»Gedacht? Nichts. Was hätt ich denken sollen?«

»Dass ihr etwas zugestoßen sein könnte.«

»Hab ich nicht gedacht.«

»Warum nicht?«

»Wir haben beide nicht an so was gedacht, Frau Madsen und ich. So was lässt man nicht zu in so einer Situation, man denkt positiv und daran, dass die Finja ihren eigenen Kopf hat.«

In der grünen Akte lagen fünf Seiten mit der Aussage von Evelin Madsen, Finjas Mutter. Wie schon zwei oder drei Mal – sie wusste es nicht genau, Celina Kreutz, Finjas beste Freundin, sprach von drei Mal – habe sie ihrer Tochter erlaubt, das Wochenende im Haus ihres Lebensgefährten zu verbringen, sogar bis Montagmorgen, wenn Finja das unbedingt wollte.

Sie respektiere, hatte Frau Madsen gegenüber meiner Kollegin Jennifer erklärt, »die kleinen Wünsche« ihrer Tochter, sie habe sich »recht frühzeitig« vorgenommen, Finja nicht zu kontrollieren oder zu »klammern«. Sie selbst habe am Wochenende eine Gruppe aus ihrem Tanzstudio zu einem Wettbewerb nach Landsberg am Lech begleitet und sei erst Sonntagnacht nach Hause zurückgekehrt. Sie habe bei einer Bekannten übernachtet und diese am Sonntag zu einem Brunch in ein Restaurant eingeladen. Anschließend seien beide ins Kino gegangen – »James Bond« – und hinterher in einer Weinstube eingekehrt. Während sie im Kino saßen und das Handy ausgeschaltet war, schrieb Finja in einer SMS, sie würde noch im Haus aufräumen (»sieht aus wie Sau, Mama«), abends einen Film auf dem wandbreiten Fernseher anschauen und am nächsten Morgen von Trudering aus direkt in die Schule fahren.

Nach dem Kinobesuch schickte Evelin Madsen eine SMS, in der sie fragte, wie es ihrer Tochter gehe; Finja antwortete sofort, alles sei »super gelaufen, wir haben bis fünf in der Früh getanzt …« Einer weiteren belanglosen Nachricht der Mutter folgte ein kurzer Gruß der Tochter, danach keine Kurznachrichten mehr, keine Telefonate. Über Nacht blieb das Smartphone in der Gegend von Barigs Haus eingeloggt. Um sieben Uhr neun am nächsten Morgen wurde es abgeschaltet.

Am Montag, schrieb Jennifer Odoki in ihrem Bericht, habe die Mutter sich die größten Vorwürfe gemacht, weil sie sich, zurück in München, nicht mehr bei Finja gemeldet habe; auch hätte sie darauf drängen müssen, dass Finja spätestens am Sonntagabend heimkam und sich auf den Schultag vorbereitete.

Obwohl Finja auch schon mal »ohne jede Vorwarnung« mit dem Zug bis Nürnberg gefahren sei, um durch Geschäfte zu bummeln und ihren Schulfrust loszuwerden, habe Evelin Madsen an diesem Montag »ein mulmiges Gefühl umgetrieben«. Deswegen ignorierte sie die Beruhigungsversuche ihres Partners Stephan Barig und ging zur Polizei. Noch nie, erklärte sie, habe sie solche Angst um ihre Tochter gehabt. Der Gedanke »an was Böses« sei, nachdem sie die Vermisstenanzeige erstattet hätte, unerträglich geworden. Sie habe von nichts Anderem sprechen können, »was mich selber verrückt gemacht hat«. Zum Glück, betonte sie, sei ihr Freund nicht von ihrer Seite gewichen und habe Trost gespendet, so gut er konnte.

Trost wozu?

Barigs Worten zufolge dachten weder er noch Evelin Madsen an ein Unheil, sondern eher an Finjas Kopf, in dem Spinnereien hausten, die Erwachsene überforderten.

Er log.

Manchmal denke ich, das einzig Wahre in meinem Leben sind die Lügen. Meine Lügen und die der Anderen, denen ich gezwungen bin zuzuhören. Sie glauben, sie bekämen von mir eine Form von *Erlösung to go* mit auf den Weg; stattdessen schenke ich ihnen etwas wesentlich Persönlicheres: meine ureigene, nach allem Gebrauch immer noch fantastisch funktionierende und blendend verpackte Lüge in Gestalt einer scheinbar unfassbar geduldigen Kommissarin.

4

Vom Fenster im vierten Stock sah man hinunter auf die von Dauerverkehr durchströmte Hansastraße, gesäumt von gesichtslosen Bürokomplexen, zwischen denen unser Kommissariat 101 nicht weiter auffiel.

Vor dem Stundenhotel drückten sich um die Mittagszeit die ersten, älteren Freier herum; nach einer Weile klaubten sie ihren Mut zusammen und verschwanden in der Bar im Erdgeschoss; dort servierte Gitte, die Wirtin, fair gehandelten Kaffee oder Birnenschnaps aus biologischem Anbau und anschließend eine der jungen Frauen, die schon Dienst hatte. Wir kannten uns gut, Gitte und ich; sie war einige Jahre älter als ich und stammte aus meiner Gegend; ab und zu kehrte ich nach Dienstschluss bei ihr ein; wir zwitscherten einen ohne chemische Zusätze; jedes Mal eine üble Entscheidung, zumindest, was mich betraf. Am Ende schleppte ich mich fundamentalversumpft ins Taxi, während Gitte unangefochten dem letzten Kunden eine Stunde abknöpfte, von der er höchstens zwanzig Minuten nutzen würde; die Damen nach Mitternacht verstanden ihr Handwerk auf spezielle Art.

»Bitte zu Tisch, Frau Oberkommissarin«, sagte Kriminaloberrätin Anja Sandkorn.

Als stünde eine Mahlzeit bevor! Nichts davon; zwei Tassen Kaffee, zwei Tassen Tee, zwei Flaschen Wasser und Gläser, keine Häppchen oder Kekse. Vier aufgeschlagene Akten, Kugelschreiber, der immer gleiche DIN-A4-Notizblock der Chefin, kariert mit Rand, auf den sie Zahlen oder abgekürzte Wörter kritzelte. Am Tisch hatte jeder von uns seine Ecke, ich saß Anja gegenüber.

»Eine informatorische Befragung ist das allmählich nicht mehr«, sagte sie.

»Er fängt an zu lügen.«

»Er ist nach wie vor nur ein Zeuge.«

»Lausiger Zeuge.« Jennifer schlug eine Seite ihrer Akte um, eine Kopie aus der Vermisstenstelle. »Schon bei den Kollegen hat er geradezu manisch behauptet, bei seiner Rückkehr am Montagmorgen wär niemand im Haus gewesen.«

Mit ihrer Hornbrille klopfte Anja auf die Akte. »Manisch bedeutet, du unterstellst ihm etwas. Was?«

»Dass er lügt, ganz einfach.« Sie warf mir einen Blick zu.

Auch Dennis blätterte in seiner Akte, bis zur letzten Seite. »Keiner der Kollegen hat zu irgendeiner Zeit geglaubt, Barig würde ihnen was verschweigen; er erklärte, dass niemand da war, basta. Der Punkt war damit erst mal erledigt. Trotzdem wiederholte er seine Aussage drei oder vier Mal, völlige Überbetonung eines Aspekts, der die Kollegen, so lese ich das, vorerst nicht weiter interessiert hat, jedenfalls beharrten sie nicht auf einer erneuten Bestätigung.«

»Seltsam genug«, sagte Jennifer.

Die Kriminaloberrätin setzte ihre Brille auf. »Dein Bericht, Fariza. Was hat's mit dem Männertrio vom Walchensee und der Frau aus dem Milieu auf sich? Was haben deine Befragungen gestern Abend ergeben?«

Drüben zuppelte ein Mann namens Barig an den Fransen seiner Selbstsicherheit, also ließ ich mir Zeit.

Kleinfeld, Max: sechsundfünfzig, Bankkaufmann, angestellt in der Filiale der Sparkasse Candidplatz. Bester Freund, Kumpel, Frauenmitverkoster: Stephan Barig.

Nachdem Barig mir gestern am Telefon die Namen seiner Freizeitfreunde genannt hatte, bestellten wir Kleinfeld und den zweiten Mann, Franz Irgang, ins Hunderteinser – beide gleichzeitig und ahnend, dass einer über die lange Wartezeit nicht glücklich sein würde. Intuitiv hatte ich mit Kleinfeld begonnen.

Regelmäßig, etwa einmal im Monat, fuhren die drei Männer – jeder in seinem Auto, Barig im 5er-BMW, Kleinfeld im Toyota Corolla, Irgang im Skoda Octavia – an den siebzig Kilometer entfernten Walchensee. Dort hatte Barig über einen Kunden aus seinem Geschäft preisgünstig eine Hütte erworben, ziemlich verwittert, ohne Strom, nah an der Durchgangsstraße gelegen, mit Zugang zum See.

Innerhalb weniger Monate – berichtete Kleinfeld – mistete Barig auf eigene Faust das Gerümpel aus und besorgte preiswerte neue Möbel – Couch, Bett, Tisch, Stühle für innen, Liegestühle für draußen. Er traf mehrmals den Bürgermeister, um ihn zu kostspieligen Speisen und Getränken einzuladen. Etliche tausend Euro später – die exakte Höhe wusste Kleinfeld natürlich nicht – ging die Investition auf. Der Kommunalpolitiker erteilte Barig die Erlaubnis für eine Stromleitung und den Anschluss an den Abwasserkanal. Warmes Wasser gab es nach wie vor nicht. »Wer braucht das schon?«, meinte Kleinfeld.

So begann ein Ritual, an dem sie festhielten, unabhängig davon, ob einer von ihnen gerade in einer Beziehung war. Frauen, behauptete Kleinfeld anfangs, seien in der Hütte unerwünscht; die Männer wollten unter sich sein, grillen, trinken, über den See schauen, »über Gott und die Welt philosophieren«.

Traditioneller Beginn der spirituellen Männerrunde: später Freitagnachmittag. Man schickte sich gegenseitig SMS, vereinbarte die Abfahrtszeit, besprach spezielle kulinarische Wünsche und wer was besorgen sollte, erwog die Mitnahme spezieller Blu-Rays.

Ritualisiertes Magenöffnen am Seeufer mittels Wodka, wahlweise Marillenschnaps; anschließend Grillen von Fleisch,

Kochen von Kartoffeln, Zubereitung des abgepackten Salats; dazu Bier, Rotwein, Whisky; hinterher Zigarren, Zigarillos, Zigaretten vor dem 65-Zoll-Fernseher; allmähliches Hinüberdämmern in den nächsten glorreichen Tag der Penisfraktion.

»Im Süden nichts Neues«, beschrieb Kleinfeld die Zusammenkunft am vergangenen Freitag. Gegen achtzehn Uhr dreißig trafen sie fast gleichzeitig vor der Hütte ein; sie parkten die Fahrzeuge – wie gewöhnlich und offiziell erlaubt – auf der gegenüberliegenden Straßenseite; sie sortierten die mitgebrachten Sachen, nahmen das erste Getränk. Sie tranken weiter, aßen, rauchten, sahen fern, redeten. Barig machte einen bestimmten Vorschlag, nicht zum ersten Mal, wie Kleinfeld schließlich zugab. In seiner Schilderung fehlte dieser Aspekt so lange, bis er sich bei einer Nebensächlichkeit verplapperte; kein Rückzug mehr möglich für Max Kleinfeld, die Tapetentür stand sperrangelweit offen.

Auf meine Bitte hin, das Kommissariat noch nicht zu verlassen und die Befragung von Franz Irgang abzuwarten, erwiderte Kleinfeld, das hätte er aus Freundschaft sowieso getan. Gleichwohl würde ihn meine Begründung interessieren. Nur für den Fall, erklärte ich, es tauchten Widersprüche auf. Daraufhin er, inbrünstig: »Da können Sie lange warten.«

Nach zwei Stunden und zehn Minuten und einer Pause von weiteren zehn Minuten – Elisa, unsere Protokollantin, druckte die Mitschrift aus, Jennifer und Dennis überflogen die wichtigsten Passagen – kam Franz Irgang an die Reihe: fünfundfünfzig, unverheiratet wie seine beiden Freunde, Versicherungsvertreter.

Zunächst machte er seinem Ärger Luft; »den halben Abend« habe er »sinnlos rumsitzen« müssen; nicht einmal zu telefonieren habe man ihm erlaubt, rechtswidrig sei das. Ungeniert hatte Dennis behauptet, Irgang käme jeden Moment dran; zudem müssten im Kommissariat Besucherhandys grundsätzlich ausgeschaltet bleiben.

Kalks kleine Märchenstunde.

In den Protokollen aus der Vermisstenstelle – die Kollegen hatten Barigs Freunde lediglich telefonisch und eher ziellos befragt, schließlich kannten diese das verschwundene Mädchen nur vage – war uns die Ähnlichkeit der Aussagen in Bezug auf das Zusammensein der drei Männer am Walchensee aufgefallen; offensichtlich hatten sie sich unmittelbar nach Finjas Verschwinden und dem Beginn der Fahndung untereinander verständigt. Ob ein Zusammenhang zwischen dem Ausflug ins Voralpenland und den Ereignissen in Barigs Münchner Haus bestand, blieb uns zunächst rätselhaft.

Irgang – ebenso wie Kleinfeld – war im Grunde unter einem Vorwand ins Kommissariat gebeten worden. Bei einer informatorischen Befragung sollte er lediglich als PIUS-Zeuge zur Klärung möglicher Ungereimtheiten beitragen, falls er dazu in der Lage sei. Es gehe, hatte ich den beiden Männern angekündigt, um das Mädchen, dem sie – wie ich kurz zuvor von Stephan Barig erfahren hätte – ein paar Mal in Begleitung von ihm und Evelin Madsen begegnet wären. Keine große Sache, betonte ich, ein zwangloses Gespräch von maximal einer halben Stunde.

PIUS-Zeugen: Personen im Umfeld der Sache. So nannten wir jene, auf die wir in der Peripherie eines Delikts stießen und die wir kurzfristig befragten, überzeugt von ihrem marginalen Wissen und ihrer Unschuld.

Im Fall Finja Madsen galten Kleinfeld und Irgang für mich vom ersten Moment an nur nach außen hin als PIUS-Zeugen. Ihr Verhalten, ihre Aussagen: nebulös und zweifelhaft.

Ihre Verbindung zum Geschäftsmann Barig: vertrauensvoll und verschwörerisch.

Mit seiner Geschichte war Franz Irgang in acht Minuten durch. Alles stimmte haarklein mit den Schilderungen seines Freundes überein. Sogar die Abfahrts- und Ankunftszeiten hatte er sich gemerkt, die Reihenfolge der Filme, die sie zu dritt anschauten – er und Kleinfeld auf der Couch, der Hausherr im Liegestuhl, den er von der Terrasse hereingeholt hatte. Die Abläufe beim gemeinsamen Saubermachen. Vorbildliches Gedächtnis. Ein Zeuge zum Knutschen.

Problem: ein gewaltiger Knutschfleck in Person einer Prostituierten.

Clara Emmrich: achtundvierzig, freiberuflich, Animierdame im Club Aurora in Berg am Laim, der – ein Wink des Kosmos – keine zwanzig Minuten vom Haus des Walchensee-Philosophen Barig entfernt lag.

Auf die Frau angesprochen, stritt der Versicherungsvertreter Irgang deren Existenz vollständig ab. Klassische Fehlleistung eines überforderten Schlaubergers.

Im Lauf seiner scheinbar akribischen Rekonstruktion der Ereignisse in der Hütte hatte Max Kleinfeld sich arglos über einen Vorfall amüsiert. Beim Entleeren der Mülleimer in einen Container fielen mehrere gebrauchte Kondome sowie zwei Teile eines zerbrochenen Rohrstocks aus dem Beutel. In diesem Moment stockte der Redefluss des Bankers; ich schenkte ihm ein mitfühlendes Lächeln. Ich versicherte, der Besuch einer Frau sei kein Verbrechen, schließlich seien sie erwachsene Männer, und die Frau sei gewiss nicht minderjährig gewesen. Das bestätigte Kleinfeld inbrünstig.

Kurz darauf verriet er den Namen der Frau, ihren Beruf,

wie sie zu ihnen in die Hütte kam und wer sie beauftragt hatte – im Übrigen nicht zum ersten Mal.

Schon öfter – am Ende einigte Kleinfeld sich mit sich selbst auf vier Mal – sei die Frau, die sich Betty nannte, zu Besuch gewesen; teilweise hätten die »Sexspiele« ihn »überfordert«; gleichzeitig, das gebe er zu, auch »aus der Reserve gelockt«; als »Schlappschwanz« wollte er »garantiert nicht dastehen«.

Franz Irgang knickte ein, als ich ihm von meinem Gespräch mit Clara »Betty« Emmrich berichtet hatte, die ich nach der Befragung von Max Kleinfeld in ihrer Bar am Telefon erreicht hatte; sie bestätigte ihre wiederholte Anwesenheit in der Hütte.

Er, Irgang, habe »halt gute Miene zum bösen Spiel« gemacht; immerhin hätten sie die Frau – »nur im sexuellen Sinn, nicht wirklich«, betonte er eifrig – »mit einem Stock geschlagen und so weiter«. Ausgegangen sei die Initiative von Stephan Barig, der habe die Frau engagiert, »wie immer«. Alle drei Männer hätten Kondome benutzt und sich »anständig verhalten«.

Ihrer Aussage zufolge – Irgang und Kleinfeld gaben am Ende dieselbe Zeit zu Protokoll – traf Clara Emmrich am Samstagabend gegen halb sieben in der Hütte ein und fuhr am Sonntagmorgen um acht Uhr mit ihrem Mini Cooper wieder ab. Barig zahle großzügig, verliere allerdings manchmal die Kontrolle. Betty müsse ihn dann bremsen, auch auf die Gefahr hin, dass er sie in betrunkenem Zustand mit Fäusten traktiere; sie wisse sich jedoch zu wehren. Es gebe schlimmere Kunden als ihn, behauptete sie. Sie kenne Barig seit Jahren aus dem Club Aurora, nüchtern sei er ein »echt netter Kerl«.

Nach meinem Bericht verließen Jennifer und Dennis das Zimmer der Chefin. Meine jüngere Kollegin musste auf der anstehenden Pressekonferenz der immer gleichen Fragenphalanx trotzen, vorgeschickt als alleinige Vertreterin der Mordkommission, der bestimmte Journalisten nur wegen ihrer Hautfarbe – Jennifers Vater stammte aus Uganda – einen gewissen Respekt entgegenbrachten und so auf die eine oder andere aggressive Bemerkung verzichteten; gelegentlich blieb Kriminaloberrätin Sandkorn keine andere Wahl, als mit psychologischen Tricks die Pressevertreter halbwegs im Zaum zu halten.

In der Zwischenzeit durchforstete Dennis noch einmal die Aufnahmen der Überwachungskameras in der Umgebung von Barigs Wohnung.

»Wir haben keinen einzigen Zeugen«, sagte Anja Sandkorn. »Die Aussagen der zwei Freunde sind nicht widerlegbar; Barig war bis Montag früh an dem See, danach wird's dunkel.«

»Bis jetzt.« Ich trank zwei Gläser Wasser auf ex.

»Übers Wochenende haben wir Ruhe vor der Öffentlichkeit, das Grollen der Lawine, die dann kommt, höre ich jetzt schon. Hältst du's für möglich, dass Barig jemanden deckt?«

»Ich halte alles für möglich.«

»Du kannst ihn nicht ausstehen.«

»Doch, ich steh ihn aus, bis zum Schluss, und wenn ich mich zwischendurch übergeben muss.«

»Mich wundert, dass er derart freimütig Auskunft gibt.«

»Weil er etwas zu verbergen hat.«

»Hoffentlich.«

Ich ging zum Fenster, öffnete es und sog die kühle Herbstluft ein. Auf dem Bürgersteig gegenüber stand ein Mann in einem Regenmantel, den Kragen hochgeschlagen, die Hände in den Hosentaschen; er fixierte die Tür des Stundenhotels.

Das geschlossene Fenster schon im Rücken, drehte ich mich noch einmal um: Der Mann stand immer noch da.

»Wie ich gehört habe«, sagte ich in Zimmer 214 zu Stephan Barig, »sind Sie ein netter Kerl, wenn Sie nüchtern sind. Und da Sie im Augenblick nüchtern sind, weise ich Sie darauf hin, dass Sie von nun an offiziell als Zeuge vernommen werden; Sie haben die Pflicht auszusagen; ein Zeugnisverweigerungsrecht nach Paragraf zweiundfünfzig und dreiundfünfzig StPO liegt nicht vor. Haben Sie die Belehrung verstanden?«

Ruckartig nahm er die Hände aus den Jackentaschen; er stellte die Fäuste senkrecht auf den Tisch und schraubte seinen Rücken ein Stück höher. »Sie können mich am Arsch lecken«, sagte er. »Was glaubenS, mit wem Sie es zu tun haben?«

»Sie waren zu dritt in der Hütte am Walchensee, niemand sonst.«

»Nur wir drei und das Universum. Zuhören wär gut in Ihrem Beruf.«

»Erzählen Sie mir von Betty Emmrich und dem Gangbang mit Ihren Freunden.«

Etwas zischelte in seinem Mund; Spuckevorrat.

Durch ihre Anwesenheit, denken so viele, erhalte meine Existenz erst ihre Berechtigung; ich bestärke sie in ihrer Einschätzung. Notiere ich mir etwas, warten sie, bis ich zu Ende geschrieben habe. Lege ich meine Stirn in Falten und halte den Kopf schief, unterbrechen sie ihren Redefluss in der Annahme, ich hätte Schwierigkeiten, ihnen zu folgen, und bräuchte eine Erklärung; dann strecken sie den Rücken und starren mich mit geweiteten Pupillen an – auch diejenigen, die nicht auf Entzug sind. Kein Zucken aus Furcht oder Scham; nicht die geringste Spiegelung eines unschuldigen Kindes, das die Person, die vor mir sitzt, einmal gewesen sein musste; oft ein Schauen aus gefrorenem schmutzigem Schnee.

5

Er schluckte die Spucke runter, die er für mein Gesicht gesammelt hatte. Die bisher unscheinbaren roten Flecken auf seinen Wangen eroberten die fleischigen Nasenwände; seine Schultern vollzogen eine leichte Krümmung. Öfter als bisher rutschte sein Blick von mir ab. Anscheinend dämmerte ihm, dass er die Kontrolle über seine Zeit, die er uns als generöse Geste eines besorgten Mitbürgers opferte, allmählich verlor und sich die duldsame Frau mit den grauen Strähnen und der spießigen blauen Bluse, die vor ihm saß, vielleicht doch noch als hinterfotzige Gegnerin entpuppte, deren Strategie er nicht kapierte.

Bring einen Misogyn zum Weinen, dachte ich, und du hast lebenslang was zu lachen.

Ich sagte: »Worauf warten Sie?«

Seine Reaktion: ein Seufzergemisch aus immer noch aufquellender Überheblichkeit und gedehnter Aufrichtigkeit. »Diese Frau, von der Sie sprechen«, begann er, machte eine Pause und raschelte mit dem Futter der Jackentaschen, in denen er wieder die Hände versenkt hatte. Seine beginnende Nervosität gefiel mir.

»Die Frau, die meine Freunde angeblich Ihnen gegenüber erwähnt haben, ist mir bekannt, ich geb's zu. Wozu leugnen? Im ersten Moment wollt ich's abstreiten, weil ich nicht möcht, dass Sie einen Zusammenhang zwischen der Frau und der Finja herstellen. Absurd, das könnenS mir glauben. Gut.

Betty. Hab vergessen, wie sie weiter heißt. Wenn ich kurz ausholen darf.«

Niemand widersprach.

»Betty und ich haben uns in einer Bar in Trudering kennengelernt, fast bei mir um die Ecke. Den Namen will ich nicht nennen, weil ich nicht möcht, dass der Betreiber in Schwierigkeiten gerät.«

»Club Aurora.«

»Schon klar, Sie haben Kontakt aufgenommen. Dann wissenS auch, da ist alles legal. Wenn man natürlich was finden will, polizeilicherseits, findet man was, ist eine alte Regel. Sie wissen, worum's geht.

In der Bar, die früher eine Kneipe war, kleiner Garten nach hinten raus, traf ich die Betty vor, sagen wir, fünfzehn Jahren. Sie war Bedienung, absolut freundlich zu jedem Gast, immer gut gelaunt, nie ein mieses Wort gegen oder über wen. Perfekt. Wir haben uns verabredet, trafen uns außerhalb des Geschäfts. Zwischendrin half sie in einer Bar in der Schillerstraße aus. Man kennt sich, man schätzt sich. Sie war immer top, nehmenS das zur Kenntnis. Kein Straßenstrich. Kein Dreck. Saubere Kunden, manche von ihnen Freunde und Vertraute von Betty. Wie ich.«

»Auch die Herren Kleinfeld und Irgang.«

»Auch die Herren Kleinfeld und Irgang. Solche Dinge ergeben sich zwangsläufig. Man spricht miteinander, man erwähnt, was man erlebt. Ist Ihnen womöglich fremd, ist aber so.«

»Sie kennen Bettys richtigen Namen nicht?«

»Grad im Moment fällt er mir wieder ein: Clara Emsig, genannt Betty.«

»Emmrich.«

»Was?«

»Ihr Name ist Clara Emmrich.«

»Sicher? Verraten Sie mir noch das Alter der Frau, dann hab ich was gelernt für heut.«

»Achtundvierzig.«

Er starrte mich mit einem Ausdruck beinah kindlicher Ratlosigkeit an, öffnete den Mund und fabrizierte ein armseliges, halbseitiges Grinsen.

»Also … Aha. Gut … Ich gestehe: Sie kam zu Besuch. Frage: Müssen Sie das Frau Madsen mitteilen, ist das notwendig? Was in der Hütte los ist, geht ausschließlich meine Kumpels und mich was an. Wir verbringen dort, hab ich das nicht schon x-mal betont, eine Art Auszeit vom sonstigen Leben. Wir erholen uns, kümmern uns um nichts als um unser Wohl. Verboten? Auch Herr Kleinfeld lebt in einer Beziehung, keiner besonders guten und beständigen, und die Frau ist kein Unschuldsengel, dennoch: Wir wertschätzen unsere Frauen. Das bedeutet nicht, dass wir unsere Freiheit aufgeben.

Wie gesagt, ich kenn die Frau lange, wir haben uns nie aus den Augen verloren, auch, zugegeben, in den letzten zwei Jahren nicht. Sie haben mit ihr gesprochen? Warum löchern Sie dann mich mit der Lappalie? Alles liegt vor Ihnen auf dem Tisch: Meine Freunde und ich fuhren am Freitag an den Walchensee, Samstagabend besuchte uns Frau Emmrich. Reine Privatangelegenheit durch und durch, Tag und Nacht.«

»Im Müll lag ein zerbrochener Rohrstock.«

»Blödsinn.«

»Sie bezahlen Frau Emmrich für solche Praktiken.«

»Die lügt, wenn sie behauptet, wir hätten ihr absichtlich Verletzungen zugefügt. Niemand tut das, meine Freunde nicht, ich nicht, niemand. Alles basiert auf Freiwilligkeit, das ist die Grundvoraussetzung. Und ich bezahle gut. Das Vergnügen hat seinen Preis. Noch keine Frau hat sich beschwert, wir würden knausern, fragenS meine Freunde. Betty wird fürstlich entlohnt bei uns am See. Wir blättern hin, was sie verlangt, wir verköstigen sie, der Champagner steht kalt, feine Schmankerl werden gereicht. Gab's jemals Klagen?

Niemand ist gezwungen, was zu tun, wofür er nicht bezahlt wird. Niemand muss was zahlen, was er nicht kriegt. Realismus pur. Am letzten Wochenende lag viel Geld auf dem Tisch. Anfangs war sogar ich ein wenig verblüfft.«

»Ihre beiden Freunde haben sich an Bettys Bezahlung beteiligt«, sagte ich.

»Logo.«

Darüber hatten die beiden Männer eisern den Mund gehalten. Moralische Selbstaufwertung auf Grasnarbenniveau. Uns ging die Sache nichts an und auch sonst keine unserer Abteilungen; Prostitution im privaten Raum war nicht strafbar – leider, wie einige Kollegen aus dem K 7 meinten.

Sie halten mich für hilfsbedürftig und fragen mit einem Grinsen, das sie für menschlich halten, ob sie ihre Aussage wiederholen sollten. Bitte, erwidere ich. Und sie nehmen – alle, alle – das Wort Bitte für bare Münze.

6

»Selbstverständlich haben sich meine Freunde finanziell beteiligt, zweifeln Sie das an?«

»Nein.«

»Wieso fragen Sie mich dann noch mal?«

»Um sicherzugehen.«

»Verstehe.«

»Und Sie?«

»Was ich?«

»Wie viel haben Sie beigesteuert?«

»Geht Sie nichts an, aber gut: Der dritte Tausender an dem Abend kam von mir. Anfahrt, Spesen zahlen wir extra, logisch, das müsste Frau Emmrich Ihnen bestätigt haben. Das Leben läuft so. Weitere Details werden nicht preisgegeben. Wer gegen die Regeln verstößt, ist ein Verräter, einfache Rechnung.

Mich interessiert nicht, was meine Freunde behaupten. Ich sage, wir haben bezahlt, und Betty hat geliefert. Wie immer. Noch mal: Niemand geht das was an. Das ist meine Hütte, mein Besitz, meine Privatsphäre, da haben Sie und Ihresgleichen nichts zu suchen.

Diese Frau lügt, wenn sie behauptet, ich hätt sie wahllos geschlagen. Hab ich nicht. Tu ich nicht. Lehn ich ab, Gewalt gegen Frauen. Logisch vertret ich meine Meinung, ich sag, was ich denk und für richtig halt. Frau Emmrich, jetzt werd ich deutlich, weil Sie mich dazu zwingen, ist eine Prostituierte; sie verkauft sich, Punkt. Die Frau lebt vom Verkauf ihres Körpers und ihrer technischen Fähigkeiten. Man bezahlt, man erhält die bezahlte Leistung.«

»Angenommen, Sie erhalten die Leistung nicht, die Sie bezahlt haben. Was passiert dann? Geld zurück?«

»Ist nicht Ihr Ernst.« Wieder erwartete er eine Reaktion; wieder vergeblich. »Versteh schon, Sie wollen mich testen. Ist Ihr Recht, Sie sind Polizei, Sie haben Ihre Tricks. Also, ich war unzufrieden, hab ihr die Meinung gegeigt. Sie hat eine Weile gebraucht, bis sie sich von meiner Direktheit erholt hatte. Möglich, dass sie kurzfristig die Regeln vergessen hat, kommt vor im Eifer des Gefechts. Anschließend Versöhnung, und weiter ging's, wie vereinbart.«

Ich schlug die grüne Akte auf, blätterte einige Seiten um. Das Gespräch, das ich mit Clara Emmrich am Telefon führte, hatte zwanzig Minuten gedauert; die schriftliche Zusammenfassung passte auf ein Blatt.

»Striemen am Rücken«, las ich vor. »Verursacht durch Stockschläge, ebenso am Gesäß und an den Beinen. Die Frau war gefesselt, wehrlos. Sie haben auf sie eingeprügelt, weil Sie ihr vorwarfen, sie würde Sie nicht ernst nehmen, sie wäre unfähig, Sie zu stimulieren. Frau Emmrich bat Sie, aufzuhören und sie loszubinden. Das taten Sie nicht. Sie schlugen weiter auf sie ein, bis Ihre Freunde dazwischengingen. Sie haben die Frau missbraucht, Herr Barig.«

»Was genau soll das? Hat sie mich angezeigt, die Frau? Nein. Die Frau lügt, wenn sie den Mund aufmacht; alles, was die Ihnen erzählt hat, sind Hirngespinste. Ich will, dass sie tut, wofür ich sie bezahl, verstehenS? Cash und Action, basta. Von den Märchen dieser Frau will ich nichts wissen.

Ihnen hör ich nicht mehr zu, Sie haben bei mir komplett verspielt. Wir sind fertig. Mich hier zu schikanieren, bringt Ihnen keine Pluspunkte, Sie drehen sich im Kreis, merkenS das nicht?

Alles, was Sie mir unterstellen, basiert auf Aussagen einer Nutte. Oder haben Herr Kleinfeld und Herr Irgang sich irgendwie anders geäußert? Sicher nicht. Da gibt's auch nichts zu sagen. Warum glauben Sie der Nutte und nicht mir, nicht uns? Die Frau ist auf Rache aus, checkenS das nicht? Es hat ihr nicht gepasst, dass ich sie in der Hütte zurechtgewiesen hab, die will mir was heimzahlen, und Sie legen jedes Wort auf die Goldwaage, peinlich für eine Polizistin. HörenS auf, mich in die Enge treiben zu wollen, so was durchschau ich, das hab ich Ihnen schon hundertmal erklärt.

Ich bin unschuldig, ich hab nichts getan. Mir könnenS nicht das Geringste nachweisen, trotzdem mandeln Sie sich auf, als hättenS einen Trumpf in der Hinterhand, Sie haben keinen, Sie bluffen. Darauf fall ich nicht rein. Suchen Sie sich einen Blöderen für Ihr Spiel.«

Einen Schuss und ein Wort, lautete eine der simplen Weisheiten der Altvorderen unserer Profession, kann man nicht zurücknehmen. Im Furor seines Erklärungseifers, seines Überschwangs an vermeintlicher Zutraulichkeit rutschte ihm der eine, unumkehrbare Satz heraus.

Dass wir Stephan Barig nicht das Geringste nachweisen konnten, traf bis zu diesem Augenblick aus seiner Sicht ebenso zu wie aus unserer. Seit mehr als einer Stunde wartete ich auf Neuigkeiten meiner Kollegen. Das Zuhören fiel mir schwer, die phasenweise ins Schnarren kippende Stimme raspelte mein Trommelfell. Ich brauchte dringend eine Pause von der Vernehmung dieses Mannes.

Vierter Tag nach dem Verschwinden des Mädchens, und wir liefen gegen Gummiwände.

»VerstehenS mich nicht falsch, Frau … Frau …«

»Nasri.«

»Genau. Ich will Ihnen nicht zu nahe treten, aber …«

»Lassen Sie uns am Montag weitersprechen.«

»Was?«

»Auf Wiedersehen, Herr Barig.«

»Was? Was soll's am Montag noch zu reden geben? Mehr ist nicht.«

»Ich möchte Sie gern auf dem Laufenden halten. Wir melden uns bei Ihnen.«

»Gefällt mir nicht. Werd meinen Anwalt konsultieren.«

»Das ist Ihr Recht«, sagte ich und stand auf. Er hob den Kopf. Ich nahm die Akte und ging zur Tür.

Meine Vorgesetzte im Kommissariat, Kriminaloberrätin Anja Sandkorn, und die Goldfasane im Präsidium betrachten mich als eine der Ihren – eine Oberkommissarin, deren Beförderung längst überfällig war.

Wieso ich noch nicht befördert wurde?

Vor einer Ewigkeit hätte ich, so heißt es, einen Kollegen sexuell belästigt und war, um eine öffentliche Beschämung des Apparats zu vermeiden, in die Provinz strafversetzt worden. Nach meiner Rückkehr wurde ich halbwegs rehabilitiert. Der Kollege, um den es damals ging, segnete mittlerweile das Zeitliche.

7

Wir hatten uns gerade an den Tisch gesetzt – Anja Sandkorn und ich einander gegenüber, wie immer, Jennifer mit dem Rücken zum Fenster. Im nächsten Moment ging mit einem flüchtigen Klopfen die Tür auf; in der einen Hand eine schwarze Mappe, in der anderen eine Kaffeetasse, kam Dennis Kalk herein, mit einem Schweif kalter, erfrischender Luft. Er stieß die Tür mit dem Fuß zu, stellte die Tasse ab, legte die Mappe daneben, warf seinen Wildledermantel über einen Haken an der Garderobenleiste, ließ sich auf den freien Stuhl fallen. Grau vor Müdigkeit, blinzelte er in die Runde, sekundenlang aus winzigen Pupillen; er nahm seine Nickelbrille ab und wühlte mit den Fingern in den Augen, als suchte er unter den Lidern nach einem unbenutzten Blick.

Wir sahen ihm zu, bis er es bemerkte. Wie ein ertapptes Kind nahm Dennis die Hände runter; die Haare strähnig und ungekämmt; Bartstoppeln auf farblosen Wangen; seine dürre, ausgemergelt wirkende Gestalt in dem viel zu weiten karierten Hemd und der an den Beinen schlotternden

Jeans reduzierte seine siebenundfünfzig Jahre um keine Stunde.

Wie seit jeher verweigerte Dennis bei bestimmten Ermittlungen jede Rücksichtnahme auf seinen körperlichen Zustand. Tagelang verzichtete er auf Schlaf und regelmäßiges Essen. Ihn beschäftigte jedes Detail, jede noch so abstrus anmutende Meldung eines möglichen Zeugen. Die Wände seines Büros tapezierte er mit einer Unmenge von Fotos, Skizzen, Computerausdrucken, Tabellen und unleserlichen Kritzeleien, mit denen er, wie er sich ausdrückte, »eine Schneise durchs Gestrüpp meiner Gedankenwelt« zu schlagen hoffte. Unbeirrbar, unbestechlich und unermüdlich als Ermittler, scheiterte Dennis auf einem anderen Gebiet. Stundenlang Zeugen oder Verdächtigen beim Selbstbetrug zuzuhören und ihnen beim Stricken immer neuer, abartiger Lügengeflechte zuzusehen, löste in ihm einen Wutsturm aus, der ihn als Vernehmer ins Abseits manövriert hatte.

Mit Jennifer Odoki an seiner Seite lieferte er dagegen die optimalen Grundlagen für meine Vernehmungen.

»Ich sehe was«, sagte er. »Aber ich weiß noch nicht, was.«

»Trink erst mal in Ruhe deinen Kaffee, Dennis«, sagte Anja Sandkorn.

Sätze, in denen die Worte Ruhe und Dennis gleichzeitig vorkamen, taugten – zumindest im K 101 – allenfalls zum Bügeln von Luft.

Keine Minute später hatte Dennis über Bluetooth sein Smartphone mit Anjas Laptop verbunden, wortlos, ohne seine Tasse auch nur angesehen zu haben. Er platzierte das Gerät auf dem Tisch, sodass wir die Fotos, die er uns zeigte, gut erkennen konnten. Eine Straße, Häuserreihen, geparkte Fahrzeuge, ein blauer Linienbus, ein Schnellrestaurant, die Niederlassung einer Autofirma, die Kreuzung der vierspurigen

Hauptstraße mit einer zweispurigen Seitenstraße, eine Tankstelle, Brachflächen, hier und da ein Fußgänger – Aufnahmen aus der Peripherie.

»Was seht ihr?«, fragte Dennis.

Wir wechselten uns bei der Beschreibung des Gewöhnlichen ab. Nach einigem Geplänkel schüttelte die Chefin den Kopf. »Wo ist die Neuigkeit?«

Bisher hatte Dennis Kalk keine weiteren Erklärungen abgegeben; er wirkte so ausgelaugt wie konzentriert, in sich gekehrt wie wachsam und erwartungsvoll. »Die Neuigkeit ist auf einem der Fotos«, sagte er. »Sie muss da sein.«

»Warum?«, fragte ich.

»In dieser Gegend, an der Grenze Trudering zu Berg am Laim, Wasserburger Landstraße, in der Nähe eines Wertstoffhofs und einige hundert Meter vom Drosselweg entfernt …«

»Wo das Haus von Stephan Barig steht …«

»Unterbrich mich nicht, Fariza. In diesem Areal, das ich den halben Tag lang fotografiert habe, hielt sich die vermisste Finja Madsen am vergangenen Sonntagnachmittag auf.«

Ich nutzte das anschließende Schweigen, um einen Schluck Mineralwasser zu trinken; mein Magen knurrte; mein Gehirn auch. Ich stützte den Kopf in die Hände, betrachtete weiter die fünf der insgesamt ungefähr zwanzig Fotos, die nebeneinander auf den Bildschirm passten. Mir fiel nichts auf – außer einer gewissen Tristesse.

»Du hast einen Zeugen«, sagte Anja Sandkorn.

»Eine Frau.« Er klickte weitere fünf Fotos an. »Eine Dackelbesitzerin; sie ging spazieren; heute sah sie das Foto des Mädchens in der Zeitung und erinnerte sich an sie; sie rief die Vermisstenstelle an, und die Kollegen haben mich informiert. Ich habe die Frau besucht, sie wohnt in der Mauerseglerstraße. Kein Irrtum möglich: Das Mädchen aus der Zeitung ist das Mädchen, das ihr auf dem Bürgersteig entgegenkam. Außer ihr sei an diesem Sonntagmittag niemand unterwegs gewesen, sagt die Zeugin. Das Mädchen trug eine weiße Jacke, eine hellbraune Pudelmütze und Jeans ...«

»Die Beschreibung passt zu der, die wir von der Mutter und von Finjas Freundinnen bekommen haben ...«

»Fariza!«

»Entschuldige. Wo ging das Mädchen hin?«

»Wollte ich grade berichten. Sie ging Richtung Drosselweg ...«

Ich holte Luft – und atmete wieder aus.

»Ob sie von der Wasserburger Landstraße abgebogen ist, wissen wir nicht, weil die Zeugin sich nicht umgedreht hat. Sie ging in westlicher Richtung, das Mädchen lief an ihr vorbei, stadtauswärts. Da die Beschreibung stimmt, dürfen wir annehmen, dass sie ins Haus am Drosselweg zurückgekehrt ist. Wo kam sie her, als die Zeugin sie bemerkt hat?«

»Zeig uns jedes Foto einzeln«, sagte Anja.

Vergrößert, bildschirmfüllend erschienen die monotonen Motive einer ausfransenden Stadt – abseits der aufgehübschten Selbstporträts einer Metropole, mit denen die örtlichen Tourismusmanager die Welt anlockten. Wir sahen von Abgasen geschmirgelte Fassaden, mit Staub und schmutzigem Regen gedüngte Grünstreifen, mickrige Vorgärten, hin und wieder frisch gewaschene Luxuskarossen, die auf Kunden warteten wie gelangweilte Prostituierte in Etablissements wie dem Club Aurora.

Fünfzehn Minuten lang glotzten wir den Computer an. Meine Schläfen begannen zu pochen; in meinem Kopf breitete sich ein kochender Schmerz aus.

Etwas lenkte mich von meinem inneren Gejammer ab. Etwas scheuchte mich unverhofft aus der einsetzenden Erschöpfung angesichts der provozierenden Ödnis der Bilder.

Halb verdeckt von einem an einer Straßenlampe befestigten Konzertplakat und einem am Straßenrand geparkten Transporter vor der Einfahrt zu einem Supermarkt, fiel mir ein schmutziger, gläserner Kasten auf, der aussah wie eine Telefonzelle.

»Vergrößern«, sagte ich.

»Und weiter?«, fragte Jennifer.

»Vielleicht wollte Finja telefonieren.«

»Sie hatte ihr Handy dabei«, sagte Dennis.

»Vielleicht wollte sie, dass man ihre Nummer nicht erkennt.«

»Sie hätte die entsprechende Einstellung ändern können«, sagte Anja Sandkorn.

»Vielleicht traute sie dem nicht; die Nummer einer Telefonzelle wird nicht angezeigt.«

Während er mich ansah, schienen seine Augen aufzuhellen. »Wen hätte sie anrufen sollen?«, fragte Dennis.

»Sie könnte sich einen Burger geholt haben«, sagte Jennifer. »Oder in dem Fastfood-Laden einen gegessen haben. Hatte das Mädchen etwas bei sich, als die Zeugin ihr begegnet ist?«

»Nein. Außerdem habe ich in sämtlichen Lokalen in der Gegend, die am Sonntag geöffnet hatten, ihr Foto vorgezeigt; niemand hat sie gesehen.«

»An die Telefonzelle hast du nicht gedacht«, sagte ich.

Dennis tat nichts; er saß da, warf abwechselnd einen Blick aufs Handy und auf den Laptop, kniff die Augen zusammen, bis nur noch das linke einen Schlitz Licht einließ.

Wir hielten besser den Mund.

Vom Stuhl aufspringend, griff er nach seinem Handy; er grabschte sich den Mantel an der Garderobe und war mit drei Springschritten bei der Tür. »Ich habe meine Zweifel«, rief er uns zu, mit einem Bein schon im Flur. »Aber dass ich nicht auf die Idee gekommen bin, macht mich wahnsinnig.« Überraschend behutsam schloss er die Tür.

Seine Tasse war immer noch voll und der Kaffee jetzt kalt.

Der Zufall ist ein unterschätzter Magier. Im Verlauf gewisser Ermittlungen schielen wir mit einem Auge auf ein Ereignis, das nur in unserer Fantasie existiert – fantasieren war die Droge für meine kriminalistische Kärrnerarbeit –, und sollte es tatsächlich eintreffen, straucheln wir oft vor Verblüffung und scheitern daran, eins und eins zusammenzuzählen. Wir nehmen den Zufall nicht ernst; wir misstrauen ihm, spielen ihn gegen unsere Indizien aus, deren Wert wir soeben noch grundsätzlich angezweifelt haben.

Für die meisten meiner Kolleginnen und Kollegen stellt der Zufall bloß eine Krücke dar, auf der sie sich vorübergehend abstützen, um in die Ferne zu blicken und weiter nach dem großen Zusammenhang zu spähen. Sie halten den Zufall für einen Lügner und Trickser – als wäre er einer ihrer Verdächtigen, deren Masche sie früher oder später durchschauen und aufgrund handfester Beweise in ihre Einzelteile zerlegen würden.

Ich vertraute dem Zufall blind; er erschien mir von Anfang an logisch, vor allem in jenen Phasen meiner Arbeit, in denen ich nichts in der Hand hatte außer Ausreden und einer Ansammlung von Tatortfotos mit einem aus der Welt gestürzten Engel in der Bildmitte.

In meinem geheimen Lebensalphabet rangierte jedes Opfer eines Verbrechens unter E wie Engel.

Jedes, bis auf eines.

Ein Mann verwandelte sich nach seinem Tod nicht in einen Engel.

Ich bin mir sicher.

Ab und zu überlebte ein Engel das Verbrechen an ihm.

Wie die gebrochene Frau Anfang sechzig, die der Zufall am Abend des elften Oktobers in ein Lokal in der Maxvorstadt dirigierte. Dort begegnete sie einem Mann, der wenige Stunden zuvor im Kommissariat 101 gesessen hatte und den meine Kollegen und ich eines Verbrechens beschuldigten, für das uns bislang die Beweise fehlten.

Diesen Mann – ein Jahr jünger als sie – sah die Frau zum ersten Mal in ihrem Leben, doch sie erkannte ihn sofort. Sein Gesicht trug die Züge ihres Mörders.

Das erfuhr ich später.

In unserer Abteilung tauchte sie auf, weil ein Kollege der Bepo bei der Befragung der Frau stutzig geworden war und sich an den Namen eines Zeugen erinnert hatte, der in unserem internen Informationssystem im Zusammenhang mit dem Fall Finja Madsen auftauchte: Stephan Barig.

8

Ines Kaltwasser: dreiundsechzig, ledig, wohnhaft in der Luisenstraße, Rückgebäude, ein Zimmer, Küche, Bad. In dem spärlich renovierten, dreistöckigen Gebäude aus den Sechzigern – irgendwann wurden die Fassade neu gestrichen und die Klingelschilder ausgewechselt – lebte sie seit fast drei Jahrzehnten. Größe, laut Reisepass: ein Meter achtundsechzig; Figur: schlank; Augenfarbe: blaugrün; Haarfarbe: grau.

Von der Schlägerei hatte sie sich, zumindest nach außen hin, einigermaßen erholt. Zwar verunzierte eine dunkle Umrandung ihr linkes Auge, und in regelmäßigen Abständen zog sie die Schulter hoch – vermutlich litt sie unter den Nachwirkungen des Sturzes in der Kneipe. Ansonsten wirkte sie aufmerksam, ungebrochen in ihrer Art, zu sprechen und zu gestikulieren.

Obwohl ihre Lebensumstände prekär waren – sie hatte ihren Beruf aufgeben müssen –, trotzte sie den Anfeindungen des Alters und der Armut. In der Küche des Szenelokals Schellingsalon ackerte sie als Minijobberin sieben Stunden am Tag, vier Tage die Woche; nebenher, vor allem samstags, verdiente sie sich ein paar Euro als Austrägerin von Werbeprospekten; zeitweise hatte sie als Babysitterin bei einer jungen Familie ausgeholfen.

»Mein Leben«, sagte sie im Lauf unseres Gesprächs, »ist ausgefüllt. Aber ich«, fügte sie ohne Umschweife hinzu, »bin's nicht und war's nie.«

Prügeleien in Gaststätten fielen nicht in unseren Aufgabenbereich, auch wenn, wie in diesem Fall, ein Mensch schwer und drei weitere leicht verletzt worden waren. Eine Anklage wegen Beteiligung an einer Schlägerei mit Körperverletzung in mehreren Fällen erwartete Ines Kaltwasser ohnehin.

Eine Weile fragte ich mich, welche Volte der Zufall diesmal für mich geschlagen hatte.

»Möchten Sie wirklich nichts trinken?«

»Vielleicht später.«

Seltene Antwort in Zimmer 214; die unausgesprochene Devise der meisten Anwesenden lautete: kein Getränk, früher weg!

»Wie geht es Ihnen, Frau Kaltwasser?«

»Danke, gut. Und Ihnen, Frau … Moment, ich weiß schon … Frau Sari. Ja?«

Die Dame konnte nichts dafür, aber: Hin und wieder fragte ich mich, ob die Leute in meinem Heimatland sich meinen Namen auf Anhieb besser merken würden, wenn ich Kreszentia-Ruthelma Blaxenhoferoberriedereggerer hieße statt Fariza Nasri.

»Nasri«, sagte ich.

Meinen Namen musste ich noch zwei Mal wiederholen; jedes Mal schien die Frau, die mir gegenübersaß, meinen Worten nachzuhorchen und zu überlegen, ob sie sie richtig verstanden hatte; schließlich gab sie sich mit einem bedächtigen Nicken zufrieden.

Wie bei jemandem, der höchste Zweifel hegte, erschienen zwei tiefe Furchen auf ihrer Stirn; sie zog die Lippen nach innen und gab einen undefinierbaren Laut von sich; in ihrem Blick, bildete ich mir ein, lag eine gewisse Ironie.

»Wissen Sie, warum Sie hier sind?«, fragte ich.

»Freilich. Mein Ausraster gestern in der Kornkammer. Schlimm.«

»Erzählen Sie mir, was passiert ist.«

»Das wissen Sie nicht?«

Ich zeigte auf die Akte vor mir. »In dem Bericht der Kollegen steht, die Stimmung sei aufgeheizt gewesen, Sie hätten sich mit einem Mann gestritten.«

»Hm …« Wieder zwei senkrechte Falten über der Nase. »Hm … Ja … Ich war da, weil … schwieriger Tag für mich, hätte daheimbleiben sollen. Leider unmöglich.«

»Waren Sie verabredet?«

»Mit wem denn?«

»Mit einer Bekannten, einer Freundin?«

»Nein.«

»Gehen Sie öfter in die Kneipe in der Zieblandstraße?«

»Ab und zu.«

»Mögen Sie die Leute da?«

»Popeye, der Wirt, ist nett; die Sunny auch, die bedient da. Die meisten kenne ich nicht näher; flüchtig, vom Tresen; so halt.«

»Was haben Sie getan, bevor Sie in das Lokal gingen?«

»Das, was ich immer mach, wenn nichts ist, ich schlaf aus. Sagen wir so, ich schlaf ein und wach nach zwei Stunden auf;

schlaf wieder ein, wach wieder auf; bleib liegen, bis ich das Gefühl hab, jetzt langt's, dann steh ich auf.«

»Wann sind Sie gestern aufgestanden?«

»Gegen elf.«

»Sie hatten frei.«

Sie nickte.

»Am Tag vorher waren Sie im Schellingsalon.«

»Da gehöre ich zur Mannschaft, fast zur Familie; der Schellingsalon ist mein zweites Zuhause.«

»Seit wann arbeiten Sie dort?«

»Seit fünfzehn Jahren. Ist das nicht eine stattliche Zahl? Dafür bin ich unendlich dankbar. Sie geben mir zu essen und zu trinken, sie ernähren mich, körperlich und seelisch. Verstehen Sie?«

»Ja.«

»Wirklich?«

»Sie leben allein in der Luisenstraße.«

»Immer schon.«

»Haben Sie einen Lebensgefährten?«

»Nicht mal einen Tagesgefährten.« Sie versuchte, die Erwiderung mit einem heiteren Unterton zu mischen, und schaffte es nicht.

»Was haben Sie nach dem Aufstehen getan?«

»Kaffee getrunken, Scheibe Brot gegessen; Fernseher an, Fernseher aus. Aus dem Salon hatte ich noch zwei Zeitungen vom Vortag; die alten Blätter nehm ich oft mit und lese sie irgendwann, die braucht sonst niemand mehr.«

»Warum hatten Sie gestern frei?«

»Immer am Freitag; ich arbeite Sonntag, Montag, Mittwoch und Donnerstag.«

»Hatten Sie gestern die Absicht, abends auszugehen?«

»Hübsches Wort: ausgehen. Wann hab ich das zum letzten Mal gemacht? Im vorigen Jahrhundert. Nein, eine Absicht hatte ich bestimmt nicht. Absichten ergeben keinen Sinn.«

Sie besaß ein Lächeln, das nicht dem Augenblick entsprang; es kam und verschwand wie ein nervöses Zucken und veränderte nie seine Form; auf ihrem Gesicht hinterließ es einen Ausdruck flüchtiger, unverständlicher Heiterkeit, unerreichbar für die Augen.

»Haben Sie mit jemandem telefoniert?«

»Mit niemand. Das Telefonieren ist nicht so meine Sache. Die Freya, eine der Köchinnen im Salon, hat mir ihr altes Handy geschenkt, mit einer Karte zum Aufladen, das benutze ich praktisch nie. Wen soll ich anrufen?«

»Ihre Eltern leben nicht mehr.«

Sie schüttelte den Kopf.

»Kinder haben Sie keine.«

»Nein. Sie?«

»Nein. Was ist weiter passiert?«

»Um fünf hab ich das Haus verlassen.«

»Das wissen Sie so genau.«

»Ich hab auf die Uhr geschaut, schon eine Zeitlang, so ungefähr von halb vier an. Die Zeitungen hatte ich durch, auch noch ein Brot mit Leberwurst gegessen; ich hab überlegt, was ich machen könnte. Ein Spaziergang wär eine Möglichkeit gewesen; dann wusste ich nicht, wohin. Ohne Ziel brauch ich erst gar nicht aus dem Haus zu gehen. Einfach so rumlaufen mag ich nicht, da komm ich mir überflüssig vor. Also bin ich sitzen geblieben und hab nachgedacht, über alles Mögliche; was man halt so denkt, wenn man dasitzt und Zeit hat.«

»Woran haben Sie gedacht?«

»Dies und das, nichts Bestimmtes.«

Ihr Lächeln stimmte nicht; vielleicht kaschierte es eine kleine Unwahrheit. »Wie lange hat das gedauert?«

»Sie stellen Fragen. Interessiert Sie das wirklich? Was ich so tu und denk und nicht mach?«

»Ich will Sie kennenlernen, Frau Kaltwasser.«

»Wieso denn ausgerechnet mich?«

»Ich möchte herausfinden, warum es gestern Abend so weit gekommen ist. Warum eine Frau wie Sie ein ganzes Lokal in Angst und Schrecken versetzt hat.«

»Jetzt übertreiben Sie schamlos.«

»Uns liegen Aussagen von Gästen vor, die behaupten, sie hätten mit dem Schlimmsten gerechnet, nämlich, dass Sie eine Schusswaffe bei sich haben.«

»Wie kommen die Leute auf so einen Unsinn?«

»Sie fühlten sich bedroht.«

»Von mir?«

»Sie haben einen Mann angegriffen, der liegt mit fünf Schnittverletzungen und einer Schädelfraktur im Krankenhaus. Außerdem haben Sie um sich geschlagen und drei weitere Gäste mit einer zerbrochenen Flasche verletzt.«

»Blanke Lüge.«

»Die Opfer haben ärztliche Atteste. Mehrere Zeugen bestätigen die Vorfälle. Was ist geschehen, nachdem Sie Ihre Wohnung verlassen hatten? Sind Sie direkt in die Kornkammer gegangen?«

»Nein.«

»Wohin gingen Sie?«

»Auf den Alten Nordfriedhof.«

Ich ließ sie schweigen.

9

Lange hielt sie nicht durch. »Jetzt wollen Sie wieder wissen, was ich da gemacht hab. Dasselbe wie daheim: Ich hab dagesessen und vor mich hin geglotzt.«

»Was ging Ihnen durch den Kopf?«

»Dies und das. Vergangenheit.«

»Sie haben eine persönliche Beziehung zu dem Friedhof.«

»Kann man sagen. Mein Opa wurde dort begraben, als einer der Letzten. Damals, Anfang der Vierziger, wurde noch streng drauf geachtet, dass auf dem Areal niemand mehr unter die Erde kam – außer mein Opa und ein paar andere Verstorbene, deren Vorfahren schon dort lagen, wie die Eltern von meinem Opa. Befehl des Führers. Der wollte eine Prachtstraße von Süden nach Norden bauen, die Gräber waren ihm im Weg; der Friedhof sollte praktisch beerdigt werden. Wurde er nicht. Der Krieg war vorbei, die Nazis kaputt, keine Prachtstraße in der Maxvorstadt.

Das Grab existiert nicht mehr, ist bei Bombenangriffen verschütt gegangen. Ich geh trotzdem hin und denk an ihn. Er war vierzig, als er gestorben ist; er fiel bei der Besetzung von Zagreb. Sein Leichnam wurde nach München überführt; hochrangiger Offizier der Wehrmacht, so einer wird nicht einfach verscharrt. Jetzt wissen Sie Bescheid.«

»Wie alt war Ihr Vater, als Ihr Großvater beerdigt wurde?«

»Acht. Er hat mir oft erzählt, dass fast nur Frauen auf dem Friedhof waren, ein paar alte Männer und drei stumme Herren in Uniform. Einen von ihnen hat er gefragt, wieso sein Vater gestorben war; der Soldat sagte kein Wort, auch die anderen beiden nicht. Diese Geschichte hat er wieder und wieder erzählt.«

»Und seine Mutter? Ihre Großmutter?«

»Die hat ihm erklärt, sein Vater sei den Heldentod gestorben. Was für eine blöde Antwort. Das Wort Held hat mein Vater lebenslang gehasst, das hat er mir selbst gesagt.«

»Wie lange waren Sie gestern auf dem Friedhof?«

»Woher soll ich das wissen? Ich hab keine Uhr.«

»Zu Hause wussten Sie die Uhrzeit genau.«

»Weil meine kleine Standuhr immer richtig geht; die hab ich vor zwanzig Jahren auf der Auer Dult gekauft, altes Erbstück, batteriebetrieben, absolut zuverlässig. Auf die hab ich geschaut.«

»Eine Armbanduhr besitzen Sie nicht.«

»Draußen sind überall Uhren; ist mir gleich, wie spät es ist, Hauptsache, ich komm pünktlich in den Salon oder bis vor kurzem zu den Hubschmids im Vorderhaus; bei denen hab ich auf den kleinen Simon aufgepasst; vorher war ich beim Ehepaar Baumann in der Tengstraße.«

»Wie sind Sie zu diesen Jobs gekommen?«

»Eine von unseren Kellnerinnen hat in die Runde gefragt, ob jemand einen guten Babysitter kennt, da hab ich mich spontan zur Verfügung gestellt; so fing diese Seite meines Lebens an. Bei Hanna und Moritz Baumann, sehr nettes Paar; er hat was mit Computern gemacht, sie ist Anwältin; Cindy, ihre Tochter, war zwei Jahre alt, als ich sie kennengelernt hab. Drei Jahre lang hab ich regelmäßig auf sie aufgepasst, dann kriegte er einen Job in London; sie haben ihr Leben umgekrempelt und sind nach England gezogen. Trauriger Tag für mich. Wer eine Chance, wie sie dem Herrn Baumann geboten wurde, nicht nutzt, würde das zeitlebens bereuen, hat mir eingeleuchtet. Danach hab ich nichts mehr von der Familie gehört, bin mir sicher, sie haben ihr Glück auch im Ausland gefunden.«

»Sie hatten keinen Kontakt mehr?«

»Nein.«

»Auch nicht über die Bedienung im Lokal?«

»Sie arbeitet schon lang nicht mehr bei uns; das war nur ein vorübergehender Job für sie.«

»Wo haben Sie die Familie Hubschmid kennengelernt?«

»Vor dem Haus; Eva hat gemeint, sie wären auf der Suche nach jemandem, der ab und zu ihren Sohn hütet. Ihr Mann, Ludger, wär Fotograf und oft auf Reisen, und sie müsste als Reporterin für Fernsehsender schauen, dass sie Aufträge an Land zieht. Deswegen wär sie auch viel unterwegs, manchmal muss sie über Nacht wegbleiben. Hab ich gesagt, dass ich Erfahrung hätt und es mir nichts ausmacht, wenn ich nicht in meinem eigenen Bett sein kann; spielt keine Rolle, wo ich schlecht schlaf. Also hab ich den Job angenommen. Emil war drei, wir mochten uns auf Anhieb. Auch ein Glück. Manche Kinder, hab ich mir sagen lassen, akzeptieren einen fremden Aufpasser noch nach Monaten nicht. Wir hatten eine gute Zeit.«

»Das Ehepaar Hubschmid benötigt Ihre Dienste nicht mehr.«

»Der Bub kommt heuer in die Schule, der braucht niemanden mehr, der ihm zum Einschlafen was vorliest.«

Diesmal dauerte das verlorene Lächeln keine drei Sekunden.

»Belügen Sie sich nicht, Frau Kaltwasser«, sagte ich. »Warum endete die gute Zeit beim Ehepaar Hubschmid?«

»Ich vermute … Sie haben gesagt, ich … Sie waren sehr freundlich. Sie haben gesagt, ich wär eine Perle vom alten Schlag; Emil würde ständig fragen, wann ich wiederkäm. Solche Sätze; da weiß man schnell, was dahintersteckt. Eva meinte, ihre Schwester, die in Planegg lebt, würde nach der Trennung von ihrer Partnerin demnächst in die Stadt ziehen und hätte Zeit, sich um Emil zu kümmern. Und so fort. Ich hab gesagt, alles wär in Ordnung.«

»Kehren wir zum Alten Nordfriedhof zurück«, sagte ich. »Wohin gingen Sie anschließend?«

»In die Kornkammer.«

»War das ein spontaner Entschluss?«

»Das kam so über mich.«

»Hatten Sie Durst?«

»Bin einfach hin; stand auf der Arcisstraße, hab mich umgeschaut und auf den Weg gemacht, Richtung Tengstraße.«

»Einfach so, planlos.«

»Wahrscheinlich. Ich hab nicht darüber nachgedacht; bis zur Zieblandstraße sind es höchstens zehn Minuten, eher weniger; ich war gleich da.«

»Haben Sie unterwegs jemanden getroffen?«

»Nur Fremde; oder Leute, die ausgesehen haben wie Fremde; niemand, den ich kannte.«

»Hatten Sie eine Vorstellung, wie lange Sie bleiben würden, als Sie die Kneipe erreichten?«

»Das glaub ich nicht.«

»Warum nicht?«

»Wenn ich in ein Lokal geh, verweile ich; wenn ich genug hab, verschwinde ich wieder. So bin ich.«

»Wie war die Stimmung in der Kornkammer?«

»Gediegen. Die Tische waren fast alle besetzt; Sunny war am Bedienen, Popeye hinter dem Tresen, wie immer. An der Theke saßen zwei oder drei Typen, tranken Bier; nichts Besonderes.«

»Wo nahmen Sie Platz?«

»An der Theke. Bei den Tischen hätt ich mich dazusetzen müssen, das wollt ich nicht.«

»Was bestellten Sie?«

»Einen Weißwein; den krieg ich zum halben Preis, weil ich fast eine Kollegin bin.«

»Keinen Schnaps?«

»Nein.«

»Sie haben an dem Abend Schnaps getrunken.«

»Später erst.«

»Gegessen haben Sie nichts.«

»Kein Hunger. Außerdem, unter uns: Kein Vergleich zum Speisenangebot im Salon, von der Menge her und auch von der Qualität.«

»Haben die Männer am Tresen Sie angesprochen?«

»Irgendwann. Der eine hat gefragt, wieso ich meinen Mantel nicht auszieh, ob mir kalt wär; ich sagte, nein.«

»Waren die Männer betrunken?«

»Der eine wohl schon.«

»Der, der Sie angesprochen hat.«

Sie nickte.

»Kannten Sie den Mann?«

»Nein.«

»Sie haben ihn nie vorher gesehen?«

»Niemals.«

»Sie wissen, wie er heißt.«

»Weil er es mir gesagt hat.«

»Sagen Sie mir seinen Namen.«

»Stephan.«

»Und sein Familienname?«

»Barig.«

»Warum hat er Ihnen seinen Familiennamen genannt? Gewöhnlich stellt man sich in einer Kneipe nur mit dem Vornamen vor.«

»Das hab ich auch getan. Zuerst hat er gesagt, er heißt Stephan; kein Grund, weiter mit mir zu sprechen. Eine Zeitlang hat er mich in Frieden gelassen. Dann fing er an, mich auszufragen; was ich arbeite oder ob ich schon in Rente wär. Blödmann. Hab gesagt, dass ich nicht reden möcht. Er glotzt meine Hände an und meint, sie wären schön, mir würden Ringe gut stehen. Er wär Besitzer eines Schmuckgeschäfts, ein angesehener Laden. Ringe kann ich mir nicht leisten, so einfach ist das. Trotzdem hab ich ihn gefragt, was denn das für ein berühmter Laden wär. Barig, sagte er. Da hab ich die goldene Uhr an seinem Handgelenk bemerkt. Was macht so einer in einer Kneipe wie der Kornkammer, hab ich mich gefragt.«

»Warum wollten Sie den Namen seines Geschäfts erfahren?«

»Das wollte ich gar nicht, war nur Gerede. Er hat mich zu einem Schnaps eingeladen; einen oder zwei hatte ich schon intus, hat mir Popeye ausgegeben. Eigentlich wollte ich aufstehen und gehen; die Musik war angenehm, und ich hab ein wenig mit Sunny geplaudert.«

»Sie ließen sich von Stephan Barig einladen.«

»Das war ein Fehler, geb ich zu. Wir stießen an. Er hat mich auch noch zu einem Bier eingeladen. Irgendwann hat sich sein Kumpel auf die andere Seite gesetzt und mitgequatscht. Seinen Namen hab ich vergessen.«

»Mirko Fehling.«

»Sie sind gut informiert.«

»Er ist der mit den Schnittwunden und der Schädelfraktur. Sie haben mit einem Aschenbecher zugeschlagen.«

»Unmöglich«, sagte Ines Kaltwasser. »In dem Lokal ist Rauchverbot.«

»Ich frage Sie noch einmal: Den Mann, der Sie angesprochen und Ihnen Bärwurz und Biere spendierte, hatten Sie vor diesem Abend noch nie gesehen.«

»Das hab ich gesagt: nein.«

»Und Sie haben auch den Namen des Mannes vorher noch nie gehört.«

»Nein.«

»Das Schmuckgeschäft Barig in der Hohenzollernstraße ist Ihnen vollkommen unbekannt.«

»Ja.« Sie hob beide Hände. »Sehen Sie hier etwas, das aus so einem Geschäft stammen könnte?«

»Sagt Ihnen der Name Finja Madsen etwas?«

»Nein. Doch. Das Mädchen aus der Zeitung, das verschwunden ist. Wie kommen Sie auf die jetzt?«

»Hat Herr Barig Finjas Namen gestern erwähnt?«

»Wieso hätt er das denn tun sollen? Nein. Nein.«

»Warum haben Sie zugeschlagen, Frau Kaltwasser?«

»Der hat mich provoziert.«

»Der Herr Barig.«

»Erst der Andere, hat mir die Hand aufs Bein gelegt, hab sie weggeschlagen. Hätt den Schnaps nicht trinken dürfen.«

»Wurde Stephan Barig Ihnen gegenüber aggressiv?«

»So einer, der Frauen anmacht und gleichzeitig verachtet, so einer ist das, hab ich gleich gemerkt. Sie würden das auch merken, wenn Sie ihn mal treffen. Hab mich nicht gewehrt am Anfang. Selber schuld. Hätt mich gleich wehren sollen. Man muss sich wehren als Frau. Stimmt doch, oder nicht?«

»Ja«, sagte ich.

10

Schlaflos versank ich in einem Meer wirbelnder Erinnerungen, auf die ich an diesem Tag nicht vorbereitet war. Wie so oft lag ich auf der ausgerollten Yogamatte in meinem Büro, die Beine ausgestreckt, die Hände auf dem Bauch übereinandergelegt.

Die Matte war ein Geschenk von Catrin, für »dringend notwendige Auszeiten während deines aufreibenden Alltags«; ich sollte mich hinlegen und tief atmen, die Arme strecken und tief atmen, den Bauch anspannen und tief atmen, die

Beine anwinkeln, die Schultern heben und tief atmen und dergleichen Schnaufübungen mehr.

Ein paar Mal hatte ich es versucht und wieder sein lassen. Wie ich feststellte, taugte mir das bloße Daliegen am meisten. Manchmal döste ich ein wenig, manchmal plumpste ich in einen wabbeligen Traum, der mich nach zehn Minuten wieder ausspie, mit der Folge, dass ich weitere zehn Minuten benötigte, um die lästige Schlaftrunkenheit aus dem Körper zu schütteln.

Heute hatte ich mich kaum hingelegt, da fluteten Bilder von Orten und Gesichtern ineinander, deren Wucht mir jedes Gramm Erschöpfung aus dem Leib trieb.

Acht, hatte sie gesagt, war ihr Vater, als dessen Vater auf dem Alten Nordfriedhof beerdigt wurde, in einer Zeit ohne Freunde, Frieden und Zuversicht. Es war nicht gerecht, was in meinem Kopf passierte. Der Krieg war seit mehr als zwanzig Jahren vorbei gewesen, als der Sarg mit Opa Willis Leichnam unter strahlend blauem Himmel auf den Friedhof in Ried getragen wurde; ich war acht. Meine Freundinnen hatten mich alleingelassen; in mir tobte ein Kampf gegen Gott und seine Gefolgschaft, ich verfluchte den hinterhältigen eiskalten Winterhimmel und war überzeugt, ich würde nie mehr lachen, nie mehr glücklich sein.

Hundert schwarz gekleidete Menschen um mich herum, und niemand, der mein Schreien hörte; nicht einmal Oma Marie, die rechts neben mir stand, nicht einmal meine Eltern, die links neben mir standen; ich heulte mir das Herz wund, und keiner schaute mich an.

Warum auch? Ich trug einen schwarzen Mantel; keine Träne rann über meine Wange; das verkniff ich mir.

Mit geschlossenen Augen lag ich auf dem Boden unseres Kommissariats und sah mich als Achtjährige auf dem Friedhof meines Heimatdorfs, die Kirchenglocken schlugen vier Mal; ich verachtete Gott dafür, dass er diesen Krach zuließ. Fast hätte ich mir die Ohren zugehalten; war zu feige. Warum hast du das getan?, fragte ich Gott, der die Kiesel unter meinen schwarzen Schuhen war, warum hast du Opa Willi aus dem Krankenhaus abgeholt und ins Leichenschauhaus gebracht anstatt nach Hause zu Oma Marie und mir, damit er mich wieder auf seinen Schultern durchs Dorf tragen konnte, so, wie meine ganze Kindheit lang. Warum, blöder Gott, warum? Tausend Kiesel blinkten in der Sonne, und ich traute mich nicht, sie anzuspucken; das macht man nicht auf einer Beerdigung.

Den Heldentod sei er gestorben, der Großvater von Ines Kaltwasser, das habe seine Witwe ihrem Sohn erzählt. Heldentod. Was bedeutete ein Heldentod für einen acht Jahre alten Buben? Helden waren unsterblich, das wusste jeder Achtjährige, und die Mädchen erst recht.

Opa Willi, weißt du – die Stimme gehörte dem Mädchen, das in Omas Garten Federball spielte –, ist sehr krank gewesen, er hat zu viel geraucht, das sagte deine Mutter immer wieder zu deinem Vater, wenn sie nicht damit rechnete, dass du heimlich lauschst, sie haben ihm ein Bein abgenommen. Wieso denn? Wegen dem Rauchen, das hat das Bein kaputt gemacht. Glaub ich nicht. Ist aber wahr. Aber ich hab Menschen mit einem Bein gesehen, die haben es im Krieg verloren und sind trotzdem rumgelaufen, mit einer Krücke oder einem künstlichen Bein, das sie sich jeden Morgen angeschraubt haben, hab ich selber gesehen, unser Nachbar, Herr Berghof, ist so einer, das weißt du genau.

Es war der zweiundzwanzigste Dezember, die Sonne schien, kein Schnee zu Weihnachten, die Luft vollgepumpt mit Weihrauch.

An diesem Tag verschwanden für lange Zeit alle Lichtungen aus den Wäldern rings ums Dorf, die Straßen schrumpften zu engen Gassen, in denen Gespenster ihr Unwesen trieben, im Garten von Oma Marie schmeckte der frische Schnittlauch nach muffigem Gras.

Eingeigelt in Zorn, ließ ich meine Eltern, meine Oma und alle Menschen für alles büßen, was der liebe Gott mir angetan hatte. In der Schule verweigerte ich die Antworten auf die einfachsten Fragen; in der Pause hielt ich Abstand zu meinen unaufhörlich tuschelnden Freundinnen; beim Klingeln der Schulglocke sprang ich schneller auf als jede andere und rannte aus dem Gebäude auf den Schulhof, klemmte meine Tasche auf den Gepäckträger und radelte wie von tollwütigen Füchsen verfolgt in einem Affenzahn nach Hause. In meinem Zimmer warf ich mich aufs Bett, drehte mich zur Wand und heulte, bis meine Mutter an die Tür klopfte. Mit der Bettdecke rieb ich mir die Augen trocken, legte mich auf den Rücken, zog den Rotz hoch und sagte Herein.

Fast immer sagte meine Mutter als Erstes: Zieh doch die Schuhe aus, bevor du dich aufs Bett legst. Sie wusste, was mit mir los war, aber ich dachte, sie wüsste gar nichts, also wiederholte ich meinen Auftritt ungefähr drei Mal in der Woche. Sonntags blieb ich den ganzen Nachmittag in meinem Zimmer, schrieb Geschichten von Kindern, die in der Wüste ausgesetzt wurden und mit den Sternen redeten. Mein Leben war ein einziges Vermissen.

Das dauerte bis zur Einschulung ins Gymnasium im fünfzehn Kilometer entfernten Finstadt, wohin ich jeden Morgen mit dem Bus fuhr und nachmittags wieder zurück. In den zwei Jahren davor führte meine Mutter jede Woche und vor allem am Samstag Hunderte von »Geheimgesprächen« mit mir, wie sie unsere Treffen in meinem Zimmer – ohne die Anwesenheit meines Vaters – nannte. Diese mich komplett überfordernden Psychonummern fand ich nervig und verschwurbelt – bis ich einundzwanzig war.

Eines Sonntagnachmittags hockte ich allein in meiner neuen winzigen Stadtwohnung, hatte eine Flasche Weißwein intus und begriff, dass meine Mutter damals, nach jenem unbegreiflichen, verhassten Dezember, der einzige Mensch in meinem U-Boot achttausend Meilen unter dem Meer war, der meine Verlassenheit bis obenhin mit Nähe füllte und einfach dablieb, auch wenn ich sie mit Schweigen oder blöden Bemerkungen strafte. Ihr hatte ich es zu verdanken, dass ich mir am nächsten Morgen, als wäre nichts, wieder die Zähne putzte, mich anzog und ganz gewöhnlich am Tag teilnahm. Ohne meine Mutter hätte ich mich womöglich nach einem letzten Besuch auf dem Friedhof im Rieder See versenkt, mit einem Rucksack voller Kiesel, mein Herz gepfählt von Verachtung.

Mir fiel auf, wie sich mein Bauch hob und senkte; mein Atem strömte in mich hinein; bei geschlossenem Mund sog ich die warme, leicht parfümierte Luft durch die Nase, die Arme ausgestreckt neben mir, die Handflächen nach oben gedreht, als hätte ich mich tatsächlich an einer von Catrins Übungen versucht; die Augen hielt ich noch immer geschlossen. Eine eigentümliche Ruhe erfüllte mich, wie eine unerlaubte Geborgenheit in einer Nische abseits der chaotischen Wildnis aus menschlicher Gier, Verbrechen und Schicksalhaftigkeit, die draußen auf mich lauerte.

Ich weigerte mich, aufzustehen und an meinen Platz in Zimmer 214 zurückzukehren.

Mein Platz war der Katzentisch im Nebenraum des Gasthauses Schneider, wo die Trauergäste Schweinsbraten aßen, Bier und Schnaps tranken und Zigaretten- und Zigarrenrauch in die Luft pusteten, zu Ehren des alten Willi und seiner Selbstgedrehten, nach denen er noch im Krankenhaus verlangt hatte. An der Garderobe dünsteten die übereinandergehängten Jacken und Mäntel letzte Weihrauchdüfte aus, und ich schnupperte gierig, weil ich glaubte, das wäre ich Opa Willi schuldig. Was machst du da?, fragte mich mein Vater. Der Rauch beißt in der Nase, erwiderte ich erschrocken und stocherte mit der Gabel im Kartoffelsalat, der sauer schmeckte.

Mein Vater hatte mich an den kleinen Tisch in der Nähe der Garderobe geführt, während meine Mutter neben Oma Marie an dem langen, weiß gedeckten Tisch unter dem grässlichen Gemälde eines Hirsches im Wald Platz nahm; auf dem Tisch ein gerahmtes Schwarzweißfoto mit einer schwarzen Schleife; es zeigte Opa Willi in einem dunklen Anzug; ich wusste, das Bild war eigentlich breiter und in der Mitte durchgeschnitten worden; auf der fehlenden Seite hatte Oma Marie gestanden.

Anlässlich ihres dreißigsten Hochzeitstages hatte meine Mutter ihre Eltern zu einem professionellen Fotografen in Finstadt gefahren; sie ließen sich in ihren besten Gewändern ablichten, zu zweit nebeneinander; ein Bild von einem allein lehnten sie ab. Zwanzig Jahre nach Opa Willis Tod stand die abgeschnittene Oma Marie auf dem gleichen Tisch unter dem gleichen grässlichen Gemälde, und diesmal saß ich davor, neben meiner Mutter und meinem Vater.

Möchtest du allein hier sitzen?, fragte mein Vater, und ich sagte ja und spießte ein Kartoffelstück auf die Gabel und kaute so lange, bis mir fast schlecht wurde. An jenem Nachmittag am Katzentisch bei der Garderobe hieß ich noch Fariza Marie Krone, denn meine Eltern waren noch nicht verheiratet; sie hatten es vor, dann kam Opas Krankheit und ließ eine Feier nicht zu. Warum sie nicht gleich nach meiner

Geburt oder schon davor geheiratet hätten, fragte ich einmal meine Mutter, und sie meinte, sie wären sich nicht sicher gewesen, was aus ihrer beider Leben noch werden sollte. Vielleicht hätte mein Vater entschieden, in sein Heimatland zurückzukehren, und dahin hätte sie ihm nicht folgen wollen, der Sprache wegen, der Fremde, der Entfernung zu ihren Eltern. Er blieb, und so mussten ein Jahr nach Opa Willis Tod meine Urkunden neu geschrieben werden.

Schon als Kind fand ich meinen Nachnamen würdevoll: Krone. Ich bin die Krone, hab ich gerufen – das erzählte mir viel später die Großmutter – und winkte auf der Straße Leuten zu, die ich in meinem Alter unmöglich kennen konnte. Als mir bewusst wurde, dass ich von nun an Fariza Nasri hieß, spielten sich zwei nie gekannte Gefühlslagen in mir auf: Stolz und Eitelkeit. Meine Mutter ertappte mich dabei, wie ich vor dem Spiegel mit ausladenden Armbewegungen prinzessinnenhaft mein schwarzes Haar kämmte und aufplusternd das Kinn hob und mit dem Zeigefinger irgendwie geheimnisvoll auf meine Nasenspitze klopfte.

Nach einigen Monaten – Aussagen von Mitschülern und Lehrern zufolge hatte ich inzwischen ein affektiertes Verhalten an den Tag gelegt und zudem ein geschraubtes Hochdeutsch anstelle meines gewöhnlichen Dialekts gesprochen – kam eines Samstags meine Mutter ins Zimmer, schloss die Tür hinter sich, lehnte sich an die Fensterbank und meinte, die Show sei zu Ende. Auf der Stelle sollte ich zum Wastl Scholze gehen und mich für die Ohrfeige entschuldigen, die ich ihm gegeben hatte, weil er meinen Schulranzen nicht tragen wollte. Außerdem verbiete sie mir, weiterhin geschwollen daherzureden und morgens das Badezimmer zu blockieren, weil angeblich meine »Toalette angemessen Zeit« benötige. Was eine angemessene Zeit sei, entscheide garantiert nicht ich, erklärte meine Mutter; und nur, weil »man« einen arabischen Namen trage, sei »man« noch lang keine Kleopatra. Sei ich ja auch nicht, murrte ich zurück, ich sei Fariza. Von Kleopatra hatte ich noch nie gehört. Ich wusste schon, was meine Mama mir damit sagen wollte, aber an diesem Samstagnachmittag, an dem ich mir gerade sorgfältig die Brauen gezupft hatte, verweigerte ich jegliche Erkenntnis.

Fariza Nasri.

Fariza Nasri. Danke, Papa, dachte ich und riss die Augen auf.

11

Ich lag auf dem Boden meines Büros. Mit Tränen hatte ich nicht gerechnet; sie rannen mir über beide Wangen; es kam mir vor, als klebte meine Bluse an der grünen Baumwollmatte, Arme und Beine wie erstarrt. So geheult hatte ich nicht mehr seit dem Tag, als mein Vater für jeden von uns überraschend gestorben und ich während der Beerdigung wieder die meiste Zeit damit beschäftigt war, Gott zu verfluchen, wie damals als kleines Mädchen. Ich hielt die Hand meiner schwankenden Mutter und schaute an den schwarz gekleideten Leuten vorbei über die Friedhofsmauer – als gäbe es dort etwas zu sehen, die Madonna der Wahrheit oder einen Clown, der meinen Vater wieder aus dem Hut zauberte und rief, alles wäre nur ein göttlicher Spaß gewesen, zur Untermalung des bayerisch-arabischen Dialogs. Und ich hörte die längst verstummte Stimme von Oma Marie, der Bibeltreuen, die mir zuflüsterte: »Die Liebe hält alles aus und freut sich nicht übers Unrecht, und sie trägt das Böse nicht nach.«

Nichts lieber, das wusste ich, hätte ich ein Leben lang geglaubt.

Wie lang lag ich hier schon rum?

Wieso war niemand gekommen, um mich aufzuscheuchen?

Was war überhaupt passiert?

Ich sprang auf, wischte mir mit den Ärmeln über die Augen, rollte die Matte zusammen und stellte sie zurück an ihren Platz neben dem Büroschrank. Dann kippte ich gegen die Wand; schlagartig spürte ich die Müdigkeit; wie ein Magnet zog sie mich nach unten, in ein imaginäres, erlösendes Bett. Mein Blick traf das Bild an der gegenüberliegenden Wand, eine Stadtansicht, eine Aufnahme aus der Zeit, als mein Vater noch dort lebte, jung und geborgen in seiner Muttersprache.

12

Der fehlende Schlaf war nicht das Problem; oder der natürliche Stillstand beim Warten auf die Erleuchtung der Technik; oder das Geschwätz der Zeitungen. Uns marterte die unbeweisbare Gewissheit, die aus jahrelanger Erfahrung geronnene Überzeugung, dass wir keine entlaufene, übermütige, von kruden Ideen getriebene Schülerin suchten – sondern eine Tote.

Am Tag fünf nach dem Verschwinden der siebzehnjährigen Realschülerin Finja Madsen teilte Kriminaloberrätin Sandkorn in einer Pressekonferenz mit, die Ermittler gingen von einem Verbrechen aus und würden daher sämtliche Spuren und Zeugenaussagen neu bewerten. Ihrer Überzeugung nach, so die Leiterin des K 101, habe das Mädchen das Haus, in dem sie mit Freundinnen das Wochenende verbracht hatte, nicht lebend verlassen.

Hätte die junge Frau das Haus freiwillig verlassen, hätte sie sich noch vor Beginn des Unterrichts bei ihrer Mutter gemeldet, daran bestehe kein Zweifel. Ein Verschwinden auf dem Schulweg schließe die Kripo nach den bisherigen Erkenntnissen aus.

Sandkorns Appell, Beobachtungen zu melden, galt speziell den Nachbarn in den umliegenden Straßen, Spaziergängern und Verkehrsteilnehmern, die sich im Verlauf des fraglichen Sonntags und in der Nacht zum Montag in der Nähe des Drosselwegs aufhielten.

Zum wiederholten Mal wies Sandkorn auf das Aussehen der jungen Frau hin. Größe: ein Meter fünfundsiebzig; Gewicht: etwa sechzig Kilogramm; Gesicht: schmal, Augen: blau; Haarfarbe: dunkelbraun, schulterlang. Kleidung: weiße Daunenjacke, hellbraune Pudelmütze, Bluejeans, halbhohe Lederstiefel mit Schnürbändern und Reißverschluss an der Seite. Im Haus und – betonte die Kriminaloberrätin – beim Rauchen auf der Terrasse trug Finja laut Aussage ihrer Freundinnen ein auffallendes Oberteil: ein sulphurfarbenes Oversize-Shirt mit grün-gelben Streifen, einem Kragen und aufgesetzter Brusttasche. Dieses fast leuchtend helle Kleidungsstück könnte jemandem aus der Nachbarschaft, der zufällig aus dem Fenster sah, aufgefallen sein.

Gegenüber Reportern erklärten sowohl die Mutter, Evelin Madsen, als auch Finjas beste Freundin Celina Kreutz, sie seien hundertprozentig überzeugt, Finja würde noch leben und bald zu ihnen zurückkehren.

Die beiden anderen Mädchen von der Party – Leonie und Merle – verweigerten den Kontakt mit der Presse. Meiner Kollegin Jennifer erzählten sie, Finja habe sich »wie immer« benommen, ein wenig aufgekratzt, ein wenig geheimnisvoll. Das sei »so ihr Spiel«. Finja vermittele gern den Eindruck, sie würde »eine Art Doppelleben« führen, was jedoch, meinten die Mädchen, »wahrscheinlich nur in ihrem Kopf passiert«.

Mit den Aussagen der Klassenkameradinnen konfrontierte Jennifer Finjas Mutter – keine brauchbare Reaktion. Nach Meinung von Evelin Madsen wollten sich die Schülerinnen »nur wichtigmachen«.

Stattdessen beschwor die Fünfundvierzigjährige eine Möglichkeit, die wir längst ausgeschlossen hatten. Finja könnte – aus welchen aktuellen Gründen auch immer – zu ihrem Vater nach Rostock gereist sein; ihn habe sie lange nicht gesehen, auch nicht mit ihm gesprochen. Gelegentlich habe ihre Tochter derartige »Blitzeinfälle« und lasse dann »alles andere einfach liegen und stehen«, meinte die Mutter.

Zwischen Henry Madsen in Rostock und Finja in München hatte es keinen Kontakt gegeben. Die Kollegen aus der Hansestadt hatten das Alibi des Bauunternehmers überprüft, Gespräche mit Angestellten und Freunden geführt. Nach Überzeugung der Kommissare war die Sorge des Mannes um das Wohl seiner Tochter echt, er bedauere die Distanz zwischen ihr und sich und wünschte, seine Exfrau hätte in all den Jahren zumindest wieder eine freundschaftliche Verbindung aufgenommen.

Kennengelernt hatten sich Finjas Eltern auf dem Münchner Oktoberfest. Für seine Firma hatte Madsen eine Box in einem Zelt reserviert. Eine Mass gab die nächste. Zu später Stunde lagen sich Madsen und eine fremde Frau namens Evelin in den Armen, zunächst auf einer Wiese hinter den Zelten, dann in einem Hotelzimmer. Jahre zuvor – Koinzidenz mit Stephan Barig oder einfach bloß lausiger Zufall – hatte Madsen nach dem plötzlichen Tod des Vaters dessen Firma übernommen. Noch in der Nacht der ersten bierigen Küsse überredete er Evelin, zu ihm an die Ostsee zu ziehen;

ein Tanzstudio könne sie dort oben ebenso gut leiten wie in ihrer Heimatstadt. Geküsst, getan. Die Nähe zum Meer gefiel ihr. Finja kam zur Welt. Keine zwei Jahre später packte Evelin wieder die Koffer. Der Alltag in der Firma hatte ihr Liebesleben absorbiert; den Einheimischen waren die Gebühren fürs Studio zu hoch; Evelin vermisste München. Die Ehe wurde geschieden, sie behielt den Namen und das Kind.

Seit langem war Stephan Barig wieder ihr erster fester Freund.

Meiner verlotterten Meinung nach würde die Beziehung die Ereignisse nicht überdauern.

Am Sonntag, sechster Oktober, nutzten vier Personen eine bestimmte Telefonzelle in der Wasserburger Landstraße. Einer der Anrufe ging in die Sedanstraße im Stadtteil Haidhausen. Die Adresse elektrisierte meinen Kollegen Dennis Kalk: In der Straße wohnte Finja Madsen mit ihrer Mutter. Dennoch war der Name des Teilnehmers in den Akten bisher nirgends aufgetaucht.

Wagner, Manuel.

Taxifahrer, geschieden, arbeitete überwiegend nachts; Vater von Tom Wagner. Toms Mutter lebte mit einem anderen Mann zusammen.

Tom besuchte dieselbe Schule wie Finja – Adalbert-Stifter-Realschule in der Flurstraße – und verbrachte das Wochenende, an dem Finja mit Freundinnen feierte, mit seinem besten Freund Ben, der nur wenige hundert Meter entfernt wohnte. Die Jungen zockten sich am Computer die Nacht um die Ohren.

Ben Tessler, fünfzehn Jahre alt.

Miriam Tessler, die Mutter: einundvierzig, Bahnangestellte, täglicher Schalterdienst im Reisezentrum am Hauptbahnhof, auch am Sonntag. Florian Tessler, der Vater: sechsundvierzig, Zugbegleiter, »Erster Betreuer« im Fernverkehr.

Die getrennten Befragungen der beiden Jungen gestalteten sich schwierig. Sie sagten nur das Nötigste. Sowohl Manuel Wagner als auch Miriam Tessler griffen sofort ein, wenn sie den Eindruck hatten, die Kommissarin, Jennifer Odoki, und ihr Kollege, Dennis Kalk, würden die Kinder unter Druck setzen. Erlaubnis verweigert, allein mit den Jugendlichen sprechen zu dürfen.

Was Jennifer und Dennis den Schülern dennoch entlockten, betraf ein Ereignis am frühen Sonntagnachmittag. Nach einem Anruf auf dem Festnetz – so berichtete Tom zögernd – habe Ben überstürzt die Wohnung verlassen; was er vorhatte, verschwieg er. Verabredet hätten sie allerdings, dass Ben am nächsten Tag seiner Mutter erzählen würde, er habe – wie geplant! – von Samstag bis Montag bei ihm, Tom, übernachtet. Miriam Tessler würde das garantiert nicht nachprüfen. Derartige Wochenenden hätten sie schon öfter gemeinsam verbracht, am Montag seien sie immer pünktlich in der Schule erschienen. Nach dieser Aussage entspann sich ein heftiger Disput zwischen dem Jungen und seinem Vater – Vertrauensmissbrauch, Lügen und andere familiäre Gepflogenheiten.

Er sei als Erster drangegangen, sagte Tom, nachdem Vater und Sohn sich nach eindringlicher Aufforderung durch die Staatsgewalt vorübergehend beruhigt hatten.

Die Stimme der Frau am Telefon habe Tom nicht gekannt, sie sprach leise, er habe kaum etwas verstanden, außer, dass sie dringend und schnell mit Ben reden müsse. Daraufhin brachte er das schnurlose Telefon in sein Zimmer und gab es Ben. Das Gespräch, beteuerte Tom, dauerte keine Minute; Ben habe sich entschuldigt und erklärt, er müsse sofort los, wohin, das gehe Tom nichts an. »Kann und darf ich dir nicht sagen«, lauteten angeblich seine Worte.

Mit einem unsicheren Blick auf seinen Vater fügte Tom hinzu, der Anruf einer Frau habe ihn überrascht, eigentlich …

Der Schüler druckste herum, bis Dennis Kalk ihn ermahnte, nicht zu lügen. Eigentlich, fuhr Tom fort und senkte die Stimme, als lausche sein Freund oder dessen Mutter nebenan, habe er geglaubt, Ben sei schwul; mit Mädchen wolle er nichts zu tun haben und gelegentlich lächele er ihn, Tom, »irgendwie seltsam« an. Über das Thema hätten sie jedoch nie gesprochen. »Ist doch seine Sache …«

Konfrontiert mit Toms Aussage, erwiderte der zutiefst verunsichert wirkende Ben Tessler auf die Frage, ob er von der Wagner-Wohnung aus in den Drosselweg gefahren sei, er habe eine Freundin besucht, die älter sei als er und mit der er vereinbart habe, »niemals« ihren Namen zu nennen. Mehr war bis zu diesem Zeitpunkt nicht aus ihm herauszubringen, auch nicht auf Drängen seiner angesichts der überraschenden Neuigkeiten reichlich verwirrten Mutter.

Finja war älter als er, wenn auch bloß um zwei Jahre.

Natürlich besaß Ben ein eigenes Handy; dessen Nummer hatte Finja am Sonntag nachweislich nicht gewählt.

Es war ohnehin ausgeschaltet gewesen, das gesamte Wochenende über, bis Montagmorgen in der Schule.

Noch hielt der Junge den Mund.

Angeblich erstickte Ben fast an seinem Schweigen, als Jennifer und Dennis ihm beim Abschied mitteilten, sie würden ihn und seine Eltern am frühen Nachmittag zu einer Vernehmung ins Kommissariat abholen.

Da war sie wieder, über dem Waschbecken in der Toilette.

Wo waren Sie zwischen dem achtzehnten und achtundfünfzigsten Lebensjahr, Frau Nasri? In einer Dunkelkammer? Kann nicht sein.

Fariza, behauptete zumindest Papa Malik, bedeutet »Die Leuchtende«.

Haben Sie geleuchtet, Frau Nasri? Ja, möchte ich sagen, ja, doch.

Auf meinen Lippen verdorrt jedes Wort.

Ich glaube Ihnen nicht, sage ich.

Die Frau, die mich anschaut, als hätte sie ein Recht dazu, ist Polizistin; sonst ist sie nichts; nicht Ehefrau, Geliebte oder Mutter; sie ermittelt und vernimmt Verdächtige und Zeugen; sie schreibt Berichte und befolgt die Regeln des Polizeiaufgabengesetzes, des Strafgesetzbuchs, der Straßenverkehrsordnung, des Bürgerlichen Gesetzbuchs; sie ordnet sich unter und respektiert die Anweisungen ihrer Vorgesetzten und des zuständigen Innenministeriums; sie begeht keine Straftaten und steht nicht über dem Gesetz.

Frau Nasri?

Sei still.

13

Die Hände im Schoß, zerknittertes rotes Hemd unter der offenen Lederjacke; müder Blick, der Rücken leicht schief.

Abblätternde Arroganz.

Seine Litaneien hatte Stephan Barig trotzdem drauf. »Also, Sie sind der Freund und Helfer; ich will helfen, das sehenS ja, obwohl wir erst für Montag verabredet waren, frühestens. Gut. Sie haben mich gebeten, also leiste ich Folge.«

»Danke«, sagte ich. »Bevor wir auf die Suche nach Finja zurückkommen, muss ich Ihnen sagen, dass ich mich über etwas wundere.«

»Dass schon wieder Herbst ist?«

»Sie haben keine Anzeige gegen die Frau erstattet, von der Sie im Lokal Kornkammer angegriffen wurden.«

Er zog die Brauen hoch, wirkte amüsiert. »Die war doch harmlos, besoffen bis ins Stammhirn, mein Freund hat sie angemacht, da ist sie ausgerastet, das darf man nicht so hoch hängen. Woher wissen Sie von der Sache? Ist doch nichts passiert.«

»Ihr Freund Mirko Fehling liegt mit einer Schädelfraktur im Krankenhaus.«

»Hätt halt schneller reagieren müssen. Der erholt sich schon wieder.«

»Kannten Sie die Frau?«

»Nö. Würde ich aber gern. Die hat was, was ich gut find.«

»Was?«

»Ein Geheimnis, in den Augen, so, wie die dasitzt und trinkt und ihren Körper einsetzt.«

»Sie hat ihren Körper eingesetzt?«

»Die Frau ist alleinstehend, wetten? Was der fehlt, sind Männer. So was spür ich. Der Mirko hat sich falsch verhalten, ganz klar. Wahrscheinlich zeigt er die Frau auch noch an. Würde ich nie machen; so eine Frau zeigt man nicht an, die ruft man an und lädt sie zum Essen ein, zum Trinken; so eine Frau muss man zu nehmen wissen, sonst hat das alles keinen Sinn. Wie geht's ihr? Hat sie sich erholt? Wieder senkrecht heute?«

»Ihren Namen hatten Sie vorher nie gehört?«

»Hab ihn schon wieder vergessen. Wie war der noch mal?« Er schaute mich an, als erwarte er eine Antwort.

Ich sagte: »Wann haben Sie Frau Madsen kennengelernt?«

»Krasser Übergang. Gut. Wann kennengelernt? Steht doch im Protokoll, hoff ich. Wir kennen uns seit fast genau zwei Jahren; wie gesagt, ihre goldene Armbanduhr hatte den

Geist aufgegeben, hübsches Teil, nicht antik, aber auch kein Tand. Batterie rein, läuft wie neu. Ich glaub, da war eine Anziehung auch von ihrer Seite aus, vom ersten Moment an.«

»Wie hat die Tochter von Frau Madsen auf Sie reagiert?«

»Pfundig. Hat mich selber überrascht; hatte nie mit Kindern zu tun; nie verheiratet gewesen, nie was in der Richtung angestrebt. Wie gesagt, das Geschäft bestimmt mein Leben, da bleibt wenig Raum für so was. Wir treffen uns also wieder, Frau Madsen und ich, sie erzählt mir was aus ihrem Leben, von ihrem Tanzstudio, den Kindern, die zu ihr kommen, den ehrgeizigen Eltern. Ihre Tochter erwähnte sie selbstverständlich auch. Finja, fünfzehn Jahre alt zu dem Zeitpunkt. Wie Sie auf den Fotos gesehen haben: dieselbe Schönheit, dieselbe Figur, fast dasselbe Schauen, dieselbe Pudelmütze.«

Er tippte sich mit dem Mittelfinger an die Stirn, wahrscheinlich, um zu signalisieren, auf welchem Körperteil Finja eine Kopfbedeckung trug; dann legte er die Hand wieder in den Schoß.

»Sie fanden Finja attraktiv«, sagte ich. »Haben Sie sie eingeladen? Zum Essen? In eine Bar?«

»Anfangs hatte ich Bedenken. Sie ist eigen, lässt sich nicht bestechen, die durchschaut einen schneller, als Sie blinzeln können. Hab mich zurückgehalten, wollt mich nicht wichtigmachen; mal checken, was von der anderen Seite kommt. Vorsichtige Annäherung würd ich das nennen. War auch alles nicht leicht für sie, früher, als Kind.

Im Osten geboren, mit der Mutter zurück hierher. Ihren Vater hat die Finja definitiv vermisst. Das hat ihre Mutter oft genug erwähnt. Was hätt sie machen sollen? Der Vater kümmerte sich nur noch um den Familienbetrieb. Ist mir vertraut, so was. Der Mann hat ein namhaftes Bauunternehmen in Meckpomm. Kenne keine Details. Evelin erwähnt den Mann selten. Sie lehnt jeden Kontakt ab. Kann ich nicht nachvollziehen. Die Finja ist fast eine erwachsene Frau, die hat ein Recht auf den Umgang mit ihrem leiblichen Vater. So seh ich das.«

»Glauben Sie, Finja hält sich im Moment bei ihrem Vater auf?«

»Möglich wär's, dass die Finja zu ihm hochgefahren ist, ohne jemand Bescheid zu geben. Schließen Sie das aus?«

»Ja.«

»Ach ja?«

»Ja.«

»Aha. Sie müssen's wissen, Sie sind Polizei.«

»Wann hatten Sie zum letzten Mal Kontakt mit Finja?«

Er schien nachzudenken. Interessiert, ob ich geduldig blieb, sah er mich an; auf meiner Stirn erschien ordentlich gefaltetes Interesse.

»Gesprochen haben wir beim letzten Mal nur am Telefon. Sie hat gefragt, ob ich mal wieder verreist wär. Hintergrund war klar: Sag ich zu ihr, am nächsten Wochenende. Hab sie nicht zappeln lassen, hab sofort zugesagt, freie Bahn, viel Spaß beim Feiern. Sie hat sich bedankt und versprochen, dass sie das Haus diesmal picobello hinterlassen würden. Anders als beim letzten Mal, wo ich einige Kritikpunkte anbringen musste. Nichts Weltbewegendes. Die Toiletten hätten mehr Glanz gebraucht, zwei Gläser waren kaputt, auf der Couch war ein Fleck, der vorher nicht da war. Hab kein großes Ding draus gemacht, sondern sie nur drauf hingewiesen und ermahnt. Einsichtiges Mädchen. Sie kam dann extra noch mal vorbei und hat sich ums Bad gekümmert. Unser letztes Gespräch? Vorletzten Montag.«

»Und dann?«

»Dann hab ich nichts mehr von ihr gehört.«

»Wann haben Sie ihr den Haustürschlüssel gegeben?«

»Brauch ich nicht. Einen meiner drei Haustürschlüssel hat Finjas Mutter, sie gibt ihn ihrer Tochter, so halten wir das. Bin froh, dass ich jemanden hab, der Zugang zu meinem Haus hat, für den Notfall, so jemanden hatte ich bisher nicht. Meine Beziehungen, wie gesagt, dauerten für eine Schlüsselübergabe nicht lang genug.«

»Dieser dritte Schlüssel ist verschwunden.«

»Der Schlüssel ist weg, schon klar. Die Finja muss ihn mitgenommen haben. Wir haben überall gesucht, Ihre Kollegen von der Vermisstenstelle und ich, hätt ja sein können, dass er irgendwo runtergerutscht ist.«

»Finja war bis Montagmorgen in Ihrem Haus, Herr Barig.«

»Aha.«

»Funkzellenabfrage«, sagte ich. »Technisches Zeug. Wann genau kamen Sie noch mal am Montagmorgen vom Walchensee zurück?«

»WissenS doch, kurz nach sechs. Heißt: Falls die Finja tatsächlich noch bis Montagfrüh im Haus war, dann höchstens bis ungefähr sechs. Dann bin ich aufgeschlagen. Niemand da. Ich wiederhole mich, das liegt an Ihnen, Sie stellen mir ständig dieselben Fragen. Soll ich was erfinden, damit Sie glücklich sind? Wenn Sie Zweifel an meinen Aussagen haben, geht das auf Ihr Konto. Ich antworte nach bestem Wissen und Gewissen. Und, noch mal: Wie ich mein Wochenende verbringe, geht niemanden was an und hat mit der Sache, über die wir reden, nichts zu tun. Respektieren Sie meine Privatsphäre, Frau Kommissarin, sonst werd ich ungemütlich.«

»So ungemütlich wie in Ihrer Hütte am vergangenen Wochenende?«

Für kurze Zeit gelang ihm wieder sein geprobtes Gehabe; er steckte die Hände in die Jackentaschen, schob den Rücken gerade, nagelte seinen Blick in mein Gesicht.

»Nur weiter, Frau Dings.«

»Herr Kleinfeld, Herr Irgang und Frau Emmrich haben ausgesagt, Ihr körperlicher Zustand in der Hütte sei miserabel gewesen, Sie hätten extreme Schwierigkeiten gehabt, in sexueller Hinsicht, deswegen seien Sie aggressiv geworden. Sie hätten die Frau beschimpft und dann auf sie eingeprügelt. Das wissen wir alles schon. Äußern Sie sich zu diesen Schilderungen.«

Zwei Minuten vergingen.

Er bewegte keinen Muskel. Er atmete durch die Nase; ein leises, rhythmisches Schnauben. Es kam mir vor, als würde er mich mit Verachtung einbalsamieren und mich gleichzeitig wegen seiner unangreifbaren Gegenwart zutiefst bedauern.

Seine Stimme klang nachsichtig. »Frau Nasri, jetzt zum Mitschreiben: Ich, Stephan Barig, zweiundsechzig Jahre alt, bin ein Mann, vor allem da, wo's drauf ankommt. Ich kann, wenn ich muss, und ich muss oft.

Haben das Ihre Mikrophone aufgenommen? Was Sie mir hier auftischen, ist eine Unverschämtheit. Ich frage mich: Entspringt Ihr Verhalten Ihrer Verzweiflung, weil Ihre Ermittlungen versandet sind, oder sind Sie einfach naiv und leichtgläubig? Das wär für eine Polizistin in Ihrem Job verheerend, offen gesagt.«

Er nahm die Hände aus den Taschen, legte sie auf die Oberschenkel, nickte mir zu. Er wirkte nicht im Mindesten aufgeregt, nicht einmal feindselig. Seine Erklärung hatte er ohne besondere Betonung abgegeben, wie eine natürliche, allseits bekannte Selbstverständlichkeit.

Die Reuelosen sind so.

14

»Die erwähnten Aussagen liegen uns schriftlich vor, Herr Barig.«

»Eine Lüge, Frau Nasri, bleibt eine Lüge, wurscht, ob in schriftlicher oder mündlicher Form. Geht mir am Arsch vorbei, was in Ihrer Akte steht. Von mir aus haben meine Freunde was gequatscht. Versteh nicht, wieso. Und? Die Aussage der Nutte ist wertlos, wie der ganze Mensch. Mein Sexleben ist die Basis Ihrer Arbeitsweise? Ohne Scheiß? Ich krieg einmal keinen hoch, und das bedeutet, ich hab was mit dem Verschwinden von der Finja zu tun? Wenn ich mit dieser Logik zur Presse geh, lachen die mich aus, die glauben mir kein Wort, dass die Polizei in dieser Stadt so tickt.«

»Finja Madsen hat Ihr Haus nicht lebend verlassen«, sagte ich.

»Und wenn? Was habe ich damit zu tun? Wenn die jemand weggeschafft hat, irgendwann in meiner Abwesenheit, wieso soll ich dann verantwortlich sein? Wenn die Finja, was niemand beweisen kann, Sie schon gar nicht, in meinem Haus zu Tode gekommen sein sollte, und jemand hat ihre Leiche beseitigt, dann frage ich Sie und alle, die hier zuhören, wieso sitze *ich* dann hier, höre mir eine Unterstellung nach der anderen an und werde behandelt wie ein Schwerverbrecher? Und Sie rühren keinen Finger, um den Mörder zu suchen? Gnädige Frau, Sie haben Ihren Beruf verfehlt, zu hundert Prozent. Wenn ich so einen Lehrling wie Sie im Geschäft hätt, wär er am ersten Tag gefeuert, darauf könnenS wetten.«

»Kennen Sie einen Schüler mit dem Namen Ben Tessler?«

»Den Namen«, sagte er, und seine Stimme kippte ins Blecherne, »höre ich zum ersten Mal. Tesla? Wie das Auto?«

»Ben Tessler. Fünfzehn Jahre alt.«

»Den Namen hat Ihnen jemand ins Ohr geflüstert, um von was anderem abzulenken, von sich selber wahrscheinlich. Wie heißt der Kerl, der euch diesen Floh ins Ohr gesetzt hat?«

»Kennen Sie einen Schüler mit dem Namen Tom Wagner?«

»Wie jetzt? Tom? Ben? Wer?«

»Kennen Sie Tom Wagner?«

»Nö.«

»Tom ist ein Freund von Ben, und Ben ist Finjas Freund«, sagte ich.

Er öffnete den Mund, als wollte er jeden Moment loslachen. Stattdessen stieß er einen gurgelnden Laut aus und schüttelte, wie vergnügt, den Kopf. »Die Finja hatte keinen Freund. Absurd. Jede freie Minute hing sie mit ihrer Freundin Celina ab, weiß doch jeder. Celina Kreutz heißt das Mädel, sie ist, glaube ich, ein oder zwei Jahre jünger als die Finja, weil, kein Geheimnis, Finja hat eine Klasse wiederholt. Kein Problem, find ich. Dieser Tom Wagner soll Finjas Freund gewesen sein? Freund im Sinne von Freund? Lächerlich.«

»Nicht Tom. Ben ist Finjas Freund.«

»Sie bringen mich durcheinander mit diesen Namen. Also, dieser Tom behauptet, Ben ist der Freund von Finja? Was soll das bedeuten? Dass die zwei Sex hatten?«

»Vielleicht haben die beiden immer noch Sex.«

»Von den ganzen Absurditäten, die Sie mir auftischen, ist das die Krönung. Unsere Finja treibt's mit einem Fünfzehnjährigen. Das ist doch Verführung Minderjähriger. Die Finja ist erwachsen, auch wenn sie erst siebzehn ist. Wetten, Finjas Mutter hat den Namen auch noch nie gehört? Glauben Sie, ich wüsst nicht, wenn die Finja mit einem Jungen rumhängen würd? Zum hundertsten Mal: Als ich Montag früh ins

Haus kam, war niemand da. Die Party war vorbei, alle waren verschwunden. Das Haus war in einem ordentlichen Zustand, wie gesagt.«

»Ben Tessler hat von Sonntag auf Montag in Ihrem Haus übernachtet, Herr Barig.«

»Wer sagt so was? Er?«

»Ja.«

»Er hat das gesagt? Der Junge? Der Fünfzehnjährige?«

»Ben Tessler.«

»Raffen Sie's nicht? Der Junge lügt. Ich kenn den nicht. Fünfzehn? Ein Kind. Denkt sich was aus, wie alle Kinder, macht sich wichtig, redet gern mit der Polizei, findet er cool, kann er auf dem Schulhof damit angeben.«

»Ben sagt, er würde Sie kennen.«

»HörenS auf, mich austricksen zu wollen. Er kennt mich? Soll er mir ins Gesicht sagen, der Lügner. Auf geht's.«

Drei Personen kamen herein, die mittlere ein schlaksiger, groß gewachsener Junge mit schulterlangen blonden Haaren und azurblauen Augen, sein Gesicht weißer als die Wände in Zimmer 214. Der bis zu den Knöcheln reichende schwarze Wintermantel hing wie eine Bleischürze von seinen krummen Schultern; es gelang ihm kaum, den Kopf gerade zu halten. Als er den Mann am Tisch erblickte, schossen ihm Tränen in die Augen.

»Ben Tessler«, sagte ich zu Barig, der verdutzt zur Tür schaute, und stand auf.

Begleitet wurde der Schüler von Jennifer Odoki und Dennis Kalk.

»Setz dich auf meinen Stuhl, Ben. Erzähl uns die Wahrheit.«

Barig schüttelte unaufhörlich den Kopf; dann hörte er damit auf und fing von vorn an.

Ich deutete auf meinen Stuhl. In seinen schwarzen Sneakern, deren Schnüre über den Boden schleiften, schlurfte Ben mit trägen Schritten durch den Raum. Bevor er sich setzte, erschütterte ein tiefes Schluchzen seinen Körper.

Dennis schloss die Tür und blieb davor stehen; Jennifer ging zu ihm.

Den Kopf gesenkt, saß Ben am Tisch; sein Mantel, den er offen trug, warf Falten auf dem Boden. Ich las die erste Seite der Akte, die Jennifer mitgebracht hatte, blätterte um, überflog die zweite und die letzte Seite und klappte den Deckel zu.

Barig hatte wieder angefangen, in Schüben durch die Nase zu schnauben.

Nichts von dem, was ich gelesen hatte, durfte sich in meinem Gesicht spiegeln.

»Schau dir den Mann an, Ben«, sagte ich. »Erkennst du ihn?«

Ohne den Kopf zu heben, nickte er.

»Wie heißt der Mann?«

»Stephan. Stephan Barig.«

»Wann hast du ihn zum letzten Mal gesehen?«

»Am ... am Montag.«

»Wo?«

»Am ... In seinem Haus und ... und auf der Straße.«

»Auf welcher Straße, Ben?«

»Kreiller ... St. Veitstraße.«

»Was habt ihr da gemacht?«

»Wir haben ... Er hat ... Ich bin in die Tram gestiegen.«

»Er hat dich zur Haltestelle gefahren.«

»Ja.«

»Warum hat er das getan?«

»Weil ich ... weil ...« Er hob den Kopf und sah zu mir. »Ich musste in die Schule.«

»Was ist im Haus passiert, Ben?«

»Nichts«, blökte Barig.

Zum ersten Mal sah Ben ihm ins Gesicht. Nach einigen Momenten wischte Barig mit der rechten Hand durch die Luft und lehnte sich zurück; wieder schaute er zur Tür, zu Jennifer und Dennis, dann in meine Richtung, an mir vorbei zur Wand.

»Ich werde mit eigenen Worten wiederholen, was du meinen Kollegen berichtet hast, Ben.« Ich schlug die Akte auf. Barig sah weiter an mir vorbei. Ben umklammerte mit beiden Händen die Tischkante.

»Du hast an der Tür gehorcht«, sagte ich. »An der Tür des Wohnzimmers, die der Hausbesitzer hinter sich geschlossen hatte. Er wollte, dass du im Flur wartest. Bei seiner Ankunft schrie der Mann durchs Haus und schien dich zunächst nicht wahrzunehmen. Stimmt das so?«

Ben nickte.

»Dann bemerkte er dich und begriff, was geschehen war …«

»Ich … ich …« Ben drückte mit den Fingern so fest auf den Tisch, dass die Kuppen weiß wurden. »Sie … Sie wollte … wollte das ausprobieren, aber ich nicht, ich schwör's … schwör's …«

Für das Strafmaß war in diesem Raum niemand zuständig. »Der Hausbesitzer fand dich kniend am Boden, neben der Leiche deiner Freundin Finja.« Der Schüler wollte etwas sagen; ich ließ ihn nicht zu Wort kommen. »Der Mann sah dich, er sah das tote Mädchen. Dann packte er dich und schob dich hinaus in den Flur. Anschließend blieb er allein im Wohnzimmer, bei geschlossener Tür. Du hast gehört, wie der Mann den Namen einer Frau schrie. Erinnerst du dich an den Namen, Ben?«

»… Betty … Betty, hat er geschrien.«

»Betty. Du warst verstört, dir war schlecht, du hast gezittert. Ganz automatisch hast du an der Tür gelauscht, du konntest nicht anders …«

»Ja, ja …«

»Plötzlich fing er an zu grunzen, der Mann, er grunzte und stöhnte. Und dann … dann …«

Seine Stimme war so leise, dass auch Barig den Jungen wie zwanghaft anstarrte. »Dann hat er wieder geschrien, so, wie … wie …«

Die Formulierung, die er gegenüber Jennifer und Dennis benutzt hatte, stand in der Akte: »Wie am Schluss vom Sex.«

Der Schrei kam unerwartet und durchdringend. Vor Schreck wäre Ben beinah vom Stuhl gerutscht; wie zur Abwehr hielt er sich den Arm vors Gesicht. Dennis machte drei Schritte auf den Tisch zu; instinktiv griff Jennifer nach ihrer Dienstwaffe.

Mich hatte der Ausbruch des Mannes aus einem seltsamen Grund nicht überrascht, nicht betroffen – als befände ich mich im Nebenzimmer, hörte nur über Lautsprecher zu. Als wäre eine dicke Wand zwischen ihm und mir.

Barigs Schrei dauerte ungefähr zwanzig Sekunden; er stieß ihn im Sitzen aus, die Hände ungerührt im Schoß, scheinbar ohne jede Anstrengung. Danach schnaufte er mit offenem Mund und nickte erneut eine Zeitlang vor sich hin.

»Geht's wieder, Herr Barig?«, fragte ich.

15

Wieder steckte er die Hände in die Taschen seiner olivfarbenen Lederjacke mit den gesteppten Schultern und nahm sie nicht mehr heraus. An sein Gegenüber verschwendete er keinen Blick mehr, kein Wort; er redete und schaute an dem Jungen vorbei, wie vorhin an mir.

»Wenn der Typ glaubt, er muss alles ausplaudern, sein Problem. Sie müssen rausfinden, wie pervers der ist mit seinen fünfzehn Jahren. Schiebt die Schuld auf die Finja, das sagt alles über seinen Charakter. Niemals hätt die Finja so was freiwillig gemacht. Für so eine Lüge müsste der Kerl zehn Jahre extra in den Knast.

Jetzt zum Punkt: Ich wollt den da raushalten, trotz allem, was er angerichtet hat. Der Junge ist ein Kind, so einer gehört nicht ins Gefängnis. Das Ganze war ein Unfall, ein Versehen, ein tödliches Spiel. Ich hab ihm versprochen, dichtzuhalten und sein Leben zu schonen. So einer bin ich. Retten wollt ich den. Und?«

Ich warf Jennifer einen Blick zu; sie kam zum Tisch. »Komm, Ben«, sagte sie, »wir gehen zurück in mein Büro, zu deinen Eltern.«

Schwerfällig, mit einem Ausdruck allumfassender Ratlosigkeit, erhob sich der Schüler – sein Mantel aus Blei – und schien auf eine Reaktion des sitzenden Mannes zu warten. Dann begriff er, dass er Barig vollkommen egal war.

Schlurfend folgte Ben meiner Kollegin. Auch Dennis ging nach draußen und schloss die Tür. Ich stellte mich hinter den leeren Stuhl, stützte die Arme auf die Lehne.

Etwas raschelte in Barigs Taschen. »GlaubenS mir oder nicht, ich wollt ihn retten.«

»Sie haben die Leiche beschmutzt; auf Ihre Art haben Sie sich an ihr vergangen.«

»Mein Gott. Sie lag da, nackt auf dem Bett, die Beine breit auseinander, ich schau sie an, was sonst? Und vorm Bett, am Boden, liegt die rote Tüte, die ihr der Typ vom Kopf gezogen hat, nachdem sie erstickt ist. Erst stülpt er ihr die Tüte drüber, damit sie keine Luft mehr kriegt und er seine Perversionen ausleben kann, dann geht was schief und dann heult er. Er ist der Mörder. Niemand sonst.«

»Sie haben den Jungen vor die Tür geschickt, um sich zu befriedigen.«

»Das war ein Reflex. Ich schau ihren Körper an, ich riech die Luft im Zimmer. Ich denk an die Alte in der Hütte, die wir gefesselt haben, damit was geht. Ging nichts, gut. Und ich denk an die Evelin, die Frau Madsen, die immer gleich erschrickt, wenn ich sie anlang, und die am liebsten im Dunkeln rummacht und mich wegschiebt, wenn ich's härter brauch. Ist nicht meine Schuld, dass sie als Jugendliche mal fast vergewaltigt worden wär.

Und? Die Finja. Siebzehn Jahre. Nackt. Liegt da und sieht aus, als würd sie warten, dass einer sie nimmt. Hab ich die Hose runtergezogen. Ist was gegangen. Und wie was gegangen ist, wie schon lang nicht mehr. Alles rausgelassen, was in mir drin war. War dermaßen was in mir drin.«

»Und danach?«

»Danach? Danach? Danach? Hören Sie nicht zu? Dann hab ich den Jungen zur Tramhaltestelle gefahren, damit er pünktlich in die Schule kommt. Hab ihm eingebläut, er soll die Klappe halten, alles wird gut, alles wird bestens. Hab die tote Finja in einen Müllsack gepackt, in den Kofferraum verfrachtet und ab zum Walchensee. SchickenS Taucher hin, vielleicht habenS Glück. Obacht: Da lauert der riesige Waller in der Tiefe, mit seinem Schwanz im Maul, wenn der den Schwanz loslässt, peitscht er das Wasser übern Berg bis runter zum Murnauer Moos. Und aus ist's mit der Idylle. So schnell könnenS nicht schnaufen, wie Sie ersaufen.

Wenn ich deswegen in den Knast muss, Schicksal. Ich wollt dem armen Jungen helfen, sonst nichts.

Noch mal zu der Frau aus der Kneipe, die meinem Kumpel einen Aschenbecher über den Schädel gezogen hat. Krieg ich die Telefonnummer von der?«

»Haben Sie Ihren Freunden Kleinfeld und Irgang erzählt, was passiert ist?«

»Bin ich gaga?«

Später beteuerten die beiden Männer, alles, worum Barig sie gebeten habe, war, ihre Aussagen im Zusammenhang mit dem Trip aufs Land abzusprechen; man könne nie wissen, auf welche dummen Gedanken die Polizei beim Verschwinden eines Mädchens käme, habe Barig ihnen erklärt. »Saubere Alibis«, zitierte ihn Kleinfeld, würden jeden von ihnen »auf die sichere Seite bringen«.

Noch einmal von mir befragt, leugnete Barig die Anweisungen an seine Kumpels nicht; er war längst wieder eins mit sich.

Ob er gegen den fünfzehnjährigen Realschüler Ben Tessler Anklage wegen sexueller Nötigung mit Todesfolge erheben würde, wollte Oberstaatsanwalt Sebastian Aberle erst nach einer persönlichen Vernehmung entscheiden. Finjas Mutter schwor, ihre Tochter wäre niemals mit solchen sexuellen Praktiken einverstanden gewesen, eine Aussage, die von Finjas Freundin, Celina Kreutz, nicht bestätigt wurde. Hin und wieder habe Finja eine entsprechende Andeutung fallen lassen, allerdings mit scherzhaftem Unterton, meinte Celina.

Ben Tessler beteuerte unter Tränen, Finja habe Freude an Fesselspielen gehabt; im Internet habe sie vor einigen Wochen ein Video entdeckt, in dem die Sexpartner eine Plastiktüte benutzt hätten; das habe sie »unbedingt« ausprobieren wollen.

Offensichtlich wegen dieser Experimente – nicht nur wegen des Altersunterschieds, für den sich Finja in der Gegenwart ihrer Freundinnen vermutlich ein wenig geschämt hätte – trafen sich die beiden immer nur heimlich, meist in einem kleinen Apartment, das Celinas Vater gehörte; er war geschieden und verbrachte als Pilot die meiste Zeit des Jahres im Ausland oder an seinem Hauptwohnsitz in Portugal.

»Sie habe«, sagte Ben, erschöpft und innerlich zerknüllt vor Scham, beim letzten Gespräch zu Jennifer und mir, »an dem Sonntag plötzlich Lust gehabt, mich anzurufen und Spiele zu spielen, die ganze Nacht, ununterbrochen. Ich fand's aufregend. Dann hab ich Angst gekriegt und wollt aufhören; sie nicht.«

Die Plastiktüte habe sie eigenhändig mit einer Schnur verknotet; er habe zugesehen und plötzlich sei ihm schlecht geworden. Weil er sich nicht auf dem kostbaren Teppich übergeben wollte, rannte er zur Toilette. Als er zurückkam, habe Finja reglos auf dem Bett gelegen. Zuerst habe er nicht begriffen, was passiert war; er habe bloß dagestanden, »weiß nicht, wieso«. Er sei zum Bett gegangen, habe an der Schnur gezerrt und versucht, die Tüte zu zerreißen; das sei ihm nicht gelungen. Er musste in die Küche rennen und ein Messer holen. Er schnitt die Schnur entzwei und riss Finja die Tüte vom Kopf. Er hatte keine Ahnung, was er sonst tun sollte.

In der Vernehmung sagte Ben auf die Frage, ob er sich sicher gewesen sei, dass seine Freundin zu diesem Zeitpunkt schon tot war, das habe er fest geglaubt. Nein, einen Finger habe er ihr nicht an den Puls gehalten; daran habe er nicht gedacht. Stattdessen lief er ein zweites Mal ins Bad, um sich zu erbrechen. Wie spät es war, konnte er nicht sagen. Vollkommen verstört habe er auf dem Boden neben dem Bett gekauert. »Das war, als wär ich gelähmt und alles wär gar nicht wahr.«

Eine Anklage wegen Strafvereitelung und Behinderung von Ermittlungsarbeit, sagte der Oberstaatsanwalt, könne er weder dem Jungen ersparen noch dem Hausbesitzer, der die

Leiche beseitigt hatte. Außerdem käme Barig wegen seiner sexuellen Handlung vor Gericht, der Vorwurf: Störung der Totenruhe, in Tateinheit mit beschimpfendem Unfug.

Trotz der Untiefen des Walchensees bargen Taucher die Leiche der Schülerin am nächsten Tag. Die Obduktion erbrachte keine neuen Erkenntnisse hinsichtlich des Tathergangs, nicht einmal der genauen Todesursache. Fest stand, dass Finja bereits tot war, als sie ins Wasser geworfen wurde.

»Noch was«, sagte Anja Sandkorn zu mir. »Von der Frau, die du im Zusammenhang mit der Kneipenschlägerei vernommen hast, in die unser ums Kindeswohl besorgter Mitbürger Stephan Barig zufällig geraten war, als er sich von deiner Vernehmung erholen musste – von dieser Frau sind Daten im INPOL-System aufgetaucht. Wie es ausschaut, ist Barig an diesem Abend in der Kornkammer der einzigen Person begegnet, die in der Nähe war, als sein Vater vor ungefähr zwanzig Jahren aus bisher ungeklärten Gründen eine Schlucht hinunterstürzte und starb. Wir haben Ines Kaltwasser für Montag noch mal einbestellt.«

ZWEITER TEIL

1

Verwelkter Sonntag. Gegen zehn sah ich zum ersten Mal aus dem Fenster. Gräulicher Himmel, der asphaltierte Platz vor dem Hochhaus übersät von braunen Blättern; biestig krächzende Krähen. In meinem Kopf immer noch das Gebrumm der Stimmen aus den Vernehmungen, vermischt mit dem Sirren des Supermarkt-Veltliners, den ich gestern noch auf die Schnelle besorgt hatte; Townes van Zandt sang seine Lieder; ehe ich die zweite Platte aufgelegt hatte, war die erste Flasche leer. Gegen Mitternacht fiel ich in einen Schlaf, der mit Träumen von leergeräumten Hotelzimmern auf mich wartete, aus denen ich nicht entkam.

Drei Mal aufgewacht, raus zur Toilette, wieder eingeschlafen und im selben Hotel gelandet, wo ich mittlerweile auf der Suche nach der Rezeption war, treppauf, treppab; ein Mann in einem Kimono aus schwarzer Seide lief an mir vorbei, ich folgte ihm nirgendwohin.

Gegen sechs, im Halbschlaf, aber wach genug, griff ich nach dem Kunststoffdelphin in der Schublade neben meinem Bett; schob ihn über den Bauch, schaltete ein – nichts; Batterie leer. Ich schleuderte das Ding auf den Boden und dämmerte vor mich hin.

Das Handy klingelte.

»Schläfst du noch?«, fragte Catrin.

»Ja.«

»Ich würde euch gern zu Kaffee und Kuchen einladen, Sigrid und dich. Marco hat Schichtdienst. Hallo?«

»Von mir aus.«

»Es wäre mir wichtig.«

»Wann? Wo?«

»Im Baron gegen drei?«

»Kuchen im Baron?«

»Wir können auch woanders hingehen.«

»Was ist los?«

»Nichts Schlimmes.«

Der zwielichtigen Frau im Badezimmerspiegel, die mich kurz darauf betrachtete, flatterte eine einzige Frage durch den Kopf: Was bedeutete »nichts Schlimmes«, wenn man sich extra deswegen am Sonntag treffen musste?

Das Baron war ein Lokal aus dem vorigen Jahrhundert; Schwarzweißfotos von Blues- und Folkmusikern an den Wänden, Speisen und Getränke zu bezahlbaren Preisen, Stammgäste, die ihren täglichen Hofgang im Gefängnis der Zeit duldsam sitzend, schweigend oder palavernd absolvierten. Zwei von ihnen waren meine älteste Freundin Catrin Hagen und unsere gemeinsame Freundin Sigrid Neuss.

Sigrid arbeitete früher als Chefsekretärin im Rathaus in der Finanzabteilung. Catrin war gelernte Friseurin, hatte den Beruf einige Jahre lang ausgeübt, auf Kosmetikerin umgeschult und später in Untergiesing einen Laden eröffnet. Mit Ende vierzig – der Umsatz plätscherte so dahin – nahm sie auf Empfehlung einer Bekannten eine neue Herausforderung an. Der Kiosk am Kolumbusplatz war seit zwei Monaten verwaist, die alte Pächterin verstorben, der Besitzer auf der Suche nach einer Nachfolgerin.

Mittlerweile betrieb Catrin das Häuschen mit den Lichtergirlanden, den Zeitungen, Illustrierten und Comicheften an den Außenwänden und den Luftballons unterm Dach im fünfzehnten Jahr; an den Wochenenden strömten die Leute aus den Vierteln ringsum herbei, um sich mit Bier, Chips und Brezen für die Reise durch die gentrifizierte Nacht zu rüsten. Viele Kunden betrachteten Catrin als Vertraute, Seelsorgerin, Wirtin und Helferin in der Not; sie verkaufte Pflaster für profane Wunden und verschenkte heilsame Worte an alle, die am Leben litten.

»Ohne dich bräche das Viertel zusammen«, pflegte Sigrid bei unserem montäglichen Stammtisch zu behaupten. »Dich saniert niemand weg.«

Oft erhoben wir dann die Gläser auf Catrin Hagen, deren Trauzeugin ich war, als Polizeihauptmeister Marc-André Hagen sie im Standesamt an der Mandlstraße heiratete – eine Woche bevor sie den Kiosk übernahm.

Über mich hatten die beiden sich kennengelernt, am Tag der offenen Tür im Polizeipräsidium. Catrin war neugierig gewesen, und ich hatte sie mitgenommen. Marco, wie seine Kollegen ihn nannten, verkaufte an einem Grillstand im Innenhof Bratwürste, Wasser und Bier; ich kannte ihn von einer Ermittlung, bei der er uns als Streifenpolizist Tipps gegeben hatte. Servus, das ist meine Freundin Catrin, Catrin, das ist Marco, er sieht grad nicht so aus, aber er ist ein guter Polizist, erst recht, wenn er seine Uniform anhat. Sie quatschten miteinander, trafen sich nach der Arbeit.

Und dann, gänzlich unerwartet, präsentierte uns Catrin am Stammtisch die Neuigkeit; wieder erhoben wir die Gläser, auf sie und die geplante Hochzeit und wünschten ihr einen Berg voll Glück. Sie war nie verheiratet gewesen, wie wir alle; darauf tranken wir gleich noch mal.

Nachdem wir an diesem trüben Sonntag unseren Kuchen verdrückt hatten – meine Freundinnen Apfel, ich Himbeer, der Kuchen, von Malle, dem Wirt, wie üblich trostlos aufgetaut – und jede von uns ein Kännchen Kaffee intus hatte, rückte Catrin mit nichts Schlimmem heraus.

Sie offenbarte uns, sie habe sich »vor Kurzem« auf eine Affäre eingelassen. Namen und Beruf des Mannes wollte sie nicht nennen; die Sache sei vorbei, allerdings tauche der Kerl immer mal wieder am Kiosk auf und labere sie voll.

»Ist nicht aggressiv«, sagte sie. »Steht nur rum, wartet, bis ich die übrigen Kunden bedient hab und wir allein sind. Er würde mich vermissen, sagt er, ob er noch mal mit mir ausgehen darf, das übliche Zeug.«

»Und dein Mann?«, sagte Sigrid.

»Der weiß nichts.«

Der Typ, erzählte Catrin, sei einer ihrer Stammkunden, »höflich, aufmerksam, witzig«. In der Nähe betreibe er ein Geschäft.

Genaueres erfuhren wir nicht.

Unvermittelt holte Catrin zu einer flüchtigen Vergangenheitsbeschwörung aus, der unser Staunen noch hinterherhinkte, als sie damit fertig war. In knappen, abgehackten Sätzen umjubelte sie das Wesen dieses Mannes. Sigrids und meine stummen Blicke reichten kaum aus, das Zaubermärchen zu kommentieren.

Catrins gehechelter Blitz-Euphorie nach zu urteilen, musste der Kerl der bestaussehende Sportler der Oberstufe und sie dreizehneinhalb Jahre alt sein.

»Warte«, sagte Sigrid. »Halt mal die Luft an. Du bist doch raus aus der Chose, oder nicht?« Die Unterbrechungsgrätsche hatte sie von mir kopiert.

Noch mitten im Satzfluss, stockte Catrin und blickte verwundert in die Runde. »Hab ich doch gesagt, ist alles vorbei. Ich wollt nur noch mal schnell erklären, was … wie … Entschuldigung. Ja, alles aus, Gott sei Dank. Wer bin ich denn?«

»Wie alt?«, fragte ich.

»Egal.«

Wir hatten Zeit.

»Etwas jünger.« Catrin wischte mit dem Handrücken über die Tischdecke. »Lass uns von was anderem reden, ich musste das einfach mal loswerden.«

»Wie viel jünger?«, fragte Sigrid.

»Nicht so wichtig«, meinte Catrin.

Ein Stammtisch – ob montags oder sonntags – ohne unmittelbar offengelegte Geheimnisse aller Beteiligten war bloß ein Tisch mit was drauf und wem dran – austauschbar, männerrundenmäßig.

An diesem Nachmittag war ich für Widerspruch zu erschöpft. Ich behielt meine Ansicht für mich; ich hörte den Geschichten meiner Freundinnen zu. Malle brachte die erste Flasche Verdejo, danach eine zweite und zu schlechter Letzt zwielichtige Liköre aus Bulgarien.

So fand unser Kaffeekränzchen – der unglaublichen und unkommentiert gebliebenen Beichte zum Trotz – doch noch einen halbwegs harmonischen Abschluss.

In meiner Wohnung aß ich kurz nach Mitternacht in bewährter Manier zwei Scheiben Brot mit zertifiziert biologischem Fleischsalat und trank ein halbes Bier, um die balkanischen Kräuter oder Chemikalien aus der Kehle zu spülen.

Am nächsten Morgen erwartete mich die zweite Befragung der Frau, die – offensichtlich nicht nur nach der nebensächlichen Meinung von Stephan Barig – ein Geheimnis mit sich trug.

Allem Anschein nach hatte sie Barigs tödlich verunglücktem Vater nahegestanden, auf welche Weise auch immer.

2

Der Abend hing mir am nächsten Morgen nach. Ich klappte den Laptop auf, und Catrins Worte waren wieder da, ihr Blick, ihre leise Stimme. Ich stand unter der Dusche, putzte mir die Zähne, spulte mein Programm ab und dachte an sie. Kaffee, ein Schluck Milch, ein Glas Mineralwasser mit Zitronenzusatz. Ich ging zum runden Tisch, setzte mich, stand wieder auf, dachte an Catrin.

Ich kam nicht von ihr los, von ihrer überfallartig vorgetragenen Geschichte, die keine richtige Geschichte war, sondern eine geflüsterte Anekdote, die sie für ein wenig schmutzig hielt. Wovon redete sie? Wann genau hatte sich »nichts Schlimmes« zugetragen? Und wie oft? Und wo? Wir hatten sie danach gefragt, Sigrid und ich. Keine Antwort. Unwichtig, meinte Catrin.

Von mir aus.

Nein.

Wir hatten ein Recht, es zu erfahren.

Catrin Hagen hatte eine Affäre gehabt; lausiges Wort. Sie ging fremd, und wir wussten nichts davon? Fremdgehen. Wer war der Fremde? Warum verschwieg sie uns seinen Namen?

Sie misstraut dir.

Mir?

Du bist Polizistin. Du hast denselben Beruf wie ihr Mann.

Ja?

Ihr seid eine verschworene Gemeinschaft, die Polizei; egal, ob mittlerer oder gehobener Dienst oder, wie es heute heißt, zweite Qualifikationsebene oder dritte. Die Ebenen sind, droht ein Sturm von außen, miteinander verkettet, einer steht für den anderen ein; unbedingte Solidarität; Vertrauen ist die Basis eurer Gemeinschaft.

Ich konnte niemandem vertrauen, als es darauf ankam.

Die Angelegenheit ist erledigt. Wie Catrins Affäre.

Solche Dinge sind immer nur pro forma erledigt. Sie schwelen weiter, in einem selbst und in der Welt da draußen. Ein getanes Unrecht kann man so wenig zurücknehmen wie ein gesprochenes Wort oder eine Kugel. Wir stellen, zum schönen Schein, die Ordnung wieder her und begnügen uns damit.

Du lenkst ab, du bist eitel.

Nein.

Was ist mit Catrin? Warum, glaubst du, vertraut sie dir nicht?

Sie vertraut auch Sigrid nicht.

Bist du sicher?

Ich glaube nicht, dass Sigrid mehr weiß als ich.

Wäre es so, würden beide Freundinnen dich hintergehen.

Im Laptop las ich das Protokoll meiner ersten Befragung von Ines Kaltwasser; verschwommene Sätze, verknotete Finger.

So hatte auch Catrin ihre Hände vor den Bauch gehalten, während sie redete. Sie schaute uns nicht an; ihr Blick huschte durch die Kneipe zum Tresen, zur Eingangstür, zum Tisch, an dem gewöhnlich Franky saß, ein in die Jahre gekommener Bluesmusiker. Wieder fiel mein Blick auf Catrins bordeauxrot lackierte Fingernägel, die sich in die Haut gruben; ich erinnerte mich, dass ich meine Hand ausstrecken und sie berühren wollte. Sie wirkte nicht aufgeregt. Mit dem Rücken zur Wand saß sie auf ihrem Platz; alles wie immer; sie mit dem Gesicht zum Tresen, Sigrid mir gegenüber, Blick zur Küchendurchreiche.

Ungewöhnlich war die gedämpfte Art, mit der Catrin ihr Geheimnis verkündete. Gewöhnlich sprach sie mit munterer, heller Stimme, ab und zu sogar etwas schneidend, wenn sie sich ereiferte oder Sigrid wegen eines Alltagsunfugs zurechtwies.

Gerade, als ich geglaubt hatte, ich könnte den Anblick der gekrümmten Finger nicht länger ertragen, kappte Sigrid den Monolog mit ihrer Bemerkung, Catty sei doch raus aus der Chose. Wie erschrocken hob Catrin den Kopf und griff nach ihrer leeren Kaffeetasse; die andere Hand sackte in ihren Schoß, auf ihren schwarzrot gemusterten Wollrock, um dessen elegante Lässigkeit ich sie beneidete.

Nach jedem Absatz des Kaltwasser-Protokolls musste ich eine Pause einlegen.

In Catrins Offenbarung fehlten, wie in einer dürren Zeugenaussage, die wesentlichen Elemente, die Bausteine einer brauchbaren Wahrheit; sie verhielt sich wie ein Täter, der in der einen Hand zusammengeknüllt ein Geständnis verbarg und sich selbst wortreich aus der anderen Hand las.

Indem sie uns etwas mitteilte, von dem wir bisher nicht die geringste Ahnung hatten, verbarg sie gleichzeitig das Wesentliche vor uns. Was erwartete sie? Dass wir ihre Täuschung hinnahmen und so taten, als bemerkten wir sie nicht? Auf die Frage nach dem Namen des obskuren Liebhabers verweigerte sie die Antwort genauso wie auf jene, wann genau die Affäre sich zugetragen habe. Und wie es ihr gelungen sei, ihren Mann auszutricksen, der seine Augen und Ohren scheinbar überall hatte – laut seinen Schilderungen, die er auf Geburtstagen oder bei sonstigen Zusammenkünften mit Catrin und mir zum Besten gab, abhängig davon, wie viel er intus hatte?

Und: Warum hatte sie sich überhaupt auf einen anderen Mann eingelassen?

Und: Wie lange?

Und: Wer hat angefangen, wer aufgehört?

Und: Wo haben sie sich verabredet, vergnügt, geliebt, Zeit verbracht?

Ihre Standardantwort: »Spielt keine Rolle mehr.«

An diesem Montagmorgen dröhnten die ins Leere laufenden Fragen noch lauter in meinem Kopf als in der vergangenen Nacht. Ich war wütend. Ich war enttäuscht. Fassungslos war ich auch. Wie verbannt aus dem inneren Kreis einer mehr als dreißig Jahre andauernden Freundschaft kam ich mir vor, ohne die minimale Andeutung einer Erklärung, von einer Minute zur anderen weggescheucht aus der vertrauensvollsten Nähe, die ich mir je hätte vorstellen können.

Absorbiert von Negativität, hockte ich auf meinem ergonomischen Stuhl, schwang vor und zurück, ließ den Bildschirm erlöschen und die Worte von Frau Kaltwasser, die eine Kneipenschlägerei angezettelt hatte. Mit beiden Händen zog ich an meinen Haaren, nach links, nach rechts, spürte den Schmerz auf der Kopfhaut und packte fester zu.

Dann sprang ich auf; ich lief zum Regal, das als Raumteiler zur Küchenzeile diente, riss das Ladekabel aus dem Handy, tippte die mir vertraute Nummer und tigerte auf und ab. Die verdammte Mailbox sprang an.

»Hör zu«, sagte ich. »So funktioniert das nicht mit uns, Catty. Aus dem Nichts kommst du mit einem fremden Kerl daher, über den du noch nie ein Wort verloren hast, keine Andeutung, nichts von irgendwas. Du quatschst uns voll mit Zeug, das ich nicht versteh, und ich hab den Eindruck, du wolltest uns was sagen, was du dich aber nicht getraut hast.

Ist mir gleich, wie gut der aussieht oder wie gediegen seine Umgangsformen sind; hab das Wort vergessen, das du benutzt hast. Beflissen? Jedenfalls benimmt er sich anscheinend so, dass du keine Luft mehr gekriegt hast vor Begeisterung. Ist das dein Ernst, Catty? Hast du dir deine Ansprache vorher aufgeschrieben und auswendig gelernt?

Du kannst dich vielleicht selber belügen, mich nicht, und Sigrid auch nicht. Oder hast du noch mal mit ihr geredet? Wieso gehst du nicht ans Telefon? Du musst doch im Kiosk sein. Setzt dieser Mann dich unter Druck? Bedroht er dich? Red mit mir. Hast du Angst, ich verrate deinem Mann was? Wenn du das glaubst, haben wir ein Problem. Was ist passiert? Warum warst du nicht ehrlich zu uns? Sprich mit mir. Melde dich. Der Nachmittag gestern ist noch nicht vorbei.«

Anschließend rief ich Sigrid an. Sie sagte, sie habe ebenfalls versucht, Catrin zu erreichen, sowohl am Handy als auch übers Festnetz, vergeblich. Da sie, wie ich, ein mulmiges Gefühl hatte, wollte sie nach Untergiesing zum Kiosk fahren und sich Klarheit verschaffen.

Um mich abzulenken, stellte ich mich ans Fenster und ermordete die beiden Tauben auf der Balkonbrüstung; sie ließen sich nicht irritieren und verpesteten mit ihrem Gurren weiter die Luft.

Vor Dienstantritt musste ich das Kaltwasser-Protokoll zu Ende lesen; es gelang mir nicht.

Montag hatte der Kiosk geöffnet. Der einzige Tag, an dem Catrin nicht aufsperrte, war Sonntag. Und gestern hatte sie kein Wort darüber verloren, dass heute etwas anders sein sollte als sonst. Das bedeutete nichts mehr – nach allem, was sie uns aufgetischt hatte.

Ich öffnete die Balkontür und bellte. Um welche Rasse es sich dabei handelte, hätte ich nicht sagen können. In den Ohren der Tauben hörte sich mein Bellen offensichtlich nach dem Organ eines nach Luftratten lechzenden Dobermanns an. Mächtig mit den Flügeln schlagend, flüchteten sie quer über die Ungererstraße in einen Baum. Blöderweise reichte ihr Gedächtnis keine Minute länger. Kaum hatte ich dem Fenster den Rücken gekehrt, setzten sie schon wieder zur Landung an.

»Weißt du, wo deine Frau ist?«, fragte ich, das Handy wieder am Ohr.

»Im Kiosk.«

»Ich erreiche sie nicht.«

Im Hintergrund waren Stimmen und Straßenlärm zu hören. »Was ist so wichtig?«, fragte Marc-André Hagen.

»Zu Hause geht sie auch nicht ans Telefon.«

»Dann schau ich hernach mal am Kiosk vorbei.«

»Sie soll mich bitte anrufen.«

»Richt ich ihr aus.«

Ich ließ den Arm sinken, stand da, verzurrt, mitten im Zimmer und an mehreren Orten gleichzeitig.

Im Vernehmungsraum an der Hansastraße wartete eine Frau auf mich, die ich zum Sprechen bringen musste.

Wie denn?

Ich schaffte es nicht einmal, meine beste Freundin zum Sprechen zu bringen.

3

Von der Anwesenheit der Zeugin hätte nie jemand erfahren, wäre an der Stelle, wo der damals 74-jährige Curt Barig in die Tiefe gestürzt war, nicht ein Ring gefunden worden; ein aufmerksamer Kommissar ordnete ihn jener Frau zu, die ein Spaziergänger an der Seite eines Mannes, auf den Barigs Beschreibung passte, beobachtet haben wollte. Der Ring führte ins Nichts. Barig war verheiratet und hatte einen zweiundvierzigjährigen Sohn. Seine Frau war zum Zeitpunkt seines Todes nachweislich in München, außereheliche Affären konnten nicht ermittelt werden. Das gesicherte DNS-Profil wurde in unserer Datenbank gespeichert, der Ring verblieb in der Asservatenkammer des Landeskriminalamtes.

Nach der heftigen Schlägerei in der Kornkammer und dem vorläufigen Erfassen aller Daten der Haupttäterin, der die Kollegen – auch ohne konkrete Beweise – Vorsatz unterstellten, meldete, wie meine Chefin mir mitgeteilt hatte, das INPOL-System einen Treffer. Demnach stimmte das genetische Material auf diversen Flaschen und Gläsern aus der Kneipe mit denen des alten Rings zu fast hundert Prozent überein.

Falls Ines Kaltwasser tatsächlich vor einundzwanzig Jahren gemeinsam mit Curt Barig einen Ausflug in die Lainbach-Schlucht bei Bad Griesfeld unternommen und den Absturz beobachtet, aber nicht gemeldet hatte, musste ein sinistres Motiv sie dazu veranlasst haben.

»Den Namen Barig haben Sie am Freitagabend zum ersten Mal gehört.«

»Wie oft denn noch: ja, ja, ja.«

Übereinstimmend hatten Zeugen berichtet, die Frau habe ihre Attacke so unerwartet beendet, wie sie damit angefangen hatte; sie ließ die abgebrochenen Flaschenhälse fallen, mit denen sie die Gäste angegriffen hatte, stieß einen nach allgemeiner Meinung röhrenden Seufzer aus, sackte auf die Knie, kippte mit einem kurzen Lächeln, das die Umstehenden verstörte, zur Seite und blieb reglos liegen. So fanden sie die Polizisten vor. Mit Mühe brachten sie die Frau dazu, aufzustehen und sich von den inzwischen eingetroffenen Sanitätern verarzten zu lassen. Sie sprach kein Wort, erst im Krankenhaus, als sie allmählich nüchtern wurde.

»Was, glauben Sie, hat Sie so aufgewühlt, dass Sie die Kontrolle verloren haben, Frau Kaltwasser?«

Ihre Lippen schienen einen schrägen Kuss zu formen, ihre Mundwinkel zuckten. Begann sie, überzeugt von der eigenen Raffinesse, Tricks zu sortieren?

»Er wurde übergriffig«, sagte Ines Kaltwasser.

»Wer?«

»Der … der Freund von dem …«

»Dem Herrn Barig.«

»Der Freund, der Michael …«

»Mirko. Mirko Fehling.«

»Wenn er so heißt. Er grabschte an mir rum, am Arm, an den Beinen; er fasste mich um die Taille. Was sollte das? Ich hab seine Hand weggeschoben. Er hob sein Glas, damit ich mit ihm anstieß. Hab ich gemacht. Hätt ich nicht tun sollen. Zu viel getrunken, geb ich zu; kein Grund, mich anzumachen und zu denken, ich bin zu haben. War ich noch nie: zu haben. Ich bin ledig, wie Sie wissen, ich leb allein und hab immer allein gelebt, mein Leben lang; das war auch richtig so.«

»Wie kann das richtig sein, ein Leben lang allein zu bleiben?«

»Was ist das wieder für eine Frage? Freilich ist das richtig, dass man allein ist, wenn man das so will. Meine Entscheidung, Frau Kommissarin.«

»Warum haben Sie diese Entscheidung getroffen?«

»Das geht Sie nichts an.«

»Hatten Sie den Eindruck, die beiden Männer am Tresen störten Ihr Alleinsein?«

»Zwischen mir und denen waren zwei Barhocker frei, als ich mich hingesetzt hab. Ich hielt absichtlich Abstand, eindeutig; hab keine Signale gesendet, falls Sie auf so was anspielen. In das Lokal bin ich gegangen, um was zu trinken. Nach der langen Zeit im Freien hatte ich Durst, Sie haben recht gehabt. In der Kornkammer hab ich mich immer wohlgefühlt; fragen Sie den Wirt oder die Sunny. Sie können jeden fragen, alle werden Ihnen antworten, dass ich außer in den Schellingsalon in keine andere Gaststätte geh, nur gelegentlich in die Kornkammer. Von dort bin ich genauso schnell zu Hause wie vom Salon.

Das ist kein Ausgehen, wie Sie das formuliert haben. Nein. Nach der Arbeit in der Küche lauf ich nach Hause und schau noch eine halbe Stunde fern; meist schlafe ich auf dem Sofa ein. Ich treib mich nicht rum. Die Kornkammer leiste ich mir höchstens an einem freien Tag, niemals nach dem Dienst. Mir ist wichtig, dass Sie das begreifen.«

»Das begreife ich«, sagte ich. »Sie leben diszipliniert und zurückgezogen, und normalerweise trinken Sie nicht viel.«

»Genau so. Ich bin keine Trinkerin, ich leg mich nicht mit fremden Leuten an, ich bin friedliebend. Das kann Ihnen jeder bestätigen, der mich kennt. Niemals habe ich einen Menschen mutwillig angegriffen, nicht einmal provoziert, nicht einmal geschubst.«

Ohne äußeres Zeichen horchte ich auf.

»Was ich ausdrücklich betonen möchte: Ich bin nicht die gemeingefährliche Tante, als die mich die Leute in der Kornkammer jetzt hinstellen. Niemand hat mitgekriegt, was wirklich geschehen ist. Alle haben rumgesessen und sich unterhalten. Niemand hat auf mich geachtet. Hinterher quatschen sie alle: Die Alte ist ausgetickt, hat dem armen Mann einen Aschenbecher auf den Kopf gehauen; hat dem anderen Mann zwischen die Beine getreten; hat Gläser durch die Gegend geschmissen. Am Ende bin ich die Schuldige und verantwortlich für das ganze Blut und die Scherben und das Chaos. Mir hängen sie an, dass ich ihnen den Abend vermasselt und die Polizei auf den Hals gehetzt hab. Das hab ich nicht getan. Das Opfer bin ich.«

Ich schlug die Akte auf; es hatte keine Bedeutung, ebenso wenig wie das Blättern. Ein kurzes, unauffälliges Verschnaufen zur Orientierung.

»Sie sagten, Sie haben noch nie jemanden geschubst. Wie meinen Sie das?«

»Ich habe nie wen geschubst? Das hab ich gesagt?«

»Ja.«

»Da bin ich mir nicht sicher.«

»Sie sagten, Sie hätten noch nie jemanden angegriffen oder provoziert oder geschubst.«

»Das stimmt. So was hab ich nie getan.«

»Nie jemanden geschubst?«

»Ist das denn wichtig? So eine Kleinigkeit? Haben Sie irgendwann jemanden geschubst?«

»Mindestens fünfzig Mal«, sagte ich. »Absichtlich oder unabsichtlich.«

»Sie schubsen absichtlich Leute?«

»Manche brauchen einen Anschub.«

Verunsichert, wie sie auf die Bemerkung reagieren sollte, setzte sie zwei Mal an zu sprechen und beließ es bei ihrem ungelenken, abstrakten Lächeln.

»Sie sind hier, weil Sie mehrere Menschen verletzt haben, Frau Kaltwasser, Sie haben sie tätlich angegriffen. Sie sind hier, weil Sie eine Täterin sind.«

»Genau, was ich grad gesagt hab: Alle schauen auf mich; alle nageln mich ans Kreuz, obwohl ich die Angegriffene bin. Ich wurde verletzt. Ich wurde überrumpelt und hintergangen. Ich bin das, ich allein, niemand sonst. Wieso stellen Sie sich auf die Seite von solchen Leuten? Sie sind eine Frau wie ich. Sie müssen doch begreifen, was unsereinem tagtäglich angetan wird; von den Männern, von den Machthabern, von den Kerlen, die sich neben einen setzen und keinen Anstand haben.

Andauernd passiert so was. Alle schauen zu oder weg oder sehen nur sich selber. Niemand nimmt Anteil. Nicht mal Sie. Ich hab Sie überschätzt. Ich dachte, Sie bestellen mich ein, weil Sie mich anhören und verstehen wollen. Weil Sie mir die Chance geben, das Geschehen aus meiner Sicht zu erklären und meine Unschuld zu beweisen.

Auf den ersten Blick machen Sie einen verständigen Eindruck; Sie hören zu, das tut sonst kaum wer. Sie sehen auch nicht aus wie eine Frau, die hinterrücks Böses ausheckt. Sie sehen aus wie eine Frau, die vom Leben eine Ahnung hat. Sie sind kein nervöses Klappergestell, das Frauen, die anders aussehen und anders daherkommen, auslacht und von oben runter behandelt.

Sie wirken wie unsereins.

Bin auf Sie reingefallen. Ich geh jetzt weg, mir reicht's.«

Sie griff nach der braunen Veloursjacke, die sie über die Stuhllehne gehängt hatte – das Kleidungsstück wirkte auf mich wie eine Männerjacke; ein Ärmel verhakte sich.

»Der Mann in der Kneipe hat mich beleidigt«, fügte sie noch an.

»Ich spreche nicht nur von den Männern in der Kornkammer.«

Verärgert – die Jacke klemmte an der Lehne – wandte sie sich wieder mir zu. »Wen gibt's denn noch?«

»Den Vater des einen Mannes aus der Kornkammer. Vor langer Zeit haben Sie ihn zu einer Schlucht begleitet, aus der er nicht lebend zurückkehrte.«

Eine Grimasse verunzierte ihr Gesicht; als empfände sie für einen Moment nichts als Ekel.

»Sie kannten den Namen des Mannes neben Ihnen am Tresen«, sagte ich. »Sie kennen das Schmuckgeschäft in der Hohenzollernstraße; Ihr Leben ist mit dem der Barigs verknüpft.

Haben Sie Stephan Barig vor dem verhängnisvollen Abend in der Kneipe schon einmal getroffen?«

»Das haben Sie mich doch schon gefragt.«

»Bitte antworten Sie.«

»Nein.«

»Sie sahen Stephan Barig zum ersten Mal.«

»Ja.«

»Sind Sie erschrocken?«

»Worüber denn?«

»Als Sie seinen Namen erfuhren.«

»Nein.«

»Ich glaube Ihnen, Frau Kaltwasser.«

»Bitte?

»Ich glaube Ihnen.«

»Was auch sonst? Ich sag die Wahrheit.«

»Sie erschraken nicht, Sie waren schon zu betrunken.«

»Wenn Sie das sagen.«

»Sie hörten den Namen; im nächsten Augenblick waren Sie erleichtert, nicht mehr nüchtern zu sein.«

»Wovon reden Sie, bitte?«

»Von Ihrem Zustand. Ich glaube Ihnen auch, dass Sie dem Mann nie zuvor begegnet sind. Warum hätten Sie nach ihm suchen sollen? Er hatte mit all dem, was geschehen ist, nichts zu tun. Vielleicht kamen Sie irgendwann am Geschäft in der Hohenzollernstraße vorbei, zufällig; Sie könnten einen Blick hineingeworfen haben. Wer immer als Verkäufer anwesend war, Sie kannten ihn nicht. Was ist damals in der Lainbach-Schlucht passiert, Frau Kaltwasser?«

Sie faltete die Hände vor dem Bauch. Sie trug einen Pullover in der Farbe ihrer Augen. Ihre Daumen begannen zu kreisen. Ihr Blick war auf den Tisch gerichtet, auf die gelbe Akte; sie nahm sie nicht wahr, nur die Farbe vielleicht.

Nichts deutete darauf hin, dass Gedanken sie umtrieben,

Erinnerungen sie quälten, eine neue Strategie sie beschäftigte. Sie saß bloß da, in sich versunken, Däumchen drehend; ein paar ihrer grauen Haare fielen ihr über die Augen.

Als sie den Kopf hob und mich ansah – sie strich sich die Haare aus dem Gesicht und tupfte mit dem Handballen ihre Stirn ab –, hatte ich sekundenlang die Vorstellung einer unfassbar jungen Frau, ungeschminkt, mit vor Neugier geröteten Wangen, Verheißung im Blick.

In ihr erkannte ich Ines als das Mädchen wieder, das unermüdlich versuchte, noch einmal jenes Lächeln lange vor ihrer Zeit zu erschaffen, ehe ein Meteor in ihr einschlug und einen Krater hinterließ.

»Ausgerechnet an diesem Abend in dem Lokal, in das ich so gern geh, in meinen freien Stunden«, sagte sie. Das Sprechen fiel ihr schwer. »Da sitzt es, das Mörderlein, vom Mörder der Sohn, sitzt da und fragt mich, wer ich bin. Eine Mörderin, hätt ich antworten sollen, wie dein Papa. Hab gemordet und hatte den Segen nicht.«

»Wer hätte Sie segnen müssen, Frau Kaltwasser?«

Nach einem langen Schweigen gelang ihr die Antwort.

»Meine Schwester.«

4

»Der Kiosk ist zu«, sagte Sigrid am Telefon. »Ich hab bei ihr zu Hause geklingelt, sie macht nicht auf, ihr Mann geht nicht ans Handy. Kannst du versuchen, ihn auf dem Dienstweg zu erreichen?«

Ich rief in der PI 23 an. Marc-André Hagen sei wegen einer Einbruchssache unterwegs, hieß es. Ich beschwor die Kollegen, ihm auszurichten, er solle sich so schnell wie möglich bei mir melden.

Beunruhigt und aus einem ebenso unvermeidlichen wie stupiden Pflichtgefühl heraus kehrte ich ins Zimmer 214 zurück. Ihre gewünschten Brote – eines mit Leberwurst, das andere mit gekochtem Schinken – hatte die Zeugin aufgegessen und die Tasse Kaffee mit Milch und Zucker ausgetrunken. Als ich hereinkam, schob sie Teller und Tasse an den Tischrand, faltete die Hände auf dem Tisch und fing zum zweiten Mal an, Däumchen zu drehen.

Vielleicht löste diese Geste provokanter Gelassenheit eine solche zusätzliche Unruhe in mir aus, dass ich, anstatt mich zu setzen und die geduldige Kommissarin zu geben, stehen blieb; ich streckte die Arme nach hinten, krallte beide Hände ineinander und zerrte daran, als führte ich eine idiotische Muskelübung durch.

»Was tun Sie da, bitte?«, fragte Ines Kaltwasser; sie legte den Kopf schief – ihr Versuch, einen Blick hinter meinen Rücken zu werfen.

Zu meinem Erstaunen schien die ungewöhnliche Dehnung meinen Körper zu entspannen und ihm vorübergehend ein durchaus angenehmes Gleichgewicht zu verschaffen. Fast lenkte mich die Befragung von meinen eigenen unbeantworteten Fragen ab.

»Wie heißt Ihre Schwester?«

»Rita hieß sie.«

»Sie lebt nicht mehr.«

»Lang her; sie ist an Krebs gestorben, wie unsere Mutter. Damals war sie nach Berlin gezogen, wollt Karriere als Musicalsängerin machen. Schwierig. Sie ist in kleinen Bars aufgetreten, glaub ich. Darüber redete sie nicht. Ich hab aufgehört, sie zu fragen. Mich hat sie sowieso nie was gefragt.«

»Was war geschehen, als Sie Ritas Segen gebraucht hätten?«

»Dass sie ja sagt, wollt ich, ja, ich bin auf deiner Seite, deine Entscheidung ist die einzig richtige, du hast meinen Segen. So dachte ich, allein auf weiter Flur.«

»Wo waren Ihre Eltern?«

»Mutter krank, Vater beschäftigt.«

»Wie alt waren Sie, als Sie den Segen Ihrer Schwester gebraucht hätten?«

»Siebzehn.«

Jemand klopfte an die Tür.

Erschrocken hörte Ines Kaltwasser auf, Däumchen zu drehen. Jennifer streckte den Kopf herein und deutete mir an zu kommen.

»Möchten Sie noch einen Kaffee, Frau Kaltwasser?«

»Gehen Sie schon wieder weg?«

Ich entkrampfte meine Hände und sah die Frau an. Aus ihren Augen, türkisfarben wie ihr Pullover, floss die Farbe ab; zwei Pupillen, in denen sich womöglich eine versteinerte Kindheit spiegelte. Instinktiv streckte ich den Arm aus, vielleicht, um sie an der Schulter zu berühren. Mit dem Zeigefinger strich sie über meinen Handrücken und senkte den Kopf.

Jennifers Räuspern scheuchte mich auf. In ihrem Büro drückte sie mir den Telefonhörer in die Hand.

»Marco hier, Catrin ist im Krankenhaus.«

Ich machte den Lautsprecher an. »Nicht ansprechbar, schwerstverletzt. Hab sie vor einer halben Stunde gefunden. Das Türschloss ist nicht beschädigt. Sie wurde ins Klinikum rechts der Isar gebracht. Da bin ich jetzt. Der Arzt sagt, man muss abwarten, er verweigert jede Prognose, die Verletzungen sind lebensbedrohlich.«

»Ich komm sofort«, sagte ich.

»Hat keinen Zweck, wie gesagt, sie ist nicht ansprechbar, ich halt dich auf dem Laufenden, versprochen.«

»Hast du einen Verdacht?«, fragte ich.

»Nein. Du?«

»Ich?«

»Ihr habt euch gestern getroffen. Ich bin nachts heimgekommen, sie war total erledigt, angeschlagen, angetrunken, angekränkelt. Was war los?«

»Wir haben uns einfach nur getroffen, jede von uns hatte Zeit.«

»Heut Morgen hatte sie eine brutale Erkältung, kam nicht aus dem Bett, deswegen war sie wohl auch nicht im Kiosk.«

»In der Früh habt ihr nicht noch mal miteinander gesprochen?«

»Sie hat sich zwei Mal übergeben. Du musst doch was wissen.«

»Wenn sie so krank war, öffnet sie doch keinem Fremden die Tür. Wolltest du nicht zu ihr, nachdem wir telefoniert hatten?«

»Wollt ich auch, aber ich war in Fasangarten wegen dieser Einbruchssache, dann kam die Meldung, Schlägerei in der Pilgersheimer, ich konnt nicht weg, erst vor ungefähr einer halben Stunde; hab gesehen, dass der Kiosk zu ist und bin sofort in die Wohnung. So eine Scheiße.«

»Wer hat die Ermittlungen übernommen?«

Er nannte mir den Namen. Ich rief den Kollegen an, erwischte ihn in Catrins Wohnung.

»Ihr seid Freundinnen, hab ich gehört.«

»Hast du schon was?«

»Ist nicht deine Abteilung, was willst du von mir?«

»Eine klare Auskunft.«

»Kriegst du, wenn ich eine habe. Wir müssen mit dir eine Befragung durchführen, am besten gleich.«

»Erst muss ich eine Vernehmung zu Ende bringen.« Ich wollte Zeit gewinnen, meine Gedanken sortieren.

»Wir haben also beide zu tun. Meld dich, sowie du fertig bist, sonst schick ich dir jemanden vorbei, der dich abholt.«

Er kappte die Verbindung.

Benjamin Greve: dreiundfünfzig, Hauptkommissar, Dezernat 9, Sexuelle Gewalt und Kindsmissbrauch. Die Ankündigung, mich abholen zu lassen, war nicht entgegenkommend gemeint; sondern der Hinweis eines Trottels.

Mit dem unerträglichen Gedanken an Catrins Zustand kehrte ich ins Zimmer 214 zurück.

»Da sind Sie ja endlich wieder«, sagte Ines Kaltwasser.

5

»Was waren Ihre Eltern von Beruf?«

Ich hatte mich hingesetzt, die Akte aufgeschlagen, die Hände übereinandergelegt, die Schultern gehoben; wie jemand, der sich vollständig dem Zuhören verschrieben hatte. Und ich hörte der dreiundsechzigjährigen Hilfsarbeiterin zu, obwohl manche ihrer Worte wegen der zunehmend brüchiger werdenden Stimme ausfransten. Vor allem aber kehrte ich wehrlos zum Gerede meiner Freundinnen zurück, zu Catrins bruchstückhaftem Monolog, der jetzt in Schweigen verborgen lag.

»Hören Sie mir zu, Frau Nasri?«

»Ihre Mutter musste wegen ihrer Krankheit die Praxis aufgeben, Ihr Vater arbeitete weiter im Krankenhaus.«

»Ich bin wegen Ihnen hier.«

»Sie sind hier, weil Sie mir etwas mitteilen möchten.«

»Weiß nicht. Ich glaub, Sie sind ganz woanders, Sie wickeln meine Sache nur ab, ich bin Ihnen lästig, Sie können mir nichts vormachen.«

»Sie machen mir etwas vor, Frau Kaltwasser, und sich

selbst auch. Wie alt waren sie, als Ihre Schwester nach Berlin zog und Sie zurückließ.«

»Sie hat mich nicht zurückgelassen, ich hätt gar nicht mitkommen können, ich ging noch zur Schule.«

»Wie alt waren Sie?«

»Sechzehn.«

»Und Ihre Schwester Rita?«

»Neunzehn.«

»Warum ging sie weg?«

»Sie war neunzehn, Sie hören nicht zu.«

»Warum ging sie weg?«

»Hören Sie doch auf.«

»Sie wollte Musicalsängerin werden«, sagte ich, »und sie trat in kleinen Bars auf. Sie hätte auch in München Sängerin werden können.«

»Nein. Berlin war besser.«

»Wie reagierten Ihre Eltern auf Ritas Umzug?«

»Wie hätten sie sie aufhalten sollen?«

»Und Sie? Vermissten Sie Ihre Schwester?«

»Am Anfang schon, dann nicht mehr.«

»Warum nicht?«

»Bitte?«

»Mochten Sie Rita nicht?«

»Ich hab Ihnen doch gesagt, dass … dass …«

»Dass Sie sich ihren Segen gewünscht hätten. Wann war das?«

»Später.«

»Wann?«

»Später.«

»Als Sie heiraten wollten?«

Sie verzog ihr Gesicht zu einer schäbigen Grimasse. In ihren ergrauten Augen sah ich nichts als Verachtung und Abscheu; ich begriff, dass die Kneipenschlägerei in der Gegenwart eines Schmuckhändlers namens Stephan Barig eine Botschaft enthielt, die zu entschlüsseln mir nur gelingen würde, wenn ich ihr den einzigen Wunsch erfüllte, der sie veranlasste, weiter mit mir zu sprechen.

In der Kornkammer, bei der Begegnung mit dem Sohn eines Mannes aus ihrer Vergangenheit, brach in ihr ein Tumult aus und – davon war ich bei ihrem Anblick überzeugt – es öffnete sich eine Tür in den Keller ihrer Kindheit, und sie stürzte dorthin zurück, wo ihre Schwester sie einst alleingelassen hatte.

Durch dieses Dunkel musste ich sie begleiten, indem ich nicht wegging und sie eine Zuhörerin fand, vielleicht zum ersten Mal im Leben.

Ich erinnerte mich an die Berührung ihres Zeigefingers auf meinem Handrücken. »Sie hatten keine festen Beziehungen.«

»Keine einzige.«

»Auch nicht in Ihrer Jugend?«

»Auch nicht in der Steinzeit.«

»Nicht zu Jungen und nicht zu Mädchen.«

Sie zögerte; dann schüttelte sie den Kopf, den sie wieder gesenkt hatte.

»Mit wem haben Sie gespielt und gesprochen? Mit Ihrer Schwester?«

»Sie wusste ja, was war.«

»Was war denn?«

Ruckartig hob sie den Kopf. »Ich seh Ihnen an, dass es Ihnen nicht gut geht.«

»Weil ich mich um Sie sorge, Frau Kaltwasser.«

»Wirklich? Nein.«

»Hat Ihre Schwester sich um Sie gesorgt? Damals? In der Steinzeit?«

Die Hände im Schoß, rieb sie sie aneinander, drehte die

Handgelenke, streckte die Finger. »Gesagt hat sie's. Und ich hab gesagt, wieso denn? Alles ist gut, was soll sein? Sie konnt sich doch nicht einmischen, wissen Sie; das war schon klug von ihr. Später hat sie mal am Telefon zu mir gesagt, sie hätt zur Polizei gehen müssen, das hätt sie sich nicht getraut, weil sie Angst hatte, jemand würde mich dann töten. Wer denn? Wer sollte so was tun und wieso? Ich wurde gebraucht, jeder hatte mich gern, alle waren glücklich mit mir. Was hätte die Rita der Polizei erzählen sollen? So was macht man nicht. Der Herr und seine Freunde wären unglaublich böse gewesen, sie hätten gesagt, das ist eine Sünde, was die Rita macht, und ich hätt das auch gesagt. Ich auch. Niemals sündigen.«

»Weiter«, sagte ich. »Bitte.«

Das sagte ich, um mich etwas weniger zu fürchten.

»Jeden Sonntag sind wir in die Kirche gegangen und haben niedergekniet und uns bekreuzigt und waren frömmig. Gehorsam sein, Frau Kommissarin, darauf fußt unser Leben, so lange, bis Gott, der Herr, uns vergibt. Uns, die wir dreckig auf die Welt gekommen sind und dreckig geblieben sind. Daran ist niemand schuld, nur wir selber; ich war schuld; ich hab die Schuld ertragen; und die Bestrafungen; niederknien und gehorchen. Hat sie nicht verstanden, meine Schwester, sie war ja nie gemeint; weiß nicht, wieso.

Aber, wissen Sie, so feige war ich nicht, wie alle dachten; hab das Abitur bestanden und bin ausgezogen; weg aus Nading nach München, und nicht, um Medizin zu studieren, was meine Eltern sich gewünscht hätten. Manchmal hilft das ganze Wünschen nichts. Sie wünschen sich was, inständig, und doch erhört Sie niemand, kein Mensch und nicht einmal der Gott. Eine Zeitlang wünschen Sie weiter, dann schämen sie sich und werden bestraft. Ob die Krankheit meiner Mutter eine Strafe war, weiß ich nicht; ich musste versprechen, dass ich Frauenärztin werd wie sie; hab's versprochen und die Finger gekreuzt hinterm Rücken. Von dem Tag an hab ich mir gewünscht, ich hätt's nicht versprochen; der Vater sieht alles. Das ist so, wenn der Gott im selben Haus wohnt. Du musst dann niederknien und bestraft werden. War von Anfang an so; bin trotzdem weg, obwohl ich hätt bleiben sollen; studieren und gleichzeitig bleiben; hätt täglich mit dem Zug fahren können; am Wochenende zur Verfügung stehen; nach wie vor. Nein.«

»Sie haben sich verweigert, Frau Kaltwasser, Sie haben nein gesagt.«

»Nein. Ich war einfach nicht mehr interessant; zu alt, zu alt. Lassen Sie uns darüber nicht sprechen. Von dem Geld, das ich als Bedienung in einem Nadinger Lokal verdient hab, hab ich einen neuen Pullover gekauft und Wollhandschuhe; hab viel gefroren, als ich klein war. Herbst war's, so wie heut, und ich nahm den letzten Zug in die Stadt. Ging einfach aus dem Haus und die Bahnhofstraße runter. Hinterher kam's mir wie ein Wunder vor, dass niemand mich angesprochen hat; mich kannte jeder, genau wie meine Mutter, meinen Vater; alteingesessene Familie, anerkannt, geschätzt; perfekter Freundeskreis.

An dem Abend, als ich am Münchner Hauptbahnhof aus dem Zug gestiegen bin, dachte ich, die Welt fängt neu an und ich hab eine Rolle darin; eine eigene. So was denkt man, wenn man sonst nichts im Kopf hat. Noch in der Nacht hab ich meinen Vater angerufen, er soll sich keine Sorgen machen, ich wär in der Stadt und würd Schauspielerin werden. Er hat gesagt, er würd zur Polizei gehen und mich holen lassen. Eine Schulfreundin war ein Jahr vorher nach München gezogen, die hat mir ein kleines Zimmer in einer Wohngemeinschaft in der Ohmstraße besorgt. Ich hab dann als Bedienung im

Adria gejobbt und angefangen, mich bei Theatern vorzustellen.«

»Warum gingen Sie nicht zu Ihrer Schwester nach Berlin?«, fragte ich.

»Zu weit weg; außerdem hatte sie beschlossen, allein zu gehen; sie hatte ihr eigenes Leben. Ich wollt mich nicht einmischen in ihr Glück.«

»Haben Sie miteinander telefoniert?«

»Schon. Die Abstände wurden größer; kam mir logisch vor; sie hat alle Zeit für sich gebraucht; sie nahm Gesangs- und Tanzunterricht; viel mehr hab ich nie erfahren; sie war eine selbstständige Frau. Sie ist gestorben, fünfundvierzig Jahre alt; die Krankheit hatte sie von unserer Mutter geerbt; ich wart noch drauf.«

»Sie warten auf die Krankheit?«

»Entschuldigung, das war dumm gesagt. Ich wollt sagen, dass ich meine Schwester verloren hab, lang vor ihrem Tod. Auf der Beerdigung war ich nicht, mein Vater auch nicht; eine Freundin von Rita hat uns eine Ansichtskarte mit einem Foto von der Nordsee geschickt; den Namen der Freundin hab ich vergessen; darauf stand, Ritas Asche wär auf hoher See verstreut worden.

Ich seh noch, wie ich da steh, unten am Briefkasten, und die Karte les und nicht begreifen will, was geschehen ist, und nicht weiß, ob ich's glauben sollt; mir flatterte die Hand; geweint hab ich; hab eigentlich nicht mehr geweint, seit ich vier oder fünf war; hab's mir verboten gehabt. Ich stand also da, und die Frau Haberl kommt die Treppe runter und fragt, ob sie mir helfen kann; das war rührend; als gäb's wo wen, der mir helfen kann. Ich lief zurück in meine Wohnung im ersten Stock; hab mich an den Küchentisch gesetzt; weiß nicht mehr, wie lang; die Schrift war ganz verwischt von den blöden Tränen. Hab mich überwunden und meinen Vater angerufen und gefragt, ob er auch eine Karte gekriegt hat; sagt er: ja. Da hab ich sofort aufgelegt. Mit ihm über Rita reden wär mir vorgekommen wie Verrat.«

Ihre Stimme schien zu galoppieren, aus ihr heraus, über sie hinweg, als wäre die Stimme endlich in Freiheit, dem Kerker des Schweigens entronnen, nach Jahrzehnten.

»Bin zum Dom gefahren, hab eine Kerze angezündet; hab mich hingekniet und mich bekreuzigt. An den Gott glaub ich schon ewig nicht mehr; der Gott kennt kein Erbarmen, so einen brauch ich nicht; mich hat er verraten und meine Schwester ermordet. Sie wollt Künstlerin werden, ich so was Ähnliches. Da lacht der Himmel sich kaputt. Trotzdem hab ich die Kerze angezündet und mich davor hingekniet. Braves Benehmen, finden Sie nicht? Zu Hause hab ich eine gelbe Kerze ins Fenster gestellt; die Karte von der Nordsee hab ich an die Wohnungstür geklebt, dass ich sie immer seh, wenn ich das Haus verlass.«

»Besitzen Sie die Karte noch?«

»Ist verloren gegangen. Ich war nie in Berlin, nie an der Nordsee, ich kam aus der Stadt nicht raus; hab eine armselige Existenz als Fernsehansagerin geführt, und das war's.«

»Was ist an dem Beruf armselig?«

»Dass es kein Beruf ist; nur ein Ausschauen und Mundaufmachen. So hab ich's bis ins Abendprogramm geschafft. Alle möglichen Kollegen wollten mit mir ausgehen, manchmal ging ich mit, aus Langeweile vielleicht. Natürlich erwarteten sie mehr von mir; in meine Nähe kam keiner der Männer. Nichts Besonderes.«

»Warum wollten Sie die Nähe nicht?«

»Hatte genug davon.«

Für einige Sekunden schloss sie die Augen und atmete in hektischen Zügen.

»Ein Mann«, sagte ich, als sie mich wieder ansah, ein wenig ruhiger, »kam dennoch in Ihre Nähe.«

»Das stimmt.«

»Wer war der Mann?«

»Sie kennen doch seinen Namen.«

»Sagen Sie ihn mir.«

»Barig.«

»Vorname?«

»Curt.«

»Curt Barig, der Vater von Stephan Barig, dem Sie in der Kornkammer begegnet sind.«

Sie presste die Lippen aufeinander und schnaubte durch die Nase.

»Wie ist es Curt Barig gelungen, gegen Ihren Willen in Ihre Nähe zu kommen?«

Mindestens eine Minute verging in Stille. Wir sahen uns an. Ihr blasses Gesicht überzogen von rötlichem Firnis, der auf ihren Hals übergriff und im Ausschnitt ihres Pullovers verschwand; ihre Augen schimmerten heller, wie in Erwartung aufkeimender Furcht.

»Ich kannte ihn schon lang«, sagte sie. »Er war ein Freund meines Vaters.«

»Und er war auf der Suche nach Ihnen?«

»Er war einfach da, wie ich auch. Einfach so. Wie sein Sohn, das Mörderlein.«

Ich wartete. Sie suchte nach Worten. Mit einer hastigen Bewegung strich sie sich mehrmals über die Wange und die Haare aus dem Gesicht. Nach einem Blick an mir vorbei zur Wand, während sie die Augen zusammenkniff wie jemand, der etwas zu erkennen versuchte, stieß sie einen leisen Seufzer aus. Ihre Lippen formten ein lebloses Lächeln, das vielleicht ihrer Vergangenheit galt.

Diese Frau war ein einsachtundsechzig großer und fünfzig Kilogramm schwerer stummer Schrei nach Selbstbefreiung und Erlösung.

Je länger sie sprach – bildete ich mir ein –, desto mehr zersplitterte ihre Stimme; am Ende blieben die Scherben eines lebenslangen Schweigens in Zimmer 214 zurück.

Wen siehst du? Bist du das?

Nein.

Lüg mich nicht an.

Ja, ich bin's.

Was tust du?

Schweigen.

Sprich lauter.

Ich schweige.

Warum?

Wenn ich spreche, zerfalle ich zu Staub.

Mach dich nicht lächerlich.

Wenn ich spreche, kommt alles ans Licht.

Dann ist's aus mit deinem dunklen Geheimnis, und deiner Karriere.

Welche Karriere?

Und aus ist's mit deinem Leben.

Ja.

Maskier doch deinen Mund mit einem Lächeln.

Niemand würde mir das abnehmen.

Das ist wahr.

Nein, das ist nicht wahr.

Dann hör auf, über das Thema zu sprechen.

Ich spreche doch nicht.

Stimmt, du schaust nur in den Spiegel. Wen siehst du?

Eine fremde Frau.

Die kennst du doch ewig, sie hat Federball im Garten von Oma Marie gespielt.

Und die Viecher getratzt.

Und wie! Die Viecher haben sie gehasst, die Kühe und der blöde Hahn.

Tiere hassen nicht.

Wer weiß das schon?

Du?

Ja?

Geh nicht weg.

Ich warte hier auf dich, du musst los.

Zurück zur schreienden Frau, die niemand hört.

Du hörst sie.

Ja.

Du hörst sie alle, immer.

Sei still.

6

»Fasching war's«, sagte sie. »Zwanzig Jahre her. Er stand im Bohème am Tresen; ich war in dem Lokal gelandet, weil ich Hunger hatte und noch eine Pizza essen wollt, nachts um eins. Dumme Idee. Ein Tisch gegenüber der Bar war noch frei. Ich hab bestellt; der alte Mann setzte sich zu mir. Am Nachmittag hatte ich schon ein paar Gläser Prosecco getrunken; keine harten Sachen; war trotzdem neben der Spur. Er spendierte Sekt, wir haben eine Flasche geleert. Auf einmal sagte er zu mir: Grüß dich, Ines, was für ein denkwürdiger Zufall.

Die Stimme.

Vorher war's zu laut um uns rum; oder ich war schwerhörig; oder der Sekt hat mich nüchtern gemacht.

Schlagartig, müssen Sie wissen, hab ich kapiert, wer er war. Auf seinem Kopf keine Haare mehr, Schweißtropfen auf der Glatze; früher war er blond gewesen; die spitzen Ohren standen ab; daran hätt ich ihn gleich erkennen müssen; hab ich aber nicht. Warum nicht? Hab dich nicht erkannt, sagte ich zu ihm, entschuldige bitte. Du hast zugenommen, sagt er zu mir und nimmt meinen Zeigefinger, drückt ihn in der Faust, so, so.«

Mit der linken Hand umklammerte sie ihren rechten Zeigefinger; dabei sah sie nur mich an. »Hat weh getan; hat früher immer meinen Finger genommen und mich hinter sich hergezerrt; am Finger; dass ich nicht weglauf; hätt ich doch nie gemacht; hab doch ihm gehört, hab ihm gehorcht. Sie müssen nicht so schauen, das ist normal.«

Nichts Besonderes, dachte ich. Nichts Schlimmes, wie Catrin sagte.

Nichts Schlimmes; nichts Besonderes.

»An diesem Abend in dem Lokal hat er Ihren Finger so genommen?«, fragte ich, als wäre die Frage notwendig.

»So halt. Hab ja auch auf ihn gezeigt; als ich gesagt hab: Du bist's, Curt, wo kommst 'n du her? Vom Nebentisch hat ein Mann mit einer Augenklappe und einem schwarzen Tuch am Kopf rübergeschaut; vor Überraschung hätt ich ihm beinah das Glas aus der Hand geschlagen. Hab mit dem Stuhl gerückt und jemand angerempelt, nicht den Mann mit dem Bierglas, jemand, der direkt neben uns stand. Bumsvoll, das Lokal, Faschingsdienstag, da geht's rund. Curt hat den Mann mit dem Glas nicht beachtet, er war ganz bei mir. Und ich bei ihm.

Wie lang haben wir uns nicht gesehen, fragt er; muss nachdenken. Mindestens fünfzehn Jahre, sagt er dann, seit du von zu Hause weg bist, ohne Bescheid zu sagen. Dein Vater war außer sich, wir alle; deine Mutter am Boden zerstört; kurz darauf ist sie gestorben. Sie war schon vorher krank, hab ich gesagt. Da hat er meinen Finger noch fester gedrückt, so fest, dass ich fast laut aufgeschrien hätt; das macht man nicht. Mir sind die Tränen aus den Augen gespritzt. Hat niemand bemerkt; waren alle betrunken und mit sich selber beschäftigt; ist normal.«

»Möchten Sie etwas trinken, Ines?«

»Hat er mich auch gefragt. Magst was trinken, Ines; hab geantwortet, ja gern. Später, sagt er und winkt dem Kellner und gibt ihm einen Geldschein und steht auf; dass er mich losgelassen hat, hab ich erst jetzt bemerkt. Komm, sagt er, gehen wir. Ja, sag ich, gehen wir. Hinter ihm her quetsch ich mich durch die Gäste, die bis auf die Straße Schlange stehen. Kalt ist's; ich hab ein grünes Kleid an und drüber einen abgewetzten Wintermantel. Bin ja nicht raus, weil ich zum Fasching gehen wollt; ich wollt nur Leute anschauen, wie sie verkleidet sind; auf dem Viktualienmarkt war ich; Tausende Menschen, ein einziges Gedränge, laute Musik, und Absperrungen und Polizei; hab am Rand gestanden; hätt gern was getrunken; hab ich dann auch; Prosecco; grausames Getränk im Plastikbecher; drei oder vier Becher hab ich getrunken und mit fremden Leuten geschunkelt, mitten auf der Straße im Gewühl. War doch Fasching.«

Sie sah mich an, öffnete die Faust, ließ die Hände in den Schoß sinken. Wieder das Lächeln, das ihren Mund verunzierte. »Jetzt wollen Sie bestimmt wissen, wohin wir gegangen sind.«

»Ja.«

Nein, wollte ich sagen, ich will wissen, warum Sie mitgegangen sind.

»Bahnhofsnähe; Hirtenstraße; Pension Reinhard. Sagt Ihnen der Name was?«

»Nein.«

»Existiert wahrscheinlich nicht mehr, das Etablissement; keine alten Männer mehr zu Gast; kein schäbiges Getue mehr. Keine Mädlein, die auf dem Bett sitzen und zuhören müssen und dem Vater gehorchen.«

7

Es war einmal eine Zeit, da schüttete die Sonne ihr Licht über die Dörfer, und auf den Wiesen blühte gelb der Löwenzahn; die Kühe fläzten sich träge im Schatten, auf den Hausbänken saßen alte Frauen und strickten, während ihre Männer im Biergarten Karten spielten; Kinder planschten im See, beobachtet von ihren Müttern, denen in einem bestimmten Moment keine Wahl blieb, als ihrer kleinen Tochter oder ihrem kleinen Sohn ein Fünfzigpfennigstück in die Hand zu drücken, für ein Steckerleis, aber nur eins!

Es war einmal ein junges Mädchen – Kirsten war ihr Name, ihre Freundinnen nannten sie Kiki –, das wuchs gesund und wissbegierig heran; seine Eltern betrieben eine Wäscherei am Ortsrand; manchmal half die kleine Kirsten beim Ausliefern der fertigen Wäsche an die Besitzer der Pension Sonnenstein, wo sommers wie winters Touristen aus ganz Deutschland abstiegen. Im Dorf war die aufgeweckte Kirsten mit den blonden Locken bei allen beliebt, in der Schule war sie eine der Besten, und der Wechsel aufs Gymnasium in Finstadt fiel ihr leicht.

Bald begann Kirsten in den Ferien, in der Pension Sonnenstein mit anzupacken, sie deckte die Tische, spülte Geschirr, putzte die Zimmer, wenn das Zimmermädchen sich wieder einmal krank meldete, was öfter passierte, vor allem in der Hochsaison. Kirsten war sich für keine Arbeit zu schade.

Auf die Frage, was sie später einmal werden wollte, antwortete sie, ohne nachzudenken: Hotelfachfrau im Vier Jahreszeiten. Auch im Gymnasium schrieb sie gute Noten, Lehrer wie Schüler schwärmten von ihrer verbindlichen Art und ihrem Auftreten, das scheinbar keinerlei Launen folgte. Jeden Morgen stieg sie mit einem Lächeln aus dem Schulbus, umarmte ihre neuen Freundinnen und spielte in der Pause mit den Jungs Fußball, was sie leidenschaftlich gern tat.

Zur Klassensprecherin ließ sie sich jedoch trotz inständiger Bitten von allen Seiten nicht wählen. Da offenbarte sie plötzlich eine Art von Schüchternheit und Unsicherheit, die sie bisher verborgen gehalten hatte. Überhaupt veränderte sich ihr Wesen zwischen dem dreizehnten und vierzehnten Lebensjahr; sie lächelte immer noch, sie spielte auch immer noch mit den Rabauken Fußball, obwohl sie deren hinterhältige Fouls ein wenig fürchtete, und immer noch umarmte sie ihre Freundinnen zur Begrüßung und zum Abschied inniger als jede andere. Im Unterricht aber wirkte sie mehr und mehr unaufmerksam, fahrig, fast mürrisch, wenn der Lehrer ihr eine Frage stellte, die sie nicht beantworten konnte oder wollte.

Später berichtete das Mädchen, das drei Jahre in der Klasse neben ihr gesessen hatte, sie habe den Eindruck gewonnen, Kiki spiele eine Rolle, erfülle Erwartungen, die an sie gestellt wurden, und sei mit ihren Gedanken ganz woanders. Zwei oder drei Mal habe sie Kiki auf der Toilette schluchzen hören; als sie gefragt habe, was los sei, habe Kiki sie mit einem bösen Blick beiseitegestoßen und sei weggelaufen.

Es war einmal ein Mädchen namens Kirsten, die hing am Rosenmontag an einem Baum im Wald.

Lange hatte ich nicht mehr an sie gedacht.

Sie war zwei Jahre jünger als ich, vierzehn, als sie in den Wald ging und von Krocker daran gehindert wurde zu sterben. Krocker war ein leutseliger, übergewichtiger, seine Schnauze in jeden Schlupfwinkel steckender Beagle, der wegen seines rotweißen Fells von uns Kindern Pommeshund genannt wurde; außerdem mochte er Pommes frites fast noch lieber als wir; sein Herrchen hieß Herr Schultheiß, der Förster unserer Gemeinde. Ihm ging das Faschingsgedöns seit jeher auf die Nerven, und als er erfuhr, dass an diesem Tag auf dem Marktplatz ein großer Rummel stattfinden sollte, flüchtete er mit seinem Hund in den Wald – wie so oft, wenn die Menschen ihm zu laut oder zu aufdringlich wurden.

Kirsten, die so gern lächelte und mit den Buben kickte, machte sich am Rosenmontag mit einer dicken Nylonschnur aus der Pension Sonnenstein auf den Weg in den Krähwald; sie kletterte auf eine Fichte, wickelte die Schnur um einen Ast, steckte den Kopf in die Schlaufe und ließ sich fallen.

Jahre später – mittlerweile ein knorriger, wortkarger alter Mann, der in einem billigen Holzhaus mit einem grauen einäugigen Collie lebte – erzählte mir Schultheiß, damals im Wald habe er zuerst geglaubt, ein Engel steige vom Himmel herab. Kirstens blondes, lockiges Haar habe ihn in den Sonnenstrahlen, die wie magisch zwischen den Wipfeln hindurch auf ihren Körper fielen, beinah geblendet; der Schreck sei ihm in die Glieder gefahren und beim Näherkommen noch ein zweites Mal.

Wer weiß, meinte er bedrückt, wahrscheinlich hätte er sie zu spät bemerkt, hätte Krocker sich nicht plötzlich losgerissen und wäre durchs Gestrüpp gefetzt, als wäre er über Nacht sportlich geworden. So verlor er, berichtete Schultheiß, keine Sekunde, er habe seinen Rucksack abgeworfen und sei den Stamm hinaufgekraxelt, in der einen Hand das Jagdmesser, mit dem er Mühe hatte, die Schnur zu durchtrennen, habe er doch gleichzeitig den Körper umklammern müssen. Krocker bellte sich die Zunge aus dem Hals.

Zurück auf der Erde, habe er, Schultheiß, sich hingehockt und das Mädchen in den Armen gehalten; unter ihrer Nase sei Blut gewesen und an ihren nackten Füßen Abschürfungen und Wunden; vermutlich war sie, während sie hing und zappelte, mit den Beinen gegen den Baumstamm geschlagen. Krocker habe schauerlich gejault.

In diesem Moment, sagte der ehemalige Förster Schultheiß und kraulte das strohige Fell seines halbblinden Begleiters, habe er das Dorf verflucht und im Besonderen jene Leute, die in der Pension Sonnenstein ein und aus gingen und Bescheid wussten, was dort in einem speziellen Zimmer passierte, und zwar regelmäßig. Er kenne nur Gerüchte, damals wie heute. Doch dass Kirstens Eltern keine Schuld am Tod ihrer Tochter trugen, daran habe er an jenem Nachmittag im Wald, das leblose Kind mit dem Engelshaar in den Armen, keinen Lidschlag lang geglaubt.

Im Städtischen Krankenhaus von Finstadt diagnostizierten die Ärzte ein apallisches Syndrom, die Sauerstoffzufuhr zum Gehirn war zu lange unterbrochen gewesen. Unser Förster und sein Pommeshund hatten ihr das Leben gerettet, aber es würde ein sinnentleertes Leben sein. Kirsten lag auf der Intensivstation, wurde künstlich beatmet und ernährt; manchmal klappten ihre Augenlider auf, und sie bewegte mechanisch den Mund. Die Leute im Dorf erzählten sich Dinge, die sie nicht wissen konnten.

Nach etwa acht Wochen beschlossen Kirstens Eltern, sie zu Hause weiter zu pflegen, neben ihrer Arbeit und mit Unterstützung einer ehemaligen Krankenschwester. Fünf Tage lag Kiki reglos im Bett ihres Kinderzimmers, dann gab ihr Herz das Schlagen auf.

Sie las so gern die Märchen der Gebrüder Grimm, sagte ihre Mutter vor allen Leuten in der Kirche; sie sagte es, als wäre sie bloß eine Mutter, die ihr Kind verloren hatte. Sie war eine Mutter, die ihr Kind hatte sterben lassen, lange bevor Kirsten in den Wald ging. Darüber redete man nicht. Meine Eltern verloren sich in Andeutungen, wie alle anderen Eltern.

Um Fremdverschulden auszuschließen – hatte womöglich ein Fremder Kirsten gekidnappt und ermordet? –, führten die Ärzte auf Drängen der Mutter weitere Untersuchungen durch. Ergebnis: Mikrofasern an beiden Händen, DNS-Spuren der Schülerin am Strangwerkzeug, keine Hinweise auf eine weitere Person. Alle Zweifel ausgeräumt. Was blieb der Mutter, als nach einem Motiv zu suchen, das man in Fachbüchern nachlesen konnte und das den Nachbarn einleuchtete: Schwermut; hebephrene Psychose. Oder: Kirsten las heimlich die falschen Romane. Oder: Ihre Tat war ein Akt von fehlgeleitetem jugendlichem Nachahmungszwang; eine Woche zuvor hatte sich ein Achtzehnjähriger aus Finstadt vor den Zug geworfen, angeblich aus Liebeskummer. Hatte Kirsten Liebeskummer?, fragten sich die Leute, damit sie was zu reden hatten.

Es war einmal ein Dorf, das zusah, wie in einer Ferienpension ein Mädchen in ein Zimmer geführt und die Tür verriegelt wurde. Den Dorfpolizisten Schmiedinger und Althoff fiel nichts auf, als sie, pro forma, wie es im Protokoll hieß, das Ehepaar Zeitler, die Besitzer der Pension, befragten. Ehrenwerte Hausgäste durch die Bank, keine verwertbaren Zeugenaussagen. Reihum erhielt Kirsten nur die besten Zeugnisse für ihr Verhalten, ihre Arbeit, ihre Verschwiegenheit beim Ratsch mit angetrunkenen Besuchern. Kirstens Vater, Stammgast in der Sonnenbar im Kellergeschoss der Pension, verbat sich jeglichen Verdacht, seine Tochter wäre mit fremden Männern aufs Zimmer gegangen. Was den Ausbau seiner

Wäscherei und die Neuanschaffung zweier moderner Trockner betraf, argumentierte er mit Ersparnissen seiner Eltern, die diese als Bargeld im Haus gebunkert hätten; das alte Ehepaar war vor Kurzem im Seniorenheim verstorben, beide innerhalb von wenigen Tagen. Die Sache mit dem Geldsegen im Haus von Kirstens Eltern regte niemanden auf.

Kirstens Mutter vergoss viele Tränen. Sprach jemand sie auf ihre Tochter an, faltete sie die Hände und reckte die Arme zum Himmel. Vermutlich gab sie dem lieben Gott die Schuld. Schwermut bis hin zu Depressionen, unter Teenagern kam so etwas vor, so unfassbar es auch klingen mochte.

Wer, sagte die alt gewordene, noch immer rüstige Frau einmal zu mir – ich hasste mein Gedächtnis dafür, dass es diesen Satz ausgerechnet während einer Ermittlung ausspuckte –, könne schon in die Seele eines Menschen schauen, noch dazu in der Phase seines Lebens, in der die Hormone ihn folterten und um den Verstand brachten?

Es war einmal ein Mädchen, das hatte sich um den Verstand gebracht, deshalb führte es der liebe Gott hinaus aus dem Dorf, damit es fliegen lerne wie die Vöglein im Wald. Es kam aber nicht weit, denn es hatte eine Schnur um den Hals, die um einen Ast gebunden war.

Am nächsten Tag tanzten die Narren im Nebenraum vom Gasthaus Schneider eine Polonaise, wie das so üblich war in unserem Dorf.

8

»Was ist passiert, Frau Kaltwasser? Was hat der Mann mit Ihnen getan am Faschingsdienstag?«

»Wovon ich sprech, ist viel länger her; vierzig Jahre fast. Da waren wir auch in der Pension Reinhard, wie üblich, und ich war gefügig. In der Pension, müssen Sie wissen, stellt nie jemand Fragen, das fiel mir auf, als ich älter war und besser zuhören konnt als früher. Als Kind hab ich mich immer nur auf den Tierpark gefreut; Ausflug in die große Stadt von Nading aus; die Sonne war ganz anders, die Häuser viel höher, und die Leute haben eine andere Sprache gesprochen; schon auch deutsch; schon auch bayerisch; aber anders; hab gern zugehört; verstanden hab ich wenig, das waren ja alles Erwachsene.

Ich wollt sagen: Damals, damals, damals, da hab ich zu ihm gesagt, ich muss dir was sagen. Dann hab ich gesagt, ich bin schwanger. Hab gedacht, er bohrt seine zwei Daumen wieder in meinen Bauch; wie sonst, wenn er bös war, oder ich; oder, wenn er das nur so wollt …«

»Frau Kaltwasser«, sagte ich. »Ines, hören Sie mir bitte zu.«

»Ja?«

»Ich möchte gern jemanden anrufen, ich möchte …«

»Wen denn? Der Curt lebt doch schon lang nicht mehr.«

»Das weiß ich«, sagte ich. Zum zweiten Mal streckte ich meine Hand aus; sie reagierte nicht. »Ich würde gern eine Frau anrufen, eine Psychologin, die ich kenne, sie sollte an unserem Gespräch teilnehmen.«

»Nein. Sie reichen schon, ist auch nicht so wichtig, was ich sag. Ich sag's nur, weil wir grad dabei sind und Sie so schön zuhören, das ist ein Geschenk für mich, und ich dank Ihnen dafür. Hat meine Schwester auch mal gesagt, ich soll doch zu einer Psychologin gehen, die kann mir helfen. Kann sie nicht, das weiß ich, dann wird alles nur noch schlimmer. Soll ich aufhören?«

»Nein.«

»Aber Sie wollen, dass ich aufhör.«

»Das will ich nicht, Ines. Ich möchte, dass Sie mir vertrauen.«

»Tu ich doch.«

»Sie haben zu Curt Barig gesagt, Sie seien schwanger. Wie alt waren Sie da?«

»So siebzehn.«

»Und sie waren schwanger von ihm.«

»Ja, schon.«

»Wie hat er reagiert?«

»Da steht er, an der Tür, ich sitz auf dem Bett; wir haben uns noch nicht ausgezogen, hatte sogar meinen Mantel noch an, meinen grünen Sommermantel mit den roten Punkten. Und ich sag, dass ich schwanger bin, und er? Er lächelt. Da steht er und lächelt. Sonst nichts. Kommt nicht her und will, dass ich alles auszieh und gehorch. Gelächelt hat er; hab ich noch nie gesehen auf seinem Gesicht; das war, als hätt der Vater mich mal angelächelt; so, wie man schon mal lächelt, wenn was schön ist oder man jemanden mag. So halt. Eine Minute lang, mindestens.

Dann setzt er sich neben mich aufs Bett und nimmt meine Hand. Nicht nur den Zeigefinger. Ich trau mich nicht, ihn anzuschauen; vielleicht ist das Lächeln ja schon wieder weg. Wir sitzen nur so da, nebeneinander; mein Herz hat bis in meinen Kopf rein geschlagen. Ich wart, dass was passiert. Gleich geht die Welt unter, denk ich, gleich schlägt er mich tot, und ich hab noch gar nicht selber gelebt.

Da sagt er, er bezahlt alles, soll mir keine Sorgen machen. Er wär, sagt er, gern der Vater unseres Kindes; ist aber nicht möglich, weil: Er hat ja schon eine Familie; und mein Vater wär garantiert nicht erfreut. Solche Sachen hat er gesagt.

In der Nacht hat er das Zimmer nur fürs Reden bezahlt. Ich hab gesagt, dass ich ratlos bin, aber noch mehr glücklich. Und dass ich Angst hab, dass ich zu jung für ein Kind bin; Angst, dass meine Zukunft für alle Zeit besiegelt ist; Angst, dass ich nicht die werden kann, die ich sein soll; Angst, dass mein Leben schon aus ist. Solche Sachen hab ich gesagt.

Hat mir zugehört. Die Vögel haben gesungen, weißt du, und im Zimmer ist's schon wieder hell geworden. In der Zwischenzeit lagen wir auf dem Bett, angezogen, ohne Schuhe. Er hat mich in den Arm genommen; das hat er noch nie gemacht; er hat mich festgehalten, wie ein Baby; vielleicht hab ich sogar ein paar Minuten geschlafen, das kann ich dir nicht mehr sagen.

Am Ende haben wir uns geküsst. Und fast hätt er mich dann doch noch ausgezogen; hat er nicht; hat gesagt, das muss heut nicht sein. Weil ich so ehrlich zu ihm war, darf ich angezogen bleiben. Dann fuhren wir wieder nach Nading. Am nächsten Tag hat er mich bei Pro Familia angemeldet. Der Vater hat davon gewusst; geredet haben wir darüber nie; war auch nicht nötig. Eine Woche später war schon alles vorbei.

War alles vorbei. Mit einer Reisetasche in der Hand kam ich aus der Klinik. Die Herbstsonne schien mir ins Gesicht. Ich stand auf dem Bürgersteig; Leute haben mich angeschaut, weil ich mich nicht bewegt hab. Wahrscheinlich haben sie geahnt, was ich getan hab.

Hab mein Kind ermordet.

Frau Kommissarin, ich hab mein Kind ermordet.

Ich bin schuldig.

Curt kam mit seinem Mercedes, hatte versprochen, dass er mich abholt. Ich bin schnell eingestiegen, bevor noch mehr Leute herschauen. Curt hat mich angesehen und genickt und ist losgefahren; zu reden war ja nichts. Hat mich nach Nading gefahren und ist wieder zurück in sein Geschäft in der Hohenzollernstraße. Niemand hat daheim ein Wort verloren. Ein Jahr später, das hab ich Ihnen schon gesagt, bin ich nach München gegangen …«

Das Lächeln gelang ihr nicht mehr; sie versuchte es zwei Mal. »Gleich in der ersten Woche hab ich in einem Blumengeschäft eine goldgelbe, buschige Rose gekauft, ohne Stacheln, wundervoller Duft. Hab mir verrückt ein Taxi geleistet. Der Fahrer hat gefragt, ob ich eine Krankheit überwunden hätt; beinah hätt ich geantwortet, dass ich unheilbar bin. In der Arcisstraße stieg ich aus. An der Stelle, wo mal das Grab von meinem Großvater war, hab ich die Rose niedergelegt und mich ins Gras gekniet. Irgendwann verließ ich den Alten Nordfriedhof; hatte keine Tränen mehr.

Das war der Tag.

Wie heute.

Vierzehnter Oktober.

Melanie war ihr Name.

Ob es in Wirklichkeit ein Mädchen war, weiß ich nicht. Hab's Melanie getauft, das ermordete Kind. Ich besuch sie regelmäßig; seit fünfundvierzig Jahren. Ich weiß nicht, wieso ich noch leb.«

9

Die Frau im Spiegel erkannte mich nicht; ihr Blick zu verschwommen, in ihrem Kopf ein Kauderwelsch an Gedanken. Sie schaute mich an, das wusste ich, aber sie drang nicht zu mir durch. Diesmal blieb ich allein in der Toilette des Kommissariats, unfähig, eine Hand zu heben und mir das Gesicht mit einem Papiertuch abzutrocknen. Hör doch auf, wollte ich sagen, die Woche hat gerade erst begonnen, wir brauchen einander doch noch dringend für die kommenden sechs ewigen Tage. Die Frau im Spiegel wandte sich von mir ab. Ich bekam fast keine Luft mehr vor Alleinsein.

So geht das, tagein, nachtaus; ich und die Frau; die Frau und ich. Wir kennen uns seit meiner Geburt; früher waren wir die besten Freundinnen in dem kleinen Dorf im Oberland, wo das Schicksal meiner Mutter und meinem Vater bei einem Sonntagstee im Gasthaus Schneider eine Bühne bereitet und nach einem Tänzchen die Zukunft kredenzt hatte. Keine kleine Übung angesichts der Umstände.

Mein Vater stammte aus einem Land in Vorderasien; der Weg meiner Mutter zur Liebe ihres Lebens war kürzer, sie wurde in Bachern geboren, keine zehn Kilometer von meinem Heimatort Ried entfernt. Papa Malek war wegen seines Studiums nach Deutschland gekommen; er lernte Deutsch im Rieder Goethe-Institut, das damals noch existierte, und sollte ursprünglich in seine Heimat zurückkehren, um sich dort als ausgebildeter Zahnarzt niederzulassen. Stattdessen ließ er sich bei Margot Krone nieder und heiratete sie sieben Jahre später, sodass ich bei meiner Geburt Krone hieß und erst nach der Hochzeit der beiden den Nachnamen meines Vaters erhielt.

10

Meine Chefin und ich beobachteten sie auf dem Monitor im Nebenraum. Hastig ein- und ausatmend hatschte sie in Richtung Tür, machte kehrt, blieb stehen. Mit ernster Miene hob sie den Kopf und sah sich um, als erwarte sie eine Anweisung. Gekrümmte Schultern, baumelnde Arme, der Kopf gesenkt. Mich erinnerte diese Haltung an die alten Frauen aus meiner Kindheit, die nachmittags in der stillen Dorfkirche jede für sich in einer Bank knieten und sich vor dem Herrgott verneigten; manche berührten mit der Stirn die Rückenlehne der Bank vor ihnen; so verharrten sie, in devoter, andächtiger Hingabe; für mich ein erschreckender, bedrückender Anblick. Sie büßten für etwas, das sie nie getan hatten – ähnlich wie wir Kinder, wenn wir Lügen erfanden, um bei der Beichte nicht schweigen zu müssen; wir hatten nichts ausgefressen, jedenfalls nichts, wofür wir uns schuldig fühlten. Auf diese Weise glaubten wir, dem Pfarrer einen Gefallen zu erweisen.

Nicht einmal als ein Kollege kam und die Tasse Kaffee mit Milch und Zucker, um die Ines Kaltwasser ein zweites Mal gebeten hatte, auf den Tisch stellte, hielt sie inne oder nahm auch nur einen Blick vom Boden.

Längst müsste ich im Krankenhaus rechts der Isar anrufen; besser noch, ich würde hinfahren und endlich Catrin besuchen, mich persönlich von ihrem Zustand überzeugen und mit den Ärzten sprechen. Sie brauche, erklärte Anja Sandkorn, zuerst Klarheit im Fall des verunglückten Curt Barig und über die Rolle, die Ines Kaltwasser dabei gespielt hatte. Vor dem Abschluss dieser Vernehmung könne sie mich trotz der tragischen Ereignisse in meinem Privatleben unmöglich entbehren.

Was die Vergangenheit unserer Zeugin und deren seelische Verwundungen betraf, würde Sandkorn mir ein weiteres Gespräch zusichern, unter Umständen in der Untersuchungshaft, falls der Frau eine Mittäterschaft beim Tod des alten Barig nachzuweisen wäre.

Vor der Wand gegenüber der Tür hielt Ines Kaltwasser abrupt inne; Hände hinter dem Rücken, schnaufend, mit schlotternden Knien. Sie wirkte zerbrechlich, verschreckt, verloren in ihrer abgetragenen Kleidung und dem hellen Raum, in dem sie zu schrumpfen schien. Zentimeter für Zentimeter hob sie den Kopf und sah zur Tür, unaufhörlich, wie beschwörend.

Ich griff nach meinem Handy und ging hinaus auf den Flur.

Keine Veränderung, sagte eine Schwester im Rechts der Isar; Catrins Zustand sei angesichts ihrer schweren Verletzungen stabil; ich solle mir im Moment keine Sorgen machen.

Den Satz hatte ich auch im Repertoire. *Wir finden den, der Ihnen das angetan hat, machen Sie sich keine Sorgen.*

Die Königsphrase.

Die Hoffnung, den Kollegen Greve telefonisch zu erreichen, hätte ich mir sparen können. Er drückte meinen Anruf weg; seine Assistentin im K 9 erklärte, der Hauptkommissar befinde sich bei Ermittlungen außer Haus und habe keine Zeit genannt, wann er zurückkehren würde.

»Hast du Neuigkeiten für mich?«

»Leider nein«, sagte Marc-André Hagen ins Smartphone; Motorengeräusche und Stimmen im Hintergrund. »Ich verfolge ein paar Spuren, kann dir noch nichts Konkretes sagen, leider.«

»Hast du mit Greve Kontakt?«

»Der weiß gar nichts, auf den brauchen wir uns nicht zu verlassen.«

»Keine Alleingänge, Marco.«

»Ich ruf dich an, versprochen. Wie geht's dir?«

»Schlecht.«

»Der Kerl ist aus der Gegend, wir finden ihn.«

Bevor ich ins Zimmer 214 zurückkehrte, zog ich mich erneut auf die Toilette zurück, rieb mir das Gesicht mit kaltem Wasser ab, vermied einen Blick in den Spiegel und beugte mich so tief übers Waschbecken wie eine alte Frau über die Kirchenbank. Was mir im Gegensatz zu ihr fehlte: ein Glaube.

Ines Kaltwasser stand weiter an der Wand, die Hände hinterm Rücken; kein Mucks, bevor ich den Tisch erreichte und die gelbe Akte aufschlug. Die Lippen aufeinandergepresst, räusperte sie sich.

»Bitte setzen Sie sich«, sagte ich. »Ihr Kaffee wird kalt.«

Den Kopf noch immer gesenkt, Blick zum Tisch, kam sie näher; ihr Gehen eine Art Trippeln. Zum ersten Mal fielen mir die schiefen Absätze an ihren braunen Halbschuhen auf; im Zusammenspiel mit dem türkisfarbenen Pullover und der eng geschnittenen schwarzen Hose wirkten die Schuhe falsch, schäbig.

Ich setzte mich und klappte die Akte zu.

»Was ist da in der Tüte drin?« Sie stand mir gegenüber, neben ihrem Stuhl; ich hatte damit gerechnet, dass sie über den durchsichtigen Beutel aus der Asservatenkammer eine Bemerkung machen würde.

Ich zeigte auf den freien Stuhl. Sie nickte und setzte sich, strich mit beiden Händen über die Hose. Was sie glaubte erkannt zu haben – so hoffte ich –, schien sie eine Weile in Beschlag zu nehmen.

»Vierzehnter Oktober«, sagte ich. »Sie haben diesen Tag nie vergessen.«

Nach einer langen Pause lehnte sie sich zurück und drehte den Kopf – als wollte sie demonstrativ Abstand von der Akte nehmen. Sie zog die Schultern hoch und faltete die Hände vor dem Bauch. »Ein Verbrechen führt zu einem kaputten Leben, das wissen Sie doch. Bin kaputt, weil ich das Kind ermordet hab. Der Arzt war nicht schuld, das Gesetz auch nicht; ich war's, und ich hab's nicht überlebt.

Jedes Jahr im Oktober, müssen Sie wissen, haben sie mich im Sender gefragt, ob was Schlimmes passiert ist; alles in Ordnung, hab ich gesagt. Stimmte nicht, klang aber gut. Der Regisseur hat mich zur Rede gestellt, der Redakteur auch; die haben gesagt, ich wär nicht konzentriert; mit mir wär eine Veränderung vor sich gegangen, besonders äußerlich; mein Gesicht würd bleich und eingefallen aussehen, behaupteten sie; auf die Zuschauer würd ich einen ungesunden, unberechenbaren Eindruck machen. Lächerlich, Frau Kommissarin. Berechenbarer als ich war nie eine Frau weltweit. Die Männer haben mich angelogen.

Die Wahrheit? Der stellvertretende Chefredakteur hat eine Kollegin von mir bevorzugt, die keine Skrupel hatte, nach der Arbeit mit ihm ein Bier zu trinken und sich von ihm einladen zu lassen, zu was auch immer. Die Wahrheit? Ich hab mich immer mehr abgekapselt; ging nicht mit in die Kantine, hab Geburtstagseinladungen abgelehnt, schwänzelte nicht um Kameramänner rum wie andere Frauen, die glaubten, sie kämen dann hübscher rüber.

Nein. Keine Wahrheit, das alles. Ich war nicht unkonzentriert. Ich sah nicht krank aus.

Ich war nicht mehr am Leben, das war das ganze Geheimnis.

Seit dem vierzehnten Oktober vor einer Ewigkeit ging die Ines als Tote durch die Welt. Schauen Sie doch: Sieht so ein lebendiger Mensch aus? Und: Schon am nächsten Tag war die Rose kaputt; lag im Gras wie erloschen; keine sonnige Blüte mehr, nur noch ein modriger Geruch. Wie war das möglich? Innerhalb von vierundzwanzig Stunden. Ich hab eine neue Rose aufs Grab meiner Tochter gelegt; manchmal hielt sie drei Tage, manchmal fünf; länger nie. Ich hab beschlossen, den Friedhof nicht mehr zu besuchen; hab mich selber bestraft.

Im Fernsehen bin ich wieder im Nachmittagsprogramm gelandet, wo ich ganz am Anfang war. Irgendwann landete ich nirgendwo mehr. Man hat mir nahegelegt, eine Auszeit zu nehmen, mich zu besinnen, am besten, mich in ärztliche

Behandlung zu begeben. Sie meinten, ich hätt einen Psychiater nötig. Den Gefallen hab ich ihnen nicht getan.

Hab das Fernsehen verlassen und kam beim Radio unter; wegen meiner Stimme. Niemand sieht mich, wenn ich im halbdunklen Studio sitz und Texte vorles. Eine Zeitlang hat's geklappt. Nicht aufgeben, hab ich mir eingeredet. So kam ich über die Runden, jahrelang, stellen Sie sich das vor.«

»Sie ließen sich nicht gehen«, sagte ich.

»Eiserne Disziplin. Hatte mich meine Schwester gelehrt, aus der Ferne, in unseren Gesprächen, die wir alle heiligen Zeiten am Telefon geführt haben. War ihr nicht mehr gram, weil sie weggegangen ist seinerzeit; höchstens in den Nächten, in denen ich durch die Stadt lief und heulte; da hab ich ein wenig gezetert, weil sie gesagt hatte, ich muss das alles mit mir ausmachen, sie kann mir nicht helfen, ich bin allein verantwortlich für alles und muss mich bekennen. Konnt ich doch nicht. Später hat sie sich entschuldigt, dass sie mich alleingelassen und mir den Segen nicht gegeben hat, das Kind auszutragen und aufzuziehen. Einmal rief sie an und hat gesagt, der Vater wär ein Verbrecher, die Mama auch, und die Freunde vom Vater, die alle, die Barigs und Konsorten. So hatte sie noch nie gesprochen. Dann hat sie gesagt, sie umarmt mich, und ich soll sie nicht verurteilen und verdammen.«

»Lebte Rita noch, als Sie Curt Barig wiederbegegnet sind?«

Sie schlug die Hände vors Gesicht, verharrte in Schweigen.

»Verzeihung«, sagte sie. »Musste grad an was denken. Nein. Meine Schwester hat nicht mehr gelebt, schon ein paar Jahre, drei oder vier. War einfach weg, wie gesagt; eine Postkarte kam, und ich wusste Bescheid.«

»In Berlin haben Sie sie nicht besucht.«

»Wollt sie doch nicht! Bitte zuhören! Wollt sie nicht! Nein!«

»Denken Sie manchmal, Ihre Schwester habe Sie im Stich gelassen, als Sie sie am nötigsten gebraucht hätten?«

Ihr flüchtiges Lächeln rutschte ihr von den Lippen. »Darauf antworte ich nicht.«

»Kannte Herr Barig Ihre Schwester?«

»Schon. Hat ihn nicht interessiert, die Rita.«

»Haben Sie Curt Barig nach dem Faschingsdienstag noch einmal wiedergesehen?«

»Das wissen Sie doch.« Sie nickte zur Akte. »Da steht's drin, das Leben.«

»Ich meinte, in den Tagen oder Wochen nach jener Nacht.«

»Hab ich nicht. Radio auch vorbei.«

»Sie gaben den Job auf.«

»Konnt nicht mehr hingehen. Stimme verloren. Wollt was sagen, es kam nur Röcheln. Nach zehn Tagen wurd's besser, ich brachte wieder Worte zustande; hab mich zurückgemeldet und durfte wieder ins Studio. Acht Verleser pro Seite. Wer will so was hören? Und die Cutterin ist durchgedreht. Ein paar Monate hab ich mich noch so dahingeschleppt, die Redakteurin war nachsichtig ohne Ende; live hab ich schon lang nichts mehr gelesen.

Auf meinem Konto war ein wenig gespartes Geld; hab mich umgehört, was ich machen könnt. Wie als WG-Bewohnerin in der Ohmstraße hab ich wieder im Adria an der Leopoldstraße gejobbt. Sonst? So tot ich auch war, aus einem geheimen Grund wollt ich noch nicht völlig sterben. Heute weiß ich, wieso.«

»Sie hatten noch etwas zu erledigen.«

»Nichts Besonderes«, sagte sie. »Nur noch einmal jemanden sehen; einmal noch fragen; ein letztes Mal.«

»Einen bestimmten Mann sehen«, sagte ich.

Sie schwieg.

»Sie mussten Curt Barig noch einmal treffen.«

Sie schwieg.

»Am vierzehnten Oktober.«

»Musste sein«, sagte sie nach einem erneuten Schweigen. »Musste alles so sein an diesem Tag.«

»Sie haben sich mit Curt Barig verabredet.«

»Ja.«

»Sie haben ihn um ein Treffen gebeten.«

»Hab ich.«

»Im selben Jahr, in dem Sie ihn in der Gaststätte getroffen hatten.«

»Bohème in der Türkenstraße, ja.«

»Wie haben Sie ihn kontaktiert?«

»Hab im Laden angerufen.«

»War er gleich dran?«

»Seine Frau. Ich hab gesagt, ich wär eine Kundin. War ich doch auch, irgendwie, von Geburt an.«

Ich durfte nicht abschweifen, nicht tiefer graben, nicht so tief, nicht jetzt. »Wie hat er reagiert?«

»Hat zuerst gemeint, kommt nicht in Frage. Hab ihn angefleht. Dass er mit mir noch einmal rausfährt in die Natur, wie früher. Und das alles.«

»Das war Ihr erster Kontakt nach der Begegnung im Fasching.«

»Ja.«

»Er hatte sich nicht mehr bei Ihnen gemeldet.«

»Nein.«

»Sie haben mir noch nicht erzählt, was im Zimmer der Pension Reinhard passiert ist, nachdem Sie beide das Lokal Bohème verlassen hatten.«

»Darüber sprech ich nicht.«

»Hat er das getan, was er früher mit Ihnen getan hat?«

Ines Kaltwasser schüttelte den Kopf, in Schüben; sie bewegte ihn ruckartig hin und her, hielt inne, machte weiter, den Blick starr auf die gelbe Mappe gerichtet. Als sie endlich damit aufhörte, keuchte sie, wie nach ihrem Rundgang durch den Raum.

»Dies und das«, sagte sie. Ihr Kopf ruckte noch einmal. »Ich wollt ihn wiedersehen und hab gefragt, ob er am Vierzehnten Zeit hätt. Fragt er, wieso ausgerechnet an dem Tag. Ich sag, so halt, das wär schön. Da sagt er, gut, wir fahren raus, und dass er mich abholt.«

»Er wusste, wo Sie wohnen.«

»Ja.«

»Woher?«

»Hab's ihm gesagt.«

»Er kam aber nie unangemeldet vorbei?«

»Nein.«

»Er holte Sie ab, und dann?«

»Hat sich gefreut, dass ich seinen Ring trag.«

»Wann hat er Ihnen den Ring geschenkt?«

»Damals. Als wir in der Stadt waren und ich in die Klinik musste wegen … wegen … dem Baby … Er hat mich abgeholt und mir den Ring geschenkt. Das hab ich Ihnen doch gesagt.«

»Sie haben es mit keinem Wort erwähnt.«

»Nein?«

»Was war das für ein Ring?«

»Ein schöner, ein Beryll, aquamarinfarben.«

»Und seit damals haben Sie ihn getragen.«

»Wollt ihn oft wegschmeißen, hab's nicht übers Herz gebracht; war zu schön, der Ring.« Wieder fiel ihr Blick auf die Akte, die zwischen uns auf dem Tisch lag.

»Wo fuhren Sie hin?«, fragte ich.

»Nach Bad Griesfeld.«

Dort hatte mein Kollege den Ring vor zwanzig Jahren gefunden. »Wie früher«, sagte ich.

»Wie früher. Dann fing's an zu regnen; wir haben uns untergestellt, im Wald; auf dem Weg zum Wasserfall. Den Weg kannte er auswendig, ich auch. Alles gespeichert da oben.« Sie zeigte auf die rechte Schläfe; dabei lächelte sie und hob die Brauen und probierte einen listigen Blick, den ich nicht ertrug.

»Worüber haben Sie während der Autofahrt gesprochen?«, fragte ich. Bad Griesfeld lag etwa sechzig Kilometer südlich von München.

»Über nichts. Haben nur dagesessen und in die Landschaft raus geschwiegen.«

»Barig hat Sie nicht gefragt, warum Sie ihn treffen wollten?«

»Doch, am Telefon schon. Hab ich geantwortet, ich hätt ein Verlangen nach ihm.«

»Ein Verlangen? Dieses Wort haben Sie benutzt?«

»Hat er früher auch; hab Verlangen, du musst kommen. Verlangen muss erfüllt werden.«

»Er wusste, was Sie meinten.«

»Sagte, ich seh gut aus, für mein Alter, obwohl ich zugenommen hätt.«

»Wie alt waren Sie zu dem Zeitpunkt?«

»Zweiundvierzig.«

»Wie alt war Curt Barig?«

»Siebzig, ungefähr.«

»Er war vierundsiebzig«, sagte ich.

»So genau wissen Sie das?«

Ich tippte mit dem Finger auf die Akte.

»Was da alles drinsteht.« Sie senkte den Kopf, versank in Schweigen.

11

Eine halbe Minute ließ ich sie gewähren. »Jetzt weiter, Frau Kaltwasser. Sie wollten den Mann etwas fragen, wann haben Sie das getan?«

»Im Wald.«

»Was ist vorher passiert?«

»Er hat den Mercedes geparkt, Am Sonnenstein.«

»So heißt die Straße?«

»Ja. Wir sind ausgestiegen, ich hab den Mantel zugeknöpft, der Wind war kalt, schneeig fast, mich hat's gefröstelt. Hat er gesagt, komm, sind wir losgegangen, er hat meine Hand genommen.«

»Ihre Hand«, sagte ich, »oder nur einen Finger?«

»Nur den Finger.« Ihre Hände huschten in den Schoß.

»Weiter, Ines.«

»Brauch doch keine Angst zu haben, hat er gesagt, immer wieder; schauen wollt er, ob die alte Hütte noch steht, die vom Doktor Zingler; sind von Nading oft dahingefahren, Papa auch. Unterwegs sind wir stehen geblieben und ich hab ihn gefragt, wieso er mich gezwungen hat, das Kind zu ermorden. Die Frage war raus, endlich. Er hat mich angeschaut; ich musste die Frage wiederholen. Wieso hab ich die Melanie töten müssen, hab ich gefragt. Da holt er aus und schlägt zu, links rechts, links rechts, und sagt, ich soll das Maul halten. Hab ich das Maul gleich gehalten und mich entschuldigt.«

»Wie haben Sie sich entschuldigt, Ines?«

»Hab mich hingekniet und gesagt, Entschuldigung.«

»Sie haben sich auf den Boden gekniet, vor ihn hin?«

»Ja.«

»War der Boden nicht nass?«

»Doch.«

»Wie lang haben Sie gekniet?« Ich wunderte mich, wie ich es schaffte, meine Stimme im Zaum zu halten, meine Hände, meinen Körper.

»Nicht so lang.«

»Wie lang, Ines?«

»Fünf Minuten, höchstens.«

»Und da waren sonst keine Menschen im Wald?«

»Kein Mensch.«

»Was hat der Mann getan, während Sie vor ihm knieten?«

»Er hat meinen Kopf zwischen seine Beine gehalten, hat extra seinen Kamelhaarmantel aufgeknöpft.«

»Was hat er noch getan?«

»Nichts.«

»Sie dürfen mich nicht anlügen, Ines.«

»Ich lüg nicht, ich lüg nie.«

»Weiter.«

»Dann hab ich aufstehen dürfen, er hat mir das Gesicht gestreichelt und gesagt, ich soll doch nicht so zittern. Hab gesagt, ich zitter wegen dem kalten Wald, er sagt, das brauch ich nicht, ich soll mich einfach an ihn lehnen und er legt seinen Mantel um mich. Hat er gemacht; hab mich an ihn geschmiegt, wie früher, aber halt mit meinen Sachen an jetzt, und ihn umarmt, und es war schön warm. Sind wir dagestanden, hab mich geschämt, dass ich ihm die Frage gestellt hab.

Also hab ich ihn losgelassen, hab mich vor ihn hingestellt und mich noch mal entschuldigt; förmlich; dass ich ihm die Zeit stehle und dass wir zurückfahren können, wenn er will. Er verzieht aber nur das Gesicht und beugt sich zu mir her und flüstert: Ich bin's, dein Mörder, ich bin's, dein Mörder. So, wie früher hat er das geflüstert, wenn er ins Zimmer gekommen ist und ich Schuld gehabt hab, dass er böse mit mir sein musst. Ich bin so erschrocken und hab zugeschlagen. Er hatte keine Zeit zum Schauen. Hab das nicht gewollt; die Hand ist mir ausgerutscht. Vor meinen Augen ist er abgestürzt.«

»Wie konnte das passieren?«, fragte ich wie jemand, der ahnungslos war. »Ist der Mann gestolpert?«

»Kann schon sein. Dreißig Meter weiter unten fließt der Lainbach, in der Nähe ist der Wasserfall, zu dem wir gehen wollten.«

»Die Absturzstelle war nicht gesichert.«

»Da war eine niedrige Eisenkette, glaub ich.«

Ich schlug die Akte auf, blätterte darin, nahm den kleinen Beutel heraus. Ines Kaltwasser fixierte ihn mit Blicken.

»Hat Curt Barig Sie ein zweites Mal geschlagen oder sonst wie angegriffen?«

»Nein. Nur geohrfeigt, ein Mal, vorher.«

»Wie haben Sie zugeschlagen, bevor er gestürzt ist?«

»Mit der Hand.« Sie hob die rechte Hand, betrachtete die Innenseite.

»Sie haben ihm ins Gesicht geschlagen.«

»Geohrfeigt. Aus Versehen. Weil er gesagt hat, Ich bin's, dein Mörder, und ich so erschrocken bin.«

»Wie oft haben Sie zugeschlagen, Ines?«

»Zwei Mal, vier Mal, sechs Mal; hab nicht mitgezählt.«

»Und dann?«

»Dann, wie gesagt, ist er ausgerutscht, der Boden war nass; wollt ihn festhalten; ging schief. Er fiel in die Tiefe.«

»Hat er geschrien?«

»Nein.«

»Wo wollten Sie ihn festhalten?«

»Am Arm.«

»Welche Kleidung hatte er an?«

»Kamelhaarmantel, Cordhose, Hemd, so in etwa.«

»Vor dem Sturz hat er Sie nicht angegriffen?«

»Nein. Nein.«

»Aber er hat sie vier Mal ins Gesicht geschlagen.«

»So oft?«

»Sie sagten, links rechts, links rechts.«

»Das stimmt.«

»Er hat Sie vier Mal geschlagen«, sagte ich.

»Ja.«

»Dann haben *Sie* ihm ins Gesicht geschlagen, mehrere Male.«

»Hab ich getan.«

»Er wehrte sich nicht.«

»Hat's versucht.«

»Wie?«

»Wollt mich mit der Faust treffen.«

»Aber Sie haben schnell reagiert.«

»Sehr schnell.«

»Und dann?«

»Weggestoßen.«

»Sie haben den Mann von sich weggestoßen.«

»Kann man so sagen.«

»Sie schubsten ihn also.«

Sie nickte.

»Sie haben ihn geschubst, dann erst ist er gestolpert.«

»Ja, ja.«

»Über die Absperrung.«

»Erst über eine Wurzel.«

»Und dann verlor er den Halt und stolperte über die Absperrung.«

»Kommt hin.«

»Er stolperte nicht wegen der Ohrfeigen, die Sie ihm gegeben haben, sondern weil Sie ihn gestoßen haben.«

»Lange her.«

»Sie wollten ihn nicht festhalten, Sie haben ihm einen Schubs verpasst.«

»Schubs verpasst, schwupps nicht aufgepasst.«

»Und er verlor das Gleichgewicht.«

»Alter Mann, ungelenk.«

»Wie haben Sie ihn geschubst? Mit einer Hand oder mit beiden?«

Sie hob beide Hände, hielt sie hoch, ließ sich Zeit. »Alle beide.«

»Und mit Kraft.«

»So fest ich konnt.«

»Und dann stolperte er.«

»Kippte hintüber.«

»Über die Kette.«

»Ja.«

»Sahen Sie, wie er fiel?«

»Wollt nicht so nah an den Rand treten; der Weg war glitschig vom Regen.«

»Haben Sie etwas gehört, außer dem Regen?«

»Nur das Platschen der Tropfen auf die Blätter und die Steine.«

»Kein Schrei, keine Stimme.«

»Nein.«

»Hatten Sie Angst, Herr Barig könnte tot sein?«

»Hatte keine Angst, plötzlich, obwohl mir mein Herz zu den Ohren raus geschlagen hat; musste da weg. Bin gegangen.«

»Wohin?«

»Zum Bahnhof von Bad Griesfeld.«

»Im Regen.«

»Der Regen ließ nach, glaub ich.«

»Was taten Sie am Bahnhof?«

»Hab eine Fahrkarte gekauft und auf den nächsten Zug in die Stadt gewartet.«

»Wie lange mussten Sie warten?«

»Nicht mehr als eine halbe Stunde.«

»Sie fuhren nach München und kehrten in Ihre Wohnung zurück.«

»Genauso war's.«

»Machten Sie sich Sorgen um Curt Barig?«

Sie schüttelte den Kopf.

»Bereuten Sie, was Sie getan hatten?«

Sie schüttelte den Kopf.

»Sie haben ihn in den Tod gestoßen.«

Sie hob den Kopf. »War seine Mörderin, ich.«

»Möchten Sie mir noch etwas sagen, Frau Kaltwasser?«

Sie zeigte auf den Beutel. »Ist da mein Ring drin?«

»Ja«, sagte ich. »Wollen Sie ihn noch einmal sehen?«

»Brauch den nicht mehr. Hab ich den im Wald verloren?«

»Ein Kommissar hat ihn damals gefunden.«

»Hat einen Blick für das Schöne, der Kommissar.«

An der offenen Tür, vor der Jennifer im Flur wartete, holte Ines Kaltwasser tief Luft und sagte, ohne sich noch einmal zu mir umzudrehen: »Danke, dass Sie mir so lang zugehört haben.«

»Wir sehen uns wieder, Ines, ich möchte noch einmal mit Ihnen reden.«

»Worüber denn?«

»Über Ihr Leben als kleines Mädchen.«

»Ist tot, das Mädchen, alles gut.«

12

Für Oberstaatsanwalt Sebastian Aberle bestand kein weiterer Gesprächsbedarf. Unter den gegebenen Umständen und unter Berücksichtigung »der noch zu klärenden psychologischen Anamnese von Frau Kaltwasser« würde er auf Totschlag plädieren, wissend, dass angesichts des damaligen seelischen Zustands der Frau, »deren Heilung offensichtlich bis heute nicht abgeschlossen ist«, jeder Rechtsanwalt auf verminderte Schuldfähigkeit plädieren würde und mit einem Freispruch rechnen könnte, verbunden mit der Auflage einer intensiven, stationären Behandlung der Angeklagten.

Eine Weile wog Aberle die gelbe Akte in den Händen; er spitzte die Lippen, sein linkes Augenlid zuckte nervös. »Solche erwachsen gewordenen Kinder sind überall unter uns, sie haben Schlimmstes erlebt und können mit niemandem darüber sprechen; außer, jemand nimmt sie wahr, nimmt sich ihrer an. Als Staatsanwalt muss ich auf Totschlag plädieren, aber Sie werden kein Plädoyer von mir hören, das versichere ich Ihnen.«

Er griff nach der Klinke, zögerte. »Der Überfall auf die Frau unseres Kollegen Hagen … Vermutlich morgen, spätestens übermorgen übertrage ich den Fall vom Neuner auf Ihre Abteilung, Frau Sandkorn, und Sie, Frau Nasri, halten sich von den Ermittlungen fern, angesichts der besonderen Umstände. Kann ich mich darauf verlassen?«

»Selbstverständlich«, log ich.

Er schloss die Tür hinter sich.

Anja Sandkorn sah mich an. »Deine Augenringe hängen dir schon bis zu den Knien.«

»Noch nicht tief genug«, erwiderte ich.

Kaum hatte ich mich an meinen Schreibtisch im Büro gesetzt, klingelte das Festnetztelefon.

»Verhämmerung«, war das erste Wort, das ich hörte. Der Kollege Greve war am Apparat. »Fünfzehn Verletzungen, Verformungen, Hämatome am Oberkörper, am Bauch, im Gesicht, Prellungen beider Augäpfel, Kieferbruch, Zerschlagung des Gebisses. Der Täter hat außer Kontrolle auf sie eingeschlagen, wahrscheinlich hat sie das Bewusstsein schon nach den ersten Treffern verloren; ein Maschinentäter, alle Sicherungen raus. Außerdem Bruch des Unterarms; die Frau wollte sich wehren, hob den Arm und hatte keine Chance. Ein Riss im Unterleib, der Täter ist in sie eingedrungen, der Arzt meint, mit der Faust; Lederhandschuhe an beiden Händen; keine Spermaspuren, bisher auch keine DNS, die Untersuchungen laufen noch. Deine Freundin hätte innerlich verbluten können. Ihr Zustand ist nach wie vor kritisch. Der Arzt meint, der körperliche Heilungsprozess wird Monate dauern, der seelische sicherlich Jahre. Ich dachte, du solltest das wissen. Kollege Hagen hat ebenfalls mit dem Arzt gesprochen. Wieso hat er dich nicht informiert?«

»Er traut mir nicht.«

»Da haben wir was gemeinsam, der Kollege Hagen und ich.«

Mir schien, der Hörer wog jetzt doppelt so schwer wie vorher. Ich legte ihn auf den Tisch.

»Hallo?«, rief es. »Hörst du zu?«

»Gibt es Kameras in der Straße?«

»Red lauter, Mensch.«

»Du sagst mir nichts, ich habe dir nichts zu sagen, sparen wir uns den Atem für wichtigere Gespräche. Danke, dass du mich über Catrins Zustand informiert hast, und jetzt mach deine Arbeit.« Ich hätte ihm sagen können, was der Staatsanwalt uns mitgeteilt hatte. Nicht meine Aufgabe.

»Viel Glück«, sagte ich stattdessen und legte auf.

Mit beiden Händen packte ich meine Haare; ich zog und zerrte von rechts nach links und wieder zurück.

13

Verhämmerung.

Wir haben die Wörter. Wir haben das Papier, auf dem sie ungerührt stehen.

Daran sind wir gewöhnt. Oder nicht? Wir üben einen Beruf aus, dessen nackter Wirklichkeit wir keinen Kimono überstreifen, um ihn geschmeidiger erscheinen zu lassen. Wir haben gelernt hinzusehen, hinzuhören, auf alles gefasst zu sein, uns anzupassen ans Unvorstellbare oder tatsächlich Grauenhafte. Wer davon ein Gewese macht, ist falsch in unserer Liga.

Sagt die Auswechselspielerin, die zu viele Jahre auf der Bank verbracht hat.

Wir haben Wörter für alles. Wir wissen Bescheid.

Dann heb deinen Hintern hoch und mach dich auf den Weg in die Arena, wo du hingehörst.

Der einzige Grund, warum Benjamin Greve mich angerufen hatte, war, weil er die Wörter loswerden wollte.

Je stärker ich meine Kopfhaut traktierte, desto monströser hallten die Wörter in mir wider. Wer – die Frage war nicht abzustellen – beging eine solche Tat? Wer – als hätte ich der Zwecklosigkeit solcher Fragen nicht schon in Hunderten von Begegnungen mit Opfern und Hinterbliebenen einen armseligen Erklärungsversuch abgetrotzt – prügelte eine Frau am helllichten Tag in ihrer eigenen Wohnung ins Koma?

Wer verhämmerte einen Menschen und löste sich anschließend in Luft auf?

Wer?

Warum?

Wir haben die Wörter, um zu beschreiben, was wir sehen. Wir haben die Mittel, Unsichtbares wie genetische Fingerabdrücke lesbar zu machen und Schatten aus der Luft zu filtrieren und sie einer Gestalt zuzuordnen, deren Blutversteck wir luminolisieren.

Wir erfinden Wörter, wenn wir nicht weiterwissen, und Worte, wenn wir uns vor Angehörigen erklären müssen.

Wir geben nicht zu, dass unsere Verzweiflung der ihren gleicht.

Kein Fall darf ungeklärt bleiben.

Dann steh auf und geh!

Meine beste Freundin Catrin wurde Opfer einer Verhämmerung, einen Tag nachdem sie uns ein Geheimnis anvertraut hatte. Ich wiederhole mich, wie Greve. Ob ein Zusammenhang zwischen ihrem Bekenntnis am Kaffeetisch und dem Verbrechen besteht, wissen wir nicht, weder ich noch der Kollege Greve.

Du musst Vertrauen in die Arbeit der Kollegen haben.

Muss ich nicht.

Du bist an den Ermittlungen nicht beteiligt.

Wer sagt das?

Der Staatsanwalt. Deine Vorgesetzte, die Kriminaloberrätin.

Kein Grund, folgsam zu sein.

14

»Kannst du das Wort wiederholen, bitte?«

»Nein.«

»Ich hab's rein akustisch nicht verstanden. Was war das mit Hammer?«

Ich kaute auf der Unterlippe; meine Mutter horchte. »Sie wurde schwer verletzt.« Ein Flüstern zwängte sich durch meine Lippen; gleichzeitig presste ich den Telefonhörer ans Ohr, als würde der Druck meiner Stimme mehr Kraft verleihen; lächerlich; mein ganzer Körper bestand aus einer Ladung Beton, den Benjamin Greve mit seinem Anruf in mich gegossen hatte.

»Das weiß ich doch, Fariza. Wie war das Wort?«

»Verhämmerung«, schrie ich. Der Hörer glitt mir aus der Hand, schlug auf der Tischplatte auf, rutschte an den Rand, kam mit einem dumpfen Geräusch auf dem Teppich auf und hätte fast den Apparat mitgerissen. »Entschuldigung.« Zur Sicherheit legte ich beide Hände an den Hörer, stützte die Ellbogen auf, neigte den Kopf.

»In ihrer Wohnung?«, sagte meine Mutter. »Und niemand hat was bemerkt?«

»Niemand.«

»Wo war der Mann, dieser Manfred, Markus …«

»Marc-André. Er war im Dienst, im Einsatz, er hat sie gefunden.«

»Um Gottes willen. Hast du schon die Nachbarn befragt? Überwachungskameras ausgewertet?«

»Ich werte gar nichts aus, ich bin nicht zuständig, ich bin befangen, sie ist meine beste Freundin. Die Kollegen ermitteln.«

»Und du sitzt da und legst die Hände in den Schoß? Deine Nase wird grad so lang, dass ich sie bis in meinen Garten sehen kann.«

»Ich hab eigene Fälle zu bearbeiten, außerdem muss ich mich … hab ich …«

»Du hast Angst.«

»Ja.« Die schnelle Antwort überrumpelte mich; sekundenlang verfiel ich in Sprachlosigkeit.

»Fariza?«

Ich nickte, sah zur Wand, nickte erneut und klopfte mir mit dem Hörer an die Stirn.

»Lass das, Fariza. Was machst du?«

»Entschuldigung.« Schon wieder eine Entschuldigung, schon wieder betoniertes Verhalten. Ich sah auf die Uhr und streckte den Rücken. Vor meiner Rückkehr ins Kommissariat hatte ich im Krankenhaus die wichtigste Verabredung des Tages, ohne wahre Nähe.

»Hab Vertrauen«, sagte meine Mutter. »Deine Kollegen werden den oder die Täter finden, und das weißt du auch.«

»Nein.«

»Was bedeutet das: nein?«

»Kann ich dir nicht erklären.«

»Du glaubst, du kannst den Fall ... das Verbrechen an deiner Freundin nur allein aufklären? Das wird nicht klappen. Ich kann mich nicht erinnern, dass du mir jemals von einem Fall erzählt hast, den ein einzelner Beamter, du oder jemand anderes, allein und ohne Hilfe gelöst hätte. Es ist immer ein Team, in dem jeder seine Fähigkeiten hat und im Dienst der gemeinsamen Arbeit nutzt. Du hast Angst, weil: Wenn du ermittelst und ihr habt Erfolg und nehmt jemanden fest, und der Anwalt des mutmaßlichen Täters findet heraus, dass eine ermittelnde Kommissarin die beste Freundin des Opfers ist, dann kannst du dir ausrechnen, was passiert. Von der Juristerei verstehe ich nichts, aber das leuchtet mir ein: Wenn ich so ein Anwalt wäre, würde ich die Chance ergreifen und die Ermittlung anzweifeln. Täusche ich mich?«

»Nein, Mutter.«

»Was wurde aus Mama?«

»Bin zu alt dafür.«

»Seit wann? Letzte Woche warst du's noch nicht.«

»Sie hatte einen Liebhaber.«

Ich machte eine Pause, und sie hörte zu. Sie hörte immer zu, hatte sie immer getan. Deswegen hatte ich sie morgens um acht angerufen; sie hörte zu und ließ mich ausreden.

»Davon hat sie uns erst am Sonntag erzählt. Sie hatte ein

Geheimnis vor uns, Sigrid und mir. Und weißt du, wie er hieß, der Liebhaber? Wir auch nicht. Wie alt? Keine Ahnung. Einer aus ihrem Viertel, ein Münchner, ein Bayer, ein Deutscher, ein Türke, ein Grieche, ein Italiener, ein Schwede, ein Russe? Alles ist möglich. Sie hat's uns nicht gesagt; hat uns zu Kaffee und Kuchen bestellt, in unser Stammlokal; wir sind hingedackelt, ahnungslos. Dann fängt sie damit an, dass sie uns was mitteilen möchte; das macht sie, und das war's. Optimalissimo. Vielen Dank, Frau Hagen, darauf einen doppelten Obstler. Glaubst du das? Niemand glaubt das. Wir treffen uns, wie du weißt, jede Woche, ab und zu zwei Mal in der Woche, einmal im Lokal, einmal bei ihr in der Wohnung, wir labern uns die Lippen wund, aber sie? Sie hat einen Liebhaber und rückt nicht damit raus. Warum dann jetzt? Alles ist vorbei, sagt sie, der Typ ist Geschichte, würde allerdings weiter an ihrem Kiosk rumlungern, was sie beunruhigt, wenn ich das richtig verstanden hab. Was weiß denn ich, was es da zu verstehen gibt? Verstehst du? Das ist doch alles ein einziger, gottverdammter Vertrauensverlust.«

»Sie hat euch vielleicht eingeweiht, weil der Mann sie bedroht und sie Angst vor ihm hat.«

»Vielleicht.«

»Wie lang dauerte die Affäre?«

»Unklar. Einige Monate.«

»Wer hat Schluss gemacht?«

»Sie. Falls ich das richtig kapiert hab. Im Nachhinein ging bei mir alles durcheinander, ich konnte mich an bestimmte Aussagen nicht mehr erinnern, passiert mir nie. Nie. Nach dem Kaffee haben wir Wein getrunken und wieder über irgendwas geredet, über was wir sonst auch reden, allgemeines Zeug. Ich hab kein Vertrauen mehr, zu niemandem.«

»Du hast am Anfang gesagt, sie wurde in ihrer Wohnung überfallen, wie kam der Täter rein?«

»Nach dem bisherigen Stand hat sie ihm die Tür geöffnet.«

»Sie kannte ihn.«

»Klar.«

»Du kannst dich nicht raushalten, Fariza.«

»Was? Bitte?«

»Du bist es deiner Freundin schuldig, dass du alles unternimmst, was in deiner Macht liegt und deinen Kollegen nicht ins Handwerk pfuscht. Du musst herausfinden, wer sie so zugerichtet hat. Auch wenn sie ihre Geschichte eine Zeitlang vor euch verborgen hat, so hat sie sie euch dennoch schließlich anvertraut, und ihr wart die Einzigen, bei denen sie den Mut hatte, die Wahrheit zu sagen. Sie erwartet von dir, dass du genauso mutig handelst und dich nicht länger hinter Etiketten versteckst. Sie hat sich euch gestellt und bestimmt bitter bereut, dass sie so lange geschwiegen hat. Du hast mir oft genug von den Hierarchien erzählt, die bei euch herrschen, wie Eitelkeiten und Abhängigkeiten von Vorgesetzten deine Arbeit erschweren und das eine oder andere Mal sogar zerstört haben. All das darfst du nicht vergessen, aber du hast auch keinen Grund, klein beizugeben, vor dir selbst, vor Catrin, vor eurer Freundschaft. Lass deine Kollegen ihren Job machen, sie haben eine Menge Erfahrung. Doch du, Fariza, machst dir deine eigenen Gedanken, und wenn es sein muss, huschst du an den Kollegen vorbei, ohne dass sie es bemerken. Was du kannst, kann niemand sonst, das macht dich aus, das bist du allein.«

»Du meinst, Vertrauen ist gut, Kontrolle ist besser.«

Sie sagte: »Mir fällt grad ein arabisches Sprichwort ein, das dein Vater manchmal bei seinen kleinen Geldgeschäften zitiert hat: Vertraue Allah, aber binde dein Kamel an.«

Mir hüpfte ein Lachen aus dem Mund, mit einer schwarzen Schleppe trauriger Erinnerung.

»Du wirst das Richtige tun, da bin ich mir sicher.«
»Danke, Mama.«

15

Er kam auf mich zu. Ich lehnte an der Wand im Flur des Krankenhauses, die Hände, zu Fäusten geballt, in den Taschen meiner Daunenjacke, und sah ihn aus den Augenwinkeln. An der Biegung am anderen Ende redete er mit dem Oberarzt, der schon bei mir seine Floskeln abgeladen hatte. In meinen Ohren klang das Schmatzen der Gummisohlen seiner Schuhe auf dem Linoleum wie ein klebriger Annäherungsversuch.

Ich wollte allein sein.

Ich wusste nicht, was ich wollte.

Ich wollte keinem Kollegen zuhören müssen, der mit seinem Sermon meine Gebete schrottete.

Ich betete nicht.

Eine Stimme in mir murmelte vergessene Worte. Ich hörte zu und glaubte schon, sie kämen mir aus dem Mund und hallten in den Gängen wider. Jeder Gedanke an meine Freundin katapultierte mich zurück in meine katholische Kindheit, als ich sonntags in der Kirche kniete und alles bereute, was ich nie verbrochen hatte. Vielleicht hatte Ines Kaltwasser solche Bilder in mir hinterlassen, wie gespenstische Projektionen zogen sie durch mein Hirn.

Lass sie wieder aufwachen, Lieber Gott, sagte die Stimme, lass uns bald wieder am Stammtisch sitzen.

»Du ignorierst deine Pflichten«, meinte Benjamin Greve.

Ich schaute ihn an und wieder weg, zum Fenster des Schwesternzimmers, in dem zwei Frauen in strahlend weißen Kitteln Kaffeetassen in den Händen hielten.

»Was willst du hier?«, fragte ich.

»Im Hunderteinser sagten sie, ich würd dich hier treffen.«

»Ich will allein sein.«

»Du hast dich nicht bei mir gemeldet.«

»Ich habe alles gesagt, was ich weiß.« Meine Höflichkeit verblüffte mich.

Die Gummiwurst stand einen halben Meter von mir entfernt, verströmte einen Odelgestank nach Rasierwasser. Drei oder vier Mal hatten wir in den vergangenen Jahren miteinander zu tun gehabt; Tötungsdelikte im Rotlicht, Missbrauch mit Todesfolge im familiären Umfeld; Strichermorde. Meine Kollegen oder ich führten die entscheidenden Vernehmungen, da sein Fachdezernat für Verbrechen an Leib und Leben nicht zuständig war.

Von Anfang an gehörte Greve zu den Kollegen, die meine Versetzung in die Provinz für gerechtfertigt hielten. Meine Rückkehr in die Mordkommission nahm er – das wurde mir von vertrauenswürdigen Kolleginnen gesteckt – mit Widerwillen zur Kenntnis.

Es hieß, er habe sogar Dr. Bachus, den Polizeipräsidenten, darauf angesprochen und auf meine erneute Versetzung in eine Abteilung außerhalb der Kripo gedrängt. Aus dem Umfeld des Präsidiums war hinterher zu vernehmen, Bachus würde sich derartige Kritik an Entscheidungen der Führungsspitze verbitten.

Gummiwurst.

Die Wangen glattrasiert; die Haare an den Seiten raspelkurz; schwere, schwarze, gefütterte Baumwolljacke über weißem Hemd mit auberginefarbener Krawatte; schwarze Halbschuhe, schwarze Stoffhosen; babyblaue Augen.

»Was starrst du mich an?«, fragte er.

»Wie weit seid ihr mit der Fahndung?«

»Falsche Frage.« Er bewegte die rechte Schuhspitze hin

und her, als trete er eine Zigarettenkippe aus; ein Tick. »Du hast einen Schlüssel für die Wohnung von Catrin Hagen. Wo ist der?«

»Bei mir daheim.«

»Ich muss ihn sehen, du könntest ihn verloren haben, und jemand hat ihn gefunden. Wir brauchen deine Zeugenaussage. Wo warst du gestern früh?«

Allen Ernstes erwartete er eine Antwort.

Mit quietschenden Schuhen eilte eine Schwester an uns vorbei in ein Krankenzimmer. Die Stimme in mir meldete sich wieder; ich horchte; die Worte waren dieselben wie zuvor.

»Deine Freundin liegt schwerst verletzt auf der Intensiv, verprügelt, missbraucht, elend zugerichtet; sie wird künstlich beatmet. Kein Arzt weiß, wie lange sie die Vollnarkose aufrechterhalten müssen, Körpertemperatur runtergefahren, das ganze Prozedere. Ich hab sie nur durch die Scheibe gesehen, der Eindruck genügt.«

»Ich habe sie auch gesehen.«

»Was machst du dann hier?«

»Du bist auch da.«

»Fariza, du kannst hier nichts tun«, sagte Greve. »Du fährst mit mir ins Neuner, und wir machen das Protokoll.«

»Gestern Morgen war ich zu Hause und dann in der Hansastraße.« Der Boden, den ich anstarrte, sah zerkratzt und abgewirtschaftet aus. Je länger ich hinsah, desto lauter wurde die Stimme in mir.

»Das ist Routine, stell dich nicht an.«

»Sie sollten Kautschuk verwenden statt PVC«, sagte ich. »Das wäre besser für die Hygiene.«

»Spinnst du?« Er streckte die Hand aus.

Ich stieß mich von der Wand ab, drehte den Oberkörper von ihm weg; ging los, den Flur hinunter, wortlos.

»Du lässt mich hier stehen? Ich häng dir was an, Fariza,

ich zieh dich raus aus deinem Büro, und du landest bei der Verkehrsüberwachung, darfst zwölf Stunden am Tag auf zwanzig Computer glotzen, bis du vom Stuhl fällst. Ich zerleg dich, und zwar heut noch.«

Könnten meine Tauben sprechen, käme wahrscheinlich derselbe Müll aus ihren Schnäbeln.

Ich blieb stehen und wandte mich um, die Hände in der Jeans, plötzlich verstummt im Innern.

Wir sahen uns an. Er stemmte die linke Hand in die Hüfte und scheuerte mit der rechten Schuhspitze über den Boden. Ich tat nichts. Aus dem Schwesternzimmer beobachtete uns eine junge Frau.

Knapp eine Minute durfte verstrichen sein, da holte Greve Luft. »Pass mal …«

Mein Bellen unterbrach ihn.

Drei Mal gab ich einen kehligen Laut von mir, der sowohl ihn als auch die Schwester in ihrem Kabuff optimal erschreckte. Beide machten keinen Mucks mehr.

Mir half der Ausbruch nichts. Eine Übersprunghandlung, für die ich mich augenblicklich geschämt hätte, wäre nicht Greve betroffen gewesen. Was die bekittelte Angestellte von mir hielt, war mir gleich; die Anwesenheit des Chefarztes hätte mich nicht weniger gekümmert. Was immer sie von mir dachten, betraf mich nicht.

Ich war hier verkehrt.

Ich hatte mich verlaufen.

Ich ignorierte meine Pflichten, behauptete Greve; klassische Bemerkung eines Dummkopfs, der seinen Lebtag lang die Menschen bloß von außen wahrnahm. Sein Beruf konfrontierte ihn Tag für Tag mit der Gewalt gegen Frauen, Kinder, Männer und divers geschlechtliche Personen im Nachtgeschäft oder auf der Straße; sein Auftrag lautete, mit Sachverstand und professioneller Unabhängigkeit die Täter zu ermitteln und vor Gericht zu bringen, ohne sich vom Leid der Opfer zu falschen Schlüssen hinreißen zu lassen.

In den eigenen Reihen galt Greve als ein effizient agierender Kriminalist, der rasch erkannte, welche Spuren eine brauchbare Richtung anzeigten und welche nicht; der mit verlogenen Zeugen auf ähnliche Weise umsprang wie mit potentiellen Tätern, er hielt sie achtundvierzig Stunden fest, bis sie es mit der Angst kriegten und redeten. So verschaffte er sich Respekt, draußen und im Haus. Seine Erfolgsstatistik zeigte kontinuierlich nach oben. Meldete ein Kollege Zweifel an der einen oder anderen Methode, verdonnerte Greve als Kommissariatsleiter den Betreffenden zu Schreibtischarbeit, für die er stets eine – dienstlich und gewerkschaftlich nicht angreifbare – Begründung fand.

Kopfgeil nannte ich solche Vorgesetzten. Zur Ergreifung eines Täters war ihnen jedes noch so schäbige Mittel recht. Meiner Einschätzung nach war Benjamin Greve der Kopfgeilste von allen. Die Opfer hatte er drei Meter nach Verlassen des Tatorts vergessen.

Wie anders hätte er mich an diesem Dienstagvormittag im Flur des Klinikums rechts der Isar wahrnehmen sollen als eine mutmaßliche Zeugin in einem Fall sexueller Gewalt, den er – noch – zu klären hatte; ich verweigerte ihm die Aussage, störte seinen Schwung, ruinierte seine Geilheit.

Armer Hund.

Er bellte nicht zurück.

»Heilige Scheiße«, sagte Greve. »Du musst dringend zum HNO-Arzt, lass dich mal durchchecken, am besten gleich hier vor Ort. Du bist neben der Spur, kann man verstehen. Trotzdem hast du dich ordnungsgemäß zu verhalten. Zeig mir den

Schlüssel, unterschreib deine Aussage, so, wie der Ehemann das auch getan hat, geh wieder an deine Arbeit. Hab gehört, du hast einen alten Fall im Visier. Wann sehen wir uns?«

Das lange Stehen strengte mich an. Außerdem brauchte ich frische Luft; ich musste noch etwas erledigen. »Heute Nachmittag bin ich im Büro, schick einen Kollegen vorbei. Und …« Noch einen Satz zu ihm zu sagen, würgte mich fast. »Was machst du noch hier? Die Zeit läuft dir weg. Tu was, sie ist meine beste Freundin …«

»Ihr habt euch am Sonntag getroffen.« Greve kam wieder auf mich zu. »Wir haben mit Sigrid Neuss gesprochen; eure Freundin hat einen Liebhaber erwähnt. Was weißt du darüber?«

»Nicht mehr als das, was Sigrid dir erzählt hat.«

»Damit kann ich nichts anfangen.«

»Wir auch nicht.«

»Ihr müsst den Kerl doch kennen.«

»Wir kennen ihn nicht. Habt ihr in der Wohnung keinen Hinweis gefunden?«

»Sag mir die Wahrheit.«

»Ich kenne keinen Namen, ich weiß nicht, wie er aussieht, wo er wohnt, wie lange die Sache gedauert haben soll, ich weiß nichts.«

»Das behauptet deine Freundin auch. Wieso habt ihr von der Affäre nichts mitgekriegt? So was teilt man sich doch mit, unter Frauen. Total unglaubwürdig.«

»Sie hat nie was erwähnt, erst vorgestern.«

»Lüg mich nicht an.«

Er stand vor mir, näher als beim ersten Mal. Der Jauchegrad seines Rasierwassers war nicht gesunken. Er war zwei Köpfe größer als ich. Er sah auf mich herunter und ich zum Ende des Flurs: ein altes Ehepaar in dicken Wintermänteln auf dem Weg zum Ausgang, Hand in Hand.

Ein Schnaufen kündigte weiteren Sermon an. Greve verkniff ihn sich. Ich schloss die Augen, weil ich nichts mehr sehen wollte. So hörte ich das Klacken seiner Schritte verklingen und hoffte, die Klinikkeime zerstäubten seinen Geruch.

Auch ich hatte Catrin eine Minute lang durch die Scheibe auf der Intensivstation angesehen. Sie lag in einem künstlichen Leben, von dem sie nichts wusste. Anschließend war ich durch die Flure gelaufen und in die Irre; und da war ich noch immer.

Ich hatte noch was vor.

Natürlich hatte ich Greve angelogen.

16

Zur Sicherheit rief ich Marco Hagen an, bevor ich aufbrach. In der Klinik hatten wir uns verpasst; ich verspürte kein Bedürfnis, ihm jetzt zu begegnen.

»Wo bist du?«, fragte ich ihn am Handy.

»Vernehmung in einer Diebstahlsache, deswegen musste ich gleich wieder weg, sorry, dass ich nicht auf dich gewartet hab.«

»Hast du einen Verdacht?«

»Wenn ich hier fertig bin, dreh ich meine Runden und stell jeden zur Rede, der mir über den Weg läuft. Du weißt, ich kenn sie fast alle, hier unten und oben am Berg. Ich find den Kerl, der das getan hat, er ist aus dem Viertel, das steht für mich fest. Dir hat Greve sicher dasselbe gesagt wie mir, der Täter muss einer ihrer Kunden aus dem Kiosk sein, einer, den sie kennt. Gab's was Neues im Krankenhaus?«

»Nein.«

»Scheiße. Mir geht's nicht gut, ich hab was getrunken, nicht viel, einen Doppelten, auf nüchternen Magen. Ich hab immer noch eine Art Schock; kannst du dir vorstellen. Sie war krank gestern früh.«

»Was?« Ich saß im Taxi. Wir fuhren auf der Zeppelinstraße in Richtung Untergiesing.

»Grippe, was weiß ich.«

»Am Sonntagnachmittag war sie gesund.«

»Gestern nicht mehr; sie hat die halbe Nacht gehustet, zwei Mal musste sie sich übergeben. Was habt ihr denn getrunken am helllichten Tag, dass sie so fertig war?«

»Kaffee, einen Wein. Was war mit ihr am Morgen?«

»Sie ist nicht hochgekommen; ich musste los. Hab sie gefragt, ob sie was aus der Apotheke braucht, sie wollte im Bett bleiben und schlafen. Habt ihr wieder irgendwelche Diskussionen geführt, die sie so aufgeregt haben?«

»Was meinst du mit ›wieder‹?«

»Nach euerm Stammtisch am Montag kommt sie manchmal nach Hause und ist aufgelöst, gestresst, meint, ihr hättet euch die Köpfe heiß diskutiert; sie will nie darüber reden. Was weiß ich, welche Themen ihr euch um die Ohren haut.«

»In welcher Stimmung war sie am Sonntagabend?«

»Ich bin so gegen elf vom Dienst gekommen, sie saß im Wohnzimmer, abwesend, würd ich sagen; hab ihr Fragen gestellt, sie ist mir ausgewichen; geht mich auch nichts an, was ihr Frauen so besprecht. Jedenfalls lag sie keine Stunde im Bett, da rannte sie aufs Klo, würgte alles raus; später noch mal. Gestern früh meinte sie, das wird schon wieder, und sie würde den Kiosk eine Stunde später aufsperren.«

»Warum hast du mich nicht angerufen?«

»Ich war spät dran, hatte zwei Leute in die PI bestellt, Zeugen in einer BSD-Sache, mir hat's pressiert. Außerdem war ich sicher, sie würde dich oder Sigrid eh anrufen; hat sie offensichtlich nicht getan. Ich hab ihr gesagt, ich meld mich, das hab ich auch getan; sie ging nicht dran, die Mailbox sprang gleich an. Dann hast du mich angerufen, und gegen zwölf bin ich in die Wohnung, weil ich nichts mehr von ihr gehört hatte. Da lag sie auf dem Boden, halb nackt, Blut überall. Im ersten Moment hab ich gedacht, sie wär tot. Anscheinend hab ich geschrien, auf einmal stand die Krug von oben hinter mir, sie hätte mich schreien gehört, hat sie behauptet; ist mir ein Rätsel, dass ich das getan haben soll.«

An einer roten Ampel ließ ich das Seitenfenster heruntergleiten. Was Hagen mir berichtete, verklumpte mir den Magen. »Hast du nicht bemerkt, dass der Kiosk zu ist?«

»Sicher, klar.« Die Geräusche um ihn herum veränderten sich; statt Gläserklirren und undeutlichen Stimmen hörte ich Straßenverkehr und weiter entfernt Baumaschinen.

»Was machst du?«, fragte ich, als würde es mich interessieren.

»Bin vor die Tür der Inspektion gegangen. Der Kiosk war geschlossen, das ist mir sofort aufgefallen, hab ich dir ja schon alles gesagt, hab sofort gedacht, dass was passiert sein muss, hab mich beeilt, nach Hause zu kommen. Und sie hat dich ehrlich nicht angerufen? Sigrid auch nicht?«

»Nein.« Ich streckte den Kopf aus dem Fenster. Die kalte Luft schrubbte mein Gesicht.

»Dann weiß ich auch nicht weiter. Weswegen hast du mich angerufen?«

»Wegen Catrin.«

»Logisch, sorry, war nicht so gemeint. Ich versprech dir, ich finde heut noch eine Spur, und dann passiert was.«

»Komm den Kollegen nicht in die Quere.«

»Ich hab meine eigenen Quellen.«

»Die solltest du mit Greve teilen.«

»Mach ich. Was war denn los bei euch am Sonntag? Wir können doch offen reden.«

»Da war nichts, Marco«, sagte ich und gab dem Taxifahrer ein Zeichen, in der nächsten Einfahrt anzuhalten. »Ich bin so ratlos wie du. Bringst du noch Sachen für sie in die Klinik?«

»Sie liegt im Koma, vergessen? Heut bin ich die ganze Nacht unterwegs, ich werd besser sein als die arroganten Schnarcher vom Greve.«

»Verrenn dich nicht.«

»Kümmere dich um deine eigenen Sachen.«

Das war der Text, der zu ihm passte.

»Kannst dich drauf verlassen«, sagte ich und steckte das Handy weg.

Wie Greve auf die Alleingänge seines Kollegen von der Streife reagieren würde, war vorherzusehen; beide beteten die Allmacht ihres Egos an und würden sich bei den Ermittlungen gegenseitig Reißnägel in die Augen streuen.

Graubraun eingefärbt floss der Auer Mühlbach mit ziemlicher Geschwindigkeit durchs Viertel und verschwand unter einem Wohnhaus auf dem Weg zum Englischen Garten. Ich stand am Geländer, umklammerte in der Jackentasche den Schlüssel, von dem Kollege Greve glaubte, er liege bei mir daheim.

Ich traute mich nicht über die Straße.

Wie eine Trutzburg ragte die sechsstöckige, aus zweiundsiebzig Parteien bestehende Wohnanlage in den blutleeren Nachmittag; abgerundete Betonbalkone, deren Seiten mit Metallgittern verschalt waren; einziger Farbklecks das orangefarbene Schild mit der Hausnummer. Im vierten Stock hatten Catty, Sigrid und ich schon oft bei Wein und Keksen gesessen und Karten gespielt; zum Rauchen gingen wir auf den Balkon.

So war das.

Ich sah hinauf und bekam keine Luft.

Falsche Feigheit.

Beeilung, Kommissarin, die Zeit rennt weg, und du tust nichts für deine Freundin, sagte die Stimme in mir.

Sie war wieder da.

Ich folgte ihr.

Was hätte ich erwarten sollen? Dass er ratzfatz die Matratze neu bezieht? Die Möbel ordentlich hinstellt? Seife und Desinfektionsmittel zur Hand nimmt? Die Fenster aufreißt? Blumen besorgt und auf dem Nachttisch platziert?

Was verlangte ich von einem Mann, dessen Frau überfallen, misshandelt und missbraucht worden war, am helllichten Tag, in der eigenen Wohnung? In solchen Momenten reagierte auch ein im Umgang mit Gewaltopfern erfahrener Polizist sprachlos und unkontrolliert.

Ich brauchte bloß in den Spiegel zu schauen.

Mir flatterten die Knie. Ich hörte nicht auf, durch die Wohnung zu gehen, von der Tür zum Bett, vom Bett zum Fenster, zurück zur Tür, wieder zum Bett. Dunkle Flecken, dunkle Schleifspuren, Scherben einer zerbrochenen Karaffe und eines Halbliterglases, ein blaues, zerknittertes, blutverschmiertes Kleid, das offensichtlich auf einem Bügel außen am Schrank gehangen hatte und auf den Boden gerutscht war; der Täter kam rein, packte die Frau im Bett, schleuderte sie gegen den Schrank und prügelte auf sie ein, bevor er sich an ihr verging und sie bewusstlos schlug.

Ich trat mit meinen Stiefelsohlen gegen die Wand; abwechselnd vier Mal. Unübersehbare Schmutzabdrücke. Ich taumelte, wollte mich an der Tür festhalten; sie schwankte; ich ließ los und fiel um, schrammte mit der Schulter über die Bettkante.

Zu viele Kilos landeten hart auf samtener Seide. Unter mir das blassblaue Chiffonkleid mit dem schwarzweißen Blumenmuster, das Catrin an meinem Geburtstag getragen hatte, obwohl es für die Jahreszeit viel zu dünn war – so, wie Sigrid sich extra wegen mir in ihren edlen Hosenanzug gezwängt hatte, obwohl ich mich geweigert hatte zu feiern.

Der achte Januar ist die jährlich wiederkehrende kalendarische Manifestierung meines Alterungsprozesses. Wer feiert so was?

Bäuchlings lag ich auf Catrins Kleid, das sie aus irgendeinem Grund nicht in den Schrank gehängt hatte. Schmerzwellen durchfluteten meinen Körper.

Wieso war ich hier?

Die Kollegen von der Spurensicherung hatten ihr Tagwerk erledigt und garantiert keinen Hinweis übersehen, keine Notiz, keinen Fingerabdruck, kein Härchen, keinen Sperma- oder Spuckerest.

Was wollte ich hier? Was, wenn Marco hereinkäme und mich so daliegen sähe, sinnlos, selbstgefällig, das Sommerkleid seiner Frau unter mir, als wollte ich es stehlen – in der lächerlichen Vorstellung, ich könnte eines Tages hineinpassen.

Dem Pochen in der Schulter zum Trotz wuchtete ich mich in die Höhe. Ich stützte mich am Schrank ab, erschüttert von meinem unprofessionellen Benehmen.

An die Schranktür gelehnt, schaute ich wieder zum Doppelbett, das nur noch aus einer unwirklich sauber aussehenden Matratze bestand; Kissen, Bettzeug und Spanntuch lagerten im Chemielabor des LKA.

Ich wischte mir mit beiden Händen übers Gesicht. Rotz lief mir aus der Nase, ich schlunzte ihn hoch. Solche Geräusche durfte man in Catrins Gegenwart nicht einmal andeuten, sie hatte einen Blick im Repertoire, den keine zehn erhobenen Zeigefinger toppen konnten.

Mit gesenktem Kopf schlunzte ich ein zweites Mal – aus dem einzigen Grund, weil ich so sehr wünschte, sie streckte den Kopf zur Tür herein und durchbohrte mich mit ihrem Schurigelblick.

»Ehrlich, ich habe niemanden gesehen«, sagte Lilo Krug, die Nachbarin aus dem fünften Stock. »Einen Schrei hab ich gehört und bin sofort runter, da stand die Tür bei den Hagens auf; ich hab gerufen, ob jemand da ist; da hör ich die Stimme von Herrn Hagen. Ich hab gezögert, dann höre ich wieder seine Stimme, ich soll kommen, sagt er. Also bin ich in die Wohnung und hab alles gesehen, das Bettzeug überall, das Blut; die Frau Hagen lag auf dem Boden, auf dem Bauch, ihr Nachthemd war hochgerutscht … Ich konnte nicht hinsehen. Herr Hagen hat dagestanden, in seiner Uniform. Ich hab gefragt, ob ich die Polizei rufen soll, wie bescheuert von mir! Im nächsten Moment nimmt er sein Handy und ruft seine Kollegen an. So viel Blut. Ich hab wirklich niemanden gesehen oder gehört.«

Stacheliger Nieselregen.

Nach dem Gespräch mit der Nachbarin rannte ich die Treppe hinunter und aus dem Haus. Die U-Bahn war nur zwei Minuten entfernt. In unmittelbarer Nähe des Aufzugs in den Untergrund stand Catrins Kiosk.

Schon von Weitem bemerkte ich den Mann in der weißen Kapuzenjacke. Er kehrte mir den Rücken zu. In regelmäßigen Abständen stieg eine weiße Wolke vor ihm auf und zog über das Kioskdach. Ein Dampfer, dachte ich und beschleunigte meine Schritte.

Seine schwarzen Haare zu einem Dutt verknotet. Beim Näherkommen erkannte ich, dass er eine schwarze Trainingshose zur weißen Trainingsjacke und schneeweiße Turnschuhe trug, oder wie immer die Treter in den einschlägigen Kreisen genannt wurden.

Vermutlich hörte er das Klacken meiner Stiefel auf dem Asphalt. Er drehte sich um. Auf Höhe seines Herzens prangte ein rotes Symbol, Mondsichel und Stern. Er nahm einen Zug aus seiner E-Zigarette, spuckte aus und rannte los.

Bevor ich Luft holen konnte, flitzte er an der Kinderkrippe vorbei in die Humboldstraße. Als ich die Ecke erreichte, war er nirgendwo zu sehen. Sinnlos keuchte ich vor mich hin. Passanten gingen mit gesenktem Blick an mir vorüber. Zwei Männer in schäbigen Mänteln, jeder mit einer Bierflasche in der Hand, duckten sich unter dem Dach eines Hauseingangs, ihnen war meine Situation so egal wie der ganze Tag.

Beflissen legte ich noch einige hundert Meter zurück. Ich blickte in Einfahrten und die Auslagen von Geschäften, wandte mich ruckartig um, in der dämlichen Hoffnung, der Mann krieche in der Sekunde aus seinem Versteck. Meiner Einschätzung nach hatte er Erfahrung mit der Polizei, einer von denen, die unsereins auf tausend Meter Entfernung nachts im Nebel erkannten.

An der Kreuzung zur Claude-Lorrain-Straße hielt ich inne. Ich sah hinüber zum Park am Hochufer der Isar, den Frühlingsanlagen, zum Erotikladen und der Shisha-Bar auf der anderen Straßenseite. Ich brachte keine Ordnung in meine Gedanken und winkte schließlich einem Taxi.

Ursprünglich hatte ich vorgehabt, mit der U-Bahn zu fahren, hatte das Bedürfnis, unter Leuten zu sein, mich abzulenken, eine kurze Auszeit zu nehmen.

Abscheulicher Wunsch.

»In die Hansastraße«, sagte ich zum Fahrer. »Kriminalfachdezernat.«

Von unterwegs rief ich Marco Hagen an und fragte ihn nach dem Mann mit der Türkeiflagge auf der Brust. Er kenne ihn nicht, sagte er, was ihn wundere; er werde sich umhören und ihn finden, versprach er.

Wir vereinbarten, meine Beobachtung, die möglicherweise keinerlei Bedeutung hatte und als offizielle Mitteilung im schlimmsten Fall die Fahndung verzögern und in eine falsche Richtung lenken könnte, vorerst vertraulich zu behandeln.

17

Gegen Abend saß ich immer noch über dem Protokoll meiner Befragung von Ines Kaltwasser. Mäandernd zwischen der mir bruchstückhaft bekannten Biografie der gescheiterten Schauspielerin und dem Schicksal meiner besten Freundin sprang ich alle zehn Minuten auf und rannte durch mein Büro.

Mir schwindelte, vom Gehen und Grübeln, von den ausgedruckten Wörtern und den unausgesprochenen Worten; mehrmals war ich kurz davor, das Kommissariat zu verlassen und in der Dämmerung ziellos durch die Stadt zu laufen, bis das Karussell in meinem Kopf zum Stillstand käme oder zwei Flaschen Verdejo mich sedierten.

Als jemand an die Tür klopfte, stand ich am Fenster, die Stirn an die Scheibe gelehnt, aufgeplustert von Zorn.

Ich ging zum Tisch, setzte mich, hielt mich am Laptop fest. »Reinkommen«, rief ich.

Jennifer öffnete die Tür; hinter ihrer linken Schulter tauchten zwei Babyaugen auf.

»Der Kollege Greve für dich, es sei dringend.«

»Äußerst dringend.« Er schob sich an ihr vorbei und kam auf mich zu.

Jennifer hob Mittel- und Zeigefinger – nach dem Motto: such dir einen aus – und schloss die Tür.

Greve setzte sich auf den einzigen Stuhl vor meinem Tisch,

zupfte an seiner Krawatte, sonnte sich in einer Kunstpause. »Der Mann am Kiosk, der Türke, wieso hast du den gesehen?«

Natürlich, der eine Sumpfschädel hatte dem anderen von meiner Beobachtung erzählt, gegen unsere Abmachung. Die Information, die der Pflasterhirsch Marco Hagen an den Goldfasan von der Kripo weitergegeben hatte, diente weniger der Einhaltung des Dienstwegs als vielmehr der Bloßstellung meiner Person; sensationell neue Erfahrung für mich.

»Er war der einzige Gast am geschlossenen Kiosk«, sagte ich.

»Warst du in der Wohnung?«

»Nein.«

»Pass mal auf, ich leite diese Ermittlungen; wenn du glaubst, du musst mir reinpfuschen …«

»Die Aufgabe bist du spätestens morgen los, Greve.«

Schlagartig weiteten sich seine Pupillen; ich dachte, vielleicht pupsten sie gleich. »Drohst du mir?«

»Den Fall wird die Staatsanwaltschaft uns übertragen, so, wie sie es mit dem Fall getan hat, der hier vor mir liegt. Der Angriff auf Catrin Hagen wird als versuchter Mord gewertet, begreifst du das nicht?«

»Wieso warst du an dem Kiosk?«

»Wenn meine Freundin in ihrer Wohnung überfallen und misshandelt wird, sehe ich mich vor Ort um. Such du den Türken und mach deine Arbeit. Frag den Hagen, der hat bestimmt längst eine Spur.«

»Wer hat dich eigentlich in den Dienst zurückbeordert? Sie erlauben dir tatsächlich, Vernehmungen durchzuführen? Wahrscheinlich, weil du so verschroben tickst wie die Typen, die dir ihre verlogenen Geschichten auftischen, um dir weiszumachen, warum sie keine andere Wahl hatten, als ihre Großmutter mit zwanzig Messerstichen abzumurksen. Dafür bist du die Richtige; du hörst denen stundenlang zu, du puderst sie voll mit deinem so genannten Einfühlungsvermögen und bist am Ende irre stolz, dass du deiner Chefin ein Geständnis apportieren darfst – ein Geständnis, das überhaupt nicht nötig wäre, angesichts der Beweislage.

Merkst du nicht? Die haben dir den Job gegeben, weil sie nicht wussten, wohin mit dir. Du bist eine gescheiterte Polizistin. Du wolltest einen Kollegen fertigmachen und bist gegen die Wand gefahren. Kreisverkehr in der Provinz regeln. Dann holen sie dich zurück, kein Mensch versteht, wieso; kein einziger Kollege, den ich kenne, konnte das nachvollziehen. Gewisse Entscheidungen von oben waren schon immer unkapierbar. Du bist also wieder da, und alle rätseln, was wird aus der? Was kann die? Wo sollen wir die parken? Hier! Das ist dein Parkplatz. Glückwunsch, mitten im K 101 gelandet, Respekt. Hier gehst du niemandem im Weg um. Außer mir im Moment.«

Er stand auf, wartete, bis ich den Kopf hob. »Ist mir egal, was du hier treibst, ich misch mich nicht in die Entscheidungen deiner Chefin ein. Wenn's um meine Belange geht, um meine Abteilung, um die Arbeit meiner Kollegen, scheiß ich auf Nachsicht. Capito? Du schleichst am Tatort rum, machst Beobachtungen, die du uns vorenthältst. Hast du sämtliche Regeln vergessen, die im Polizeidienst gelten?

Wer bist du denn? Du bist gar nichts. Du bist nicht mal Hauptkommissarin, und das wirst du auch nie werden. Du bleibst für alle Zeiten hier drin; Parkplatz, wie gesagt. Hier kannst du im Kreis fahren, solange du lustig bist.

Also, reiß dich wenigstens einigermaßen zusammen, wenn du mit Kollegen in Kontakt kommst, die einen komplexen Fall bearbeiten und nicht gebrauchen können, dass du ihnen reingrätschst. Kriegst du das hin?

Betrachten wir die Sache mit dem Türken als Ausrutscher.

Der Kollege Hagen und ich werden den Mann stellen, du hast damit nichts zu tun. Falls du doch in der Wohnung des Opfers warst, wird Bachus davon erfahren. Ich garantiere dir, du landest in einem Geräteschuppen irgendwo in der Oberpfalz, da darfst du ausgemusterte Dienstwaffen polieren oder Handschellen auf Hochglanz bringen und kannst den ganzen Tag bellen, wenn dir danach ist. Ich sorg dafür, dass du dir wünschst, du wärst Bäckerin oder Kassiererin im Supermarkt geworden statt Polizistin.

Ist die Botschaft angekommen? Schaffst du das, dir zu merken, was ich dir gesagt hab?«

Er wartete wieder; ich sah ihn an.

»Geh rückwärts zur Tür«, sagte ich. »Damit ich dich nicht von hinten sehen muss, mir reicht dein Gesicht.«

Einige Sekunden lang scheuerte er mit der rechten Schuhspitze über den Boden; sein Blick über meinem Kopf, Richtung Wand, wo der gerahmte Stich der Stadtansicht hing. Damaskus, Geburtsort meines Vaters.

Greve wandte sich um, ging zur Tür, riss sie auf und bremste seinen Schwung. Vor ihm stand meine Chefin. Beide grüßten sich im Vorbeigehen. Greves Schritte verunstalteten die gewohnte Geräuschkulisse in unserer Abteilung zum Glück nicht allzu lange.

»Was wollte der Kollege?«, fragte Anja Sandkorn.

»Seinen Frust abladen.«

Auch sie kannte das Gerede über mich, die Hasskommentare auf den Fluren, die Spekulationen über die Gründe meiner Rückkehr, das Gelaber der Nichtbeförderten, sie wusste, welche Wortführer daran beteiligt waren. Eine Bemerkung über meinen Gast ersparte sie uns.

»Stimmt das?«, fragte Anja. »Du hast gebellt? Im Krankenhaus?«

Den Wegen zu folgen, auf denen sie davon erfahren haben musste, würde mir weniger Mühe bereiten, als einen Luftballon aufzublasen.

Vielleicht hätte ich Tierärztin werden und Sebastian Scholze heiraten sollen, den Enkel unserer Grundschullehrerin; hätte meine Kindheit bis ins Rentenalter verlängert, zwei oder drei Kinder bekommen und mit meinem Wastl ein Haus auf der Daiserhöhe gebaut, mit Terrasse und Planschbecken, einem bunten Namensschild aus Keramik neben der Tür und dem unvermeidlichen Hund, der auf allen Fotos im Vordergrund flackte.

Lausiges Geschäft an diesem Dienstagabend. Am Tresen – am anderen Ende, in angemessener Entfernung – saß ein weiterer Gast, ein bärtiger Kerl um die dreißig, Pilotenbrille, Lederjacke mit Fellkragen, an den Fingern mehrere Ringe. Er trank Whisky Cola, klimperte mit den Eiswürfeln und warf mir ab und zu einen Blick zu, von dem er glaubte, ich würde ihn nicht bemerken. Schwarze Haare; breite Schultern; sportiv; entbehrlich.

Nach Greves Abgang hatte ich mich noch einmal ins Vernehmungsprotokoll vertieft. Eine Stunde später packte ich meine Sachen, griff wie nebenher nach dem Plastikbeutel aus der Akte, verabschiedete mich von Anja und verließ den Beamtenstadl. Was ich brauchte, war schlichte Musik, Zwielicht und flüssige Zerstreuung.

»Der junge Mann hat ein Auge auf dich geworfen«, sagte Gitte zu mir.

»Lass ihn werfen. Kennst du ihn?«

»Kommt seit ein paar Tagen regelmäßig, nimmt schon mal ein Mädchen mit nach oben, anständiger Typ, quatscht nicht rum, trinkt in Maßen …«

»Ein Vorbild.«

»Willst du mir was erzählen?« Kaum hockte ich eine Stunde bei ihr, schon stellte mir Gitte eine private Frage.

Ich holte den Beutel aus der Tasche und legte ihn vor mich hin. Gitte klappte ihr dickes Taschenbuch zu, in dem sie in jeder freien Minute las.

»Geschenk für mich?«

»Ein verräterisches Relikt.«

Sie beugte sich näher zu mir und nebelte mich mit Chanel Nr. 5 ein. »Bilbos lang verschwundener Zauberring?«

Ich zog das Schmuckstück heraus und streifte es über meinen linken Ringfinger. Im hüpfenden Licht der Bar schien es, als würden mir blaue Kristalle zuzwinkern.

»Was ist das für ein Material?«, fragte Gitte.

»Beryll.«

»Kenn ich nicht. Wem gehört der?«

»Einer Frau im Gefängnis.«

»Wirkt fremd an dir. Noch einen Kurzen?«

Ich behielt den Ring am Finger. Irgendwann kam ein Mann im Schlepptau einer jungen Prostituierten herein; die beiden setzten sich an einen Ecktisch; umstandslos servierte Gitte ihnen eine Flasche Sekt der Hausmarke Eau de Mort.

Im Verlauf der nächsten Stunde klimperte der bärtige Whiskytrinker noch ein paar Mal mit den Eiswürfeln; er bezahlte, und ich spürte seine Blicke, als er hinter mir vorbei zur Tür ging. Ich spendierte meinem Bier noch einen russischen Bodyguard.

Gegen Mitternacht, beim Überqueren der Straße, rieb ich am Ring von Ines Kaltwasser, wie Aladin an seiner Lampe. Vor dem Kommissariat angekommen, fiel mir ein, dass ich vergessen hatte, mir etwas zu wünschen.

18

Die Wände tannengrün gestrichen, die Decke weiß; ein Holztisch, die Ecken abgerundet wie die der zwei grau gepolsterten Stühle mit hoher Rückenlehne und breiter Sitzfläche. Gedimtes Licht von einem Strahler über der Tür.

Mir nutzten die Versuche einer angedeuteten Heimeligkeit nichts.

Allein der Anblick der hohen Mauern und der Wachtürme genügte normalerweise, mich auf die andere Straßenseite zu scheuchen und der staatlichen Festung den Rücken zu kehren. Beim Gedanken, eine Strafanstalt besuchen zu müssen, klaustrophobierte ich jedes Mal innerlich; der Aufwand, meine Beklemmung gegenüber einem Häftling zu verbergen, stand in den meisten Fällen in keinem Verhältnis zum inhaltlichen Ertrag der zusätzlichen Vernehmung. Die abgesperrten Flure, das von überall her aufschäumende Stimmengebräu, das Schlüsselklirren in den Händen des Wachpersonals, die undefinierbaren Gerüche, der hermetische Kosmos – das alles raubte mir den Atem und verwandelte mich von einer Kommissarin zurück in das wehrlose Mädchen im Kohlenkeller meiner Großmutter Marie, wo ich wegen bestimmter Jungs idiotische Mutproben glaubte bestehen zu müssen.

Sollte ich jemals verurteilt und eingesperrt werden, würde ich eine Möglichkeit zur kalten Abreise finden. Auch wenn ich nicht im alten, unter Denkmalschutz stehenden und mit fast tausendfünfhundert Gefangenen überfüllten Hauptknast der JVA Stadelheim untergebracht wäre, sondern hier, in der für etwa hundertvierzig Frauen ausgelegten Abteilung in unmittelbarer Nähe.

Das Gefängnis, das mich in dem grünen Besucherzimmer erwartete, hatte Mauern aus grauer Wolle, die aus einer Zeit stammten, in der das Wünschen längst nichts mehr geholfen hat, weil Gott in einer Erbse hinter dem Himmel hauste.

Grauer Pullover, grauer Rock, graue, ungekämmte Haare; die grünblauen Augen verschattet von Müdigkeit. Sie stand, die Hände – wie so oft – hinter dem Rücken, in der Ecke gegenüber dem Tisch; die Vollzugsbeamtin, die mich begleitet hatte, schloss die Tür von außen.

»Bitte nehmen Sie Platz«, sagte Ines Kaltwasser. »Ich möcht stehen bleiben, darf ich das?« Ihre Stimme klang fest und bestimmt.

Die Frage verwirrte mich; ich nickte. Sie sah her, mit vor Anspannung starrem Gesichtsausdruck und – bildete ich mir ein – einer Mischung aus Ungeduld und Furcht. Aus der Jackentasche holte ich ein Aufnahmegerät, hängte die Daunenjacke über die Stuhllehne. Ich strich meine Bluse glatt und setzte mich.

»Ich würde unser Gespräch gern aufnehmen«, sagte ich.

»Warum?«

»Möchten Sie das nicht?«

In dem Raum gab es keine Mikrophone oder versteckten Kameras.

Sie nahm den Blick nicht von mir. »Schalten Sie ein«, sagte sie. »Wird schon zu was gut sein.«

»Die Aufnahme bekommt niemand außer mir zu hören, wenn Sie das nicht wollen.«

»Danke.«

»Erzählen Sie von früher, Ines, haben Sie keine Scheu.«

»So viel Zeit haben Sie?«

»Ich habe versprochen, Ihnen zuzuhören.«

»Das sagt man schon mal.«

Ich schaltete das Gerät ein; es nahm ein langes Schweigen auf.

19

Mit ihrem ersten Wort nahm sie die Hände nach vorne und krümmte den Rücken; sie sprach mehr zum kahlen Tisch als zu mir; vielleicht galt ihre Aufmerksamkeit auch ganz dem Recorder; ihre Stimme schleppend, verzagt, monoton. Wenn in der anderen Welt, draußen auf den vergitterten Fluren, Stimmen oder ein Scheppern überhandnahmen, hielt sie inne und warf einen Blick zur Tür; als erinnerte sie sich an die Gegenwart; mich trafen diese Blicke nur flüchtig; für unnützes Schauen blieb ihr keine Zeit.

»Ich bin niemand, das steht schon mal fest. Ich kam auf die Welt, und es war nicht Mamas Schuld gewesen, dass ich gekommen bin, war meine Schuld. Hab ich gleich gewusst; Sie sagen, das geht nicht, Babys wissen nichts, in ihrem Kopf ist alles flüssig, keine Gedanken und so was. Falsch.

In meinem Kopf sagte der Herr, du bist eine Verbrecherin, du musst sterben.

So bin ich schnell gewachsen, weg von Mama; nicht weit genug, wie meine Schwester, die keine Verbrecherin war, das hab ich sofort geglaubt, als ich zum Glauben fähig war. Im Glauben war ich die Beste.

Eine Zeitlang hab ich sogar an Gott geglaubt, das passiert von selber auf dem Land, in Nading und überall; der Pfarrer gießt Wasser über deinen Kopf und sagt, du bist jetzt in der Obhut des Herrn; war ich schon lang vorher, schon vor der Geburt, ab der Zeugung im Dunkeln; hinterhergehinkt ist er, der Pfarrer, mit seinen Psalmen. Hab's erduldet, hab mit der Zunge nach dem Wasser geleckt; Durst gehabt vom Sterben.«

Du musst zuhören, sagte ich zu mir, du darfst nicht an was Eigenes denken, an die Liebe musst du denken und dass sie alles erträgt.

»Im Kindergarten sagt der Pfarrer, wir werden alle auferstehen am Jüngsten Tag; hab mich gemeldet, er kam her, schwarzer Blick; er schaut mich an und ich ihn, und ich merk nicht, dass ich immer noch meine Hand hochhalt. Da packt er zu, seine Faust quetscht meinen Zeigefinger zusammen, ich schrei laut auf. Und alle Kinder schauen her, und Minni fängt zu weinen an, meine Freundin, die immer da ist. Der Pfarrer fragt, wieso ich ihn stör mit meinem Getu; hab keine Antwort gewusst. Was ich will, fragt er, und ich spür, wie mein Finger brennt, und ich denk, wenn er die Faust wegnimmt, ist mein Finger Matsch und ich kann nicht mehr malen, das wär schlimm. Was ich will, wiederholt er, und Minni weint noch lauter, und ich sag was, damit sie aufhört, ich sag: Wann ist der Jüngste Tag, Herr Pfarrer?

Da lässt er meinen Finger los und lächelt und ist auf einmal recht freundlich und sagt, das ist noch lange hin, das Leben liegt noch vor uns, wir sollen keine Angst haben. Meinen Finger konnt ich stundenlang nicht bewegen, er hing an meiner Hand runter, ich hab gedacht, er fällt ab und ich hab dann keinen mehr; daran hab ich dauernd denken müssen; auch an den Jüngsten Tag.

Bin doch selber auferstanden an jedem jungen Tag. Erst bin ich gestorben in der Nacht und am Morgen aufgewacht, als wär nichts gewesen. War auch nichts. War alles ein Traum, hab ich zum Herrn gesagt am Frühstückstisch; dann hat er mich angesehen und mein Haar gestreichelt, und seine Hand war warm und weich, so anders auf einmal.

Wie ich Ihnen schon gesagt hab: Das eine Mädchen ist tot; das andere lebt noch; eins blieb immer am Leben, wir waren Zwölflinge, wir Mädchen; bis das zwölfte starb, war das erste wieder wach. So was hab ich noch nie zu jemandem gesagt, Sie sind der erste Mensch.«

»Sie haben sich bis heute nie jemandem anvertraut«, sagte ich. »Keiner Ärztin, keiner Therapeutin?«

»Hab's schon versucht.« Für einen Moment war ihr Blick zu mir verrutscht; jetzt galt er wieder dem Tisch, dem Gerät. »Kam an einem Haus in der Römerstraße vorbei, da hing ein Schild mit dem Namen einer Psychologin, hab ich einfach geklingelt, mitten am Tag. Ich wurde vorgelassen, eine junge Frau gab mir ein Formular, das hab ich ausgefüllt; dann saß ich auf einer grünen Couch bei der Frau Doktor.«

Sie hob den Kopf. »Viel grüner als die Wände hier im Zimmer. Sie hat mich was gefragt, weiß nicht mehr, ich hab gesagt, ich wär eine tote Frau, und sie schob ihren Stuhl näher zu mir und hat mich wieder was gefragt; mir fielen auf einmal die Worte aus; hätt was sagen wollen, aber ohne Worte, wie soll das klappen? Hab mich entschuldigt und bin weggegangen. Hinterher hab ich mich geschämt, hab doch nichts bezahlt, keinen Cent. Die Psychologin hat mich ganz umsonst empfangen.«

»Einen zweiten Versuch haben Sie nicht unternommen.«

»Innerlich schon.«

»Mit Ihrer Mutter konnten Sie nicht über das sprechen, was Ihnen angetan wurde?«

»Was hätt ich sprechen sollen? Mama war da, hinter der Wand. Alle waren da: Mama, Tante, Nachbarn, der Doktor Zingler, die Leute, die wir kannten.«

»Was für ein Arzt war Doktor Zingler?«

»Zahnarzt. Zingler, der Zieher, haben wir ihn genannt, wir Kinder. Zog immer gern. Kam immer mit nach München, in die Pension in der Hirtenstraße, hat mich auf einen Stuhl gesetzt, und ich machte den Mund weit auf; wie in seiner Praxis; weit auf; und Luft anhalten; und alles runterschlucken.«

Du darfst nicht denken, sagte ich zu mir, du darfst jetzt nicht DEIN Leben sehen, DEINEN Vater, SEINE Praxis. Du musst zuhören, nichts weiter. Und dass die Liebe allem standhält.

»Bin nicht erstickt. Hinterher haben wir Pizza gegessen im Auto, die hat der Doktor aus einem Lokal beim Bahnhof geholt; lecker war die, hab Danke gesagt. Manchmal sind wir auch nach Griesbach gefahren, zur Hütte im Wald; da stand ein Baum mitten in der Hütte, die ist drum herum gebaut worden, hat er gesagt. Die Rinde hat mir ins Fleisch geschnitten, hab geblutet; bluten war verboten.

Wenn ich geblutet hab, wurde das Blut in einem Glas gesammelt, und ich hab das Glas ausgetrunken; das war schon schlimm. Mir ist aber eingefallen, dass wir in der Kirche das Blut von Jesus Christus trinken, aus dem goldenen Kelch, und niemand ekelt sich davor, wir sind sogar gesegnet. Daran hab ich denken müssen, an dem Baum in der Hütte, ich trink das Blut des heiligen Jesus und bin gesegnet und spür keine Schmerzen und hab fast keine Angst mehr. Für den Herrn war ich deshalb das bravste Mädchen von der Welt. Hat oft gesagt: Du bist mein Engel. Auch am Frühstückstisch am nächsten Morgen. Und er küsst meine Haare. Hatte viele Haare, schon als Mädchen, Mama hat sie mit einem duftenden Shampoo gewaschen, damit sie glänzen.«

Sie stieß einen Seufzer aus und nickte stumm.

20

Um aus dem Gehege des Schweigens auszubrechen, sagte ich: »Curt Barig gehörte auch zu den Bekannten Ihres Vaters.«

»Guter Bekannter, hat praktisch gegenüber gewohnt, ist

jeden Tag in die Stadt gefahren, in sein Geschäft. Kam oft ins Haus, trank Rotwein mit dem Herrn; einmal hab ich gesehen, wie er dem Herrn ein Kuvert gab, in dem Geld war, ein Schein hat rausgelugt, drin war ein Bündel, da bin ich sicher. Kam grad um die Ecke von der Schule, ich war in der ersten Klasse, das weiß ich noch; der Herr hat das Geld in die Hosentasche gestopft; ich hab einen Knicks gemacht vor den Männern; später wurde ich gerufen, weil ich was gesehen hab, was ich nicht sehen durfte, deswegen musste ich bestraft werden; war normal. Bin wiederauferstanden.«

»Erzählen Sie mir von Herrn Barig, Ines.«

»Da gibt's nichts zu erzählen; kam sonntags zu Besuch, am Nachmittag; der Herr verrichtete in seinem Arbeitszimmer Geschäftliches, ich hab in meinem Zimmer auf das Klopfen gewartet. Es klopfte immer erst. Es klopfte …«

»Wo war Ihre Mutter, Ines?«

»Mama auswärts, sonntags mit Freundinnen verabredet, München, Garmisch, Ausflug; nach dem Mittagessen hat sie das Haus verlassen; der Sonntagnachmittag ist ihr heilig, sagt sie; raus an die Luft, weg von der Arbeit, Hauptsache weg. Kann man verstehen, sie hat hart gearbeitet in der Praxis, jeden Tag von acht bis acht, die Menschen mochten sie, jede Frau war gern Patientin bei ihr, das hab ich damals schon verstanden.«

»Hatte Herr Barig einen Haustürschlüssel?«

»Bitte?«

»Wie kam er ins Haus?«

»Die Tür wurde ihm geöffnet. Der Herr hat ihn reingelassen und ging wieder in den ersten Stock rauf; ich hör die Klingel und setz mich aufs Bett und warte aufs Klopfen. Klopf, klopf. Ja, bitte, sag ich, und die Tür geht einen Spalt breit auf. Ich bin's, dein Mörder, flüstert der Mann, und ich erschreck bis ins Herz, jedes Mal bin ich erschrocken. Er sagt, er kommt, um mich zu morden, und macht die Tür zu. Er riecht nach Parfüm. Er hat einen Kamelhaarmantel an und drunter einen Rollkragenpullover, so einen, wie ich jetzt anhab, bloß in Schwarz. Zuerst zieht er den Mantel aus und legt ihn über den Stuhl vor dem Tisch, da mach ich meine Hausaufgaben; hab Bilder gemalt auf dem Tisch, mit Bergen im Hintergrund und Kindern, die in der Wiese spielen, so Fantasiesachen.

Mantel aus, Schuhe aus; manchmal hat er ein Loch in einer Socke gehabt, das war fast lustig. Er hat gesagt, ich soll das Nachthemd ausziehen, das mir der Herr extra zum Anziehen hingelegt hat. Hab ich gemacht. Bin aufgestanden, hab das Hemdchen abgestreift und gewartet, was passiert. Was passiert, wusst ich schon, also bin ich die Minni geworden. Der Minni hat Herr Barig befohlen, und die Minni hat gehorcht …«

Das Fürchterliche, das geschah, wenn Curt Barig oder einer der anderen Männer aus dem Bekanntenkreis des Oberarztes Dr. Josef Kaltwasser, die regelmäßig das Haus der Familie aufsuchten, die Tür des Kinderzimmers hinter sich schlossen, dauerte auf dem Aufnahmegerät elf Minuten.

Manche Details deutete Ines bloß an – sie schienen ihr nicht wichtig genug, während ich nichts als Abscheu empfand –, andere schilderte sie in ihrer kindhaften Sprache ohne besondere Betonung oder in Windeseile. Sie brachte, dachte ich unbeholfen, die Grausamkeiten hinter sich, sie wurde sie los, indem sie den Tisch beschwor, das silbrige Gerät, den Raum mit der Frau, die ihr aus rätselhaften Gründen zuhörte.

Nein.

Die Grausamkeiten würde sie nie loswerden, ohne professionelle Hilfe, ohne eine auf Selbstbefreiung spezialisierte Person, ohne dass sie jemandem noch einmal ihr Vertrauen schenkte und – welches Wunder auch immer dazu nötig wäre – ohne die sich öffende Tapetentür, durch die ihr der Ausstieg aus der Welt, zu der sie von Geburt an verdammt war, gelingen könnte.

Die Liebe trägt das Böse nicht nach.

»Minni ist gestorben«, sagte Ines Kaltwasser. »Minni, die ich seit dem Kindergarten kannte, hat mich gefragt, ob ich krank wär, weil sie fand, dass ich blass ausseh und so krumm dasitz, als würd mir was wehtun; hab ich geantwortet, ich wär gestolpert und hingefallen, ist aber nicht schlimm. Bin oft gestolpert und hingefallen. Frau Eberl, unsere Lehrerin, hat sich gewundert, ich war halt ein wenig trutschig, das ist mit den Jahren besser geworden. Ab dreizehn, vierzehn war ich nicht mehr interessant, nur noch aushilfsweise. Der Herr ließ mich fast in Ruhe, hatte jetzt oft auswärts zu tun, im Nachbarort, gemeinsam mit Herrn Barig oder Herrn Zingler. Keinen Ton gesagt, kein Mucks; darf man nicht. Einmal im Monat, höchstens, klopfte Herr Barig noch an die Tür; sofort hab ich stramm dagesessen und gesagt, Herein, und er hat den Kopf reingestreckt und geflüstert: Ich bin's, dein Mörder. Da hab ich mich gleich ausgezogen und mich in Minni verwandelt, wenn er meinen Finger wieder in der Faust zerquetscht hat.

Musste auch am Sonntag nur noch selten in den Gottesdienst mitgehen; das war schon ein Glück, müssen Sie wissen. Mir brannten die Wörter im Leib, der Herr, hieß es, der Herr im Himmel, der Leib des Herrn, das Blut des Herrn. Allgegenwärtig, der Herr. Wie daheim bei Tag und Nacht. Kann kein Blut mehr trinken, kann nicht mehr. Verstehst du das?«

»Ja«, sagte ich.

Die Liebe trägt das Böse nicht nach.

Du redest wie ein Kind, dachte ich. Du hörst nicht zu und hörst bloß wieder dich selber.

»Minni hat den Planeten verlassen. Eines Tages war sie verschwunden; alle suchten nach ihr, die Polizei, der Herr und seine Freunde auch; niemand hat sie gefunden. Eines Nachts hat sie sich aus dem Haus geschlichen und ist nicht wieder aufgetaucht. Hab gebetet für sie, heimlich unter der Decke, damit niemand was hört. Liebe Minni, geh weit fort und flieg davon, komm nie wieder, wo ich wohn, geh weit weg und flieg davon, komm nie wieder, komm nie wieder, tot ist's, wo ich wohn, komm nie wieder. Und sie ist nicht wiedergekommen. Ich wusst ja, wo sie ist; auf einem anderen Planeten.«

»Sie haben sie gehen lassen, die Minni.«

»Woher wissen Sie das?«

»Sie haben es mir gerade erzählt.«

»Ach ja. Ja. In der Stadt hab ich oft an sie denken müssen; wenn ich gespielt hab; wenn ich wer Anderes war.«

Sie ließ ihre Minni gehen, dachte ich. Ohne Minni an der Hand über all die Jahre wäre Ines von der Finsternis aufgefressen worden.

21

»Erzählen Sie mir«, sagte ich, »wann Sie jemand Anderes waren.«

»Im kleinen Theater in der Nähe der Münchner Freiheit hab ich eine Frau im Wald gespielt, die stößt eines Tages an eine unsichtbare Mauer; der Regisseur hat einen Monolog für die Bühne aus dem Roman gemacht, ich durft ihn spielen; ich nannte die Frau Minni. *Es gab keine Gedanken, keine Erinnerungen, nur das große stille Schneelicht … Die Traumtiere sind immer freundlich und voll Leben, aber ich glaube, das ist nicht besonders merkwürdig … Schon heute bin ich ja nicht mehr der Mensch, der ich einmal war … Niemand nennt mich mit diesem Namen, also gibt es ihn nicht mehr, ich möchte auch nicht, dass er eines Tages in den Illustrierten der Sieger erscheint … Ich bin nur ein einfacher Mensch, der seine Welt verloren hat …*

Dass mir diese Sätze heut hier einfallen! Die hab ich gespielt und gesagt auf der kleinen Bühne; die Leute waren stumm und haben gelauscht. Oft hat jemand mich hinterher gefragt, wieso die Frau keinen Namen hat, hab ich gesagt, sie hat ja einen, aber den verrat ich nicht. Minni ist erlöst und befreit. Ich wink ihr in mancher Nacht. Hab das Winken fast verlernt; ist niemand da, sind alle weg; der Minni wird gewunken, das gehört sich so.«

»Musste Ihre Schwester Rita auch zu den Männern gehen?«

»Nein, die Rita hat niemand beachtet, vielleicht weil sie rote Haare hatte, die war nicht wichtig; ist immer in ihrem Zimmer geblieben; hat nicht aufgemuckt.«

»Sie hat Ihnen nicht geholfen.«

»War verboten.«

»Sie hätte Ihre Mutter zur Rede stellen können, Ihren Vater auch.«

»Nein, nein. Hat nichts gemacht, bis sie weggegangen ist nach Berlin.«

»Haben Sie nie mit ihr über das gesprochen, was Ihnen angetan wurde?«

»Spinnst du? Verboten! Unter Todesstrafe! Kein Wort. Kein Wort. Kein Wort. Heiliges Gesetz, verstehst du das nicht?«

Wozu dann die Liebe?, dachte ich, wozu dann die Hoffnung und der Glaube?

»Hat Ihre Schwester, als sie schon in Berlin lebte, über das Thema gesprochen?«

»Sie hat gesagt, es tut ihr leid; hab ich zu ihr gesagt, sie hätt doch nichts tun können. Niemand kann was tun. Alles normal. Der Herr war lieb zu ihr, die Mama auch, alle waren lieb, ich doch auch, alle lieb und normal; niemand hat was gesagt, niemand hat was gesehen. Meine Rita hat keine Schuld. Meine Rita ist weggegangen, und ich auch, nicht so weit wie sie, nur nach München, wo mich der Herr Barig gefunden hat, und der kleine Herr Barig auch. Im Fasching hat er mich entdeckt, der alte Herr Barig, und mich gleich mitgenommen, und ich bin mitgegangen, wie das so sein muss. Bin wiederauferstanden. Der große Herr Barig aber nicht, das weißt du ja.«

Sie leckte sich die Lippen und schmatzte.

»Soll ich Ihnen etwas zu trinken bringen, Ines?«

»Hab zu viel getrunken. Weißt du, was ich begriffen hab, damals schon und später immer mehr: Gott ist eine Erfindung des Herrn. Damit wir knien und die Hände falten und stillhalten. Hast du jemals den Gott getroffen, den von den Bildern, aus den Büchern, den Gott der Vergebung und Barmherzigkeit? Kannst du nicht treffen, den gibt's nämlich nicht, nirgends, am wenigsten in den Kirchen, wo wir uns verneigen und das Blut trinken und den Leib zerkauen. Aber, du, ich hab an den trotzdem geglaubt. Das war mir eingegeben, konnt nicht anders. Ich kam auf die Welt und war schuldig; hab den Gott gebeten, mich von der Schuld zu befreien; hat er nicht getan.

Viele Jahre dacht ich, er ist beschäftigt, zu viele Kinder, die seinen Beistand brauchen, auf allen Kontinenten; hab weiter gebetet und gefleht, hab, wenn der Herr mich ermordet hat, geschrien in mir und zum Himmel gebrüllt, wie die Schweine im Schlachthof. Keine Reaktion. Alles still, der ganze Himmel eine schwarze Wand.

Weitergeschrien, jahrelang, das schwör ich dir; wer kommt auf die Idee, dass überm Himmel alles leer ist und den Gott dir der Herr eingepflanzt hat? Konnt das jahrhundertelang nicht glauben. Konnt's nicht glauben und hab's geglaubt. Bis der Herr Barig mich fast ermordet hätt im Wald, in der Hütte des Herrn Zinglerzieher; hab geblutet wie noch nie, und er hat nicht aufgehört mit der Bestrafung. Da hab ich geschrien, jetzt musst du kommen und mich erlösen, jetzt, jetzt, jetzt. Und meine Stimme war so laut, dass ich sie nicht in mir festhalten konnt; sie hat aus meinem Mund rausgeschrien, zum allerersten Mal.

So hat der Wald mich noch niemals schreien hören; bestimmt ist der Wald genauso erschrocken wie der Herr Barig.

Weitergeschrien hab ich, lauter und lauter, hab meine Stimme nicht wiedererkannt, das war die Stimme von einer Monster-Ines. Fünf Minuten hab ich geschrien, oder zehn. Zum Gott rauf hinter der Holzdecke, damit er mich hört, endlich, damit er nicht weghören kann, damit er kommt und mich losbindet und mitnimmt auf einen anderen Planeten.

Als ich wieder aufgewacht bin – kein Gott; nur der Herr Barig und sein Stock. Viel Blut getrunken an dem Tag; hab mich übergeben müssen im Wald, dass ich gedacht hab, mein Bauch platzt und ich verblut in die Erde rein. War schlimm. Aber ich hab begriffen, dass kein Gott da ist, nirgendwo auf der Welt, und dass wir alle allein sind und verloren und niemand kommen wird, uns an der Hand zu nehmen und uns Trostbrot zu schenken.«

22

Sie schaute mich an, länger als bisher, seit ich diesen Raum betreten hatte. Ihre türkisen Pupillen von beinah strahlender Klarheit. Sie hob die Arme, zögerte, faltete die Hände vor dem Bauch, nickte mir zu – auf den Lippen ein dürres Lächeln – und drehte sich um; ihre Hausschuhe schleiften über den Boden.

Mit dem Gesicht zur Wand stand sie in der Ecke, die Hände gefaltet, der Rücken gekrümmt. »Am Sonntag, das hab ich erfahren, machen sie hier einen Gottesdienst für uns; da bleib ich in der Zelle und halt mir die Ohren zu. Und Sie müssen jetzt gehen. Aber dass Sie mir die Ehre erwiesen haben, dafür dank ich Ihnen. Ich glaub, dass alles falsch ist, was ich Ihnen erzählt hab; das hätt ich nicht tun dürfen. Ich bleib hier im Gefängnis, wo ich hingehör.«

Ihr Schweigen dauerte an, wie zu Beginn unserer Begegnung. Diesmal beließ sie es dabei.

Minuten vergingen.

»Auf Wiedersehen, Ines«, sagte ich an der Tür, die Hand an der Klinke.

Sie nickte nur.

»Wir sehen uns wieder.«

Keine Reaktion.

Auf der Stadelheimer Straße rang ich nach Luft und bemerkte erst nach einer Weile, dass ich mir die Ohren zuhielt.

Die Leiterin der Strafanstalt hatte mir zugesichert, sich noch heute mit einer ihr bekannten, auf rituelle Gewalt spezialisierten Psychologin in Verbindung zu setzen.

Autos rauschten an mir vorbei; kein einziger Fußgänger weit und breit.

In meiner Jackentasche umklammerte ich das kalte, metallene Aufnahmegerät mit der Stimme einer zersplitterten Frau. Ich fürchtete mich davor, sie noch einmal zu hören – als wäre ich bloß eine weitere Zeugin, verpuppt in einen Kokon aus Feigheit.

23

Und alles, dachte ich auf dem Krankenhausflur, war wahr. Wie Ines, die auf Lebenszeit büßende Frau in der Ecke, aus der sie bis heute niemand herausgeholt hatte. Wie Finja, das tote Mädchen auf dem Bett eines fremden Mannes. Wie die Bandagen und Geräte, an die meine abwesende Freundin angeschlossen war. Wie das leise Röcheln. Wie das sphärische Sirren.

Wie der Tod. Auf Zehenspitzen schlich er umher, von einer Tür zur nächsten; er horchte, ob seine Stunde gekommen sei. Alle paar Minuten wartete er direkt neben mir, schlank und geschmeidig, zeitgemäße Frisur, sorgfältig gestutzter Bart, barfuß, zur weißen Hose trug er ein weißes, mit schwarzer, geschwungener Schrift bedrucktes T-Shirt. Er wandte sich mir zu, damit ich das Wort besser lesen konnte.

VERHÄMMERUNG.

In seinem schmalen Gesicht mit dem langen harten Kinn ein Ausdruck fast rührender Bekümmertheit. Er ließ mich stehen und schlenderte den Flur hinunter. Er hatte alle Zeit der Welt. Als er wiederkam, wirkte er bedrückt, wie einer, der getröstet werden wollte. So verharrten wir beide neben der Tür, buhlend um die Gunst der Maschinen dahinter.

Besucher kamen und gingen, einige mit einem Blumenstrauß in der Hand, den sie noch rasch aus dem Papier wickelten. Eine junge Mutter schob einen Kinderwagen und hielt mit der anderen Hand ein etwa fünfjähriges Mädchen, es sah sich um und winkte mir zu.

Ein kahlköpfiger Mann um die siebzig in Hausschuhen und einem weinroten Morgenmantel klammerte sich mit beiden Händen an den Griff eines verchromten Infusionswagens; mit schlurfenden Schritten hatschte er auf eine Glastür zu, die sich vor ihm öffnete.

Auf der anderen Seite des Flurs redeten eine ältere und eine jüngere Frau, vielleicht die Tochter, flüsternd und gestikulierend aufeinander ein, bevor die Ältere beschwörend den Zeigefinger hob; sie verstummten; die Jüngere pumpte kopfschüttelnd Luft durch die geschlossenen Lippen; die Ältere zog die Tür eines Zimmers auf und ging hinein, die Jüngere folgte mit grantigem Blick.

Huschende, lächelnde, harmonisch funktionierende Krankenschwestern verließen zielsicher das Stationszimmer und kehrten nach einer Weile zurück, wie dressierte Tauben in ihren Schlag, unbekümmert und zufrieden nach Erledigung ihrer Pflichten.

Solange ich an die Wand gelehnt dastand, tauchte kein Arzt auf. Einer musste doch Dienst haben, bereit für den Ernstfall; einer musste doch zur Stelle sein, wenn Catrin nach ihm rief.

Dazu bräuchte sie eine Stimme, du Idiotin, und eigenen Atem.

Ich war im Zimmer, mit ausdrücklicher Erlaubnis der Schwester, die für meine sieben weißen Rosen eine Vase besorgt und diese auf den leeren Tisch gestellt hatte. Allein neben dem Bett schaute ich den Kopf meiner Freundin an, der kein Kopf mehr war, sondern ein mumifiziertes Gebilde mit einer Maske. Ich darf nicht abhauen, sagte ich zu mir, ich muss bei ihr sein, wenn sie die Augen aufschlägt.

Die Augen waren verschwunden.

Natürlich wollte ich etwas sagen. Ich traute mich nicht. Sie lag in »tiefstem Schlaf«. Diese Formulierung hatte die Schwester gebraucht und ein Lächeln angeknipst. Ich trug Stiefel mit Gummisohlen, meine Geräuschverbreitung weit unter dem Quietschlevel der Schwestern mit ihren dynamischen Clogs. Immerhin verdankte ich der Gnade der einen meine Anwesenheit in diesem Zimmer, in das wir beide nicht gehörten, Catrin und ich.

Wir hauen bald ab, sagte ich leise zu ihr.

Für die elende Lüge schämte ich mich sofort. Ich schloss die Augen, als wäre ich dann weniger sichtbar. Hinter mir hörte ich das Klacken der Türklinke; Besorgnis und Pflichtbewusstsein wehten herein. Ich warf Catrin eine Kusshand zu; mir fiel nichts Klügeres ein. Wahrscheinlich neutralisierten die elektronischen Wellen den Kuss auf halbem Weg; vielleicht schreckte er sie aber auch ab: mein Kuss trug einen Mantel aus Wodka.

Im Ostbahnhof, wo ich die Rosen kaufte, hatte ich mir in einem Laden ein Fläschchen besorgt und es an Ort und Stelle geleert, gegen die Angst. Nützte nichts. In Gegenwart von Schwester Nadine wären mir beinah die Blumen aus den Händen gerutscht. Sekundenlang hatte ich die Tür angestarrt, die Nadine mir aufhielt.

Als ich das Zimmer und den unsichtbaren Körper verließ, das gelobte Sirren im Ohr, hielt Nadine mir ein zweites Mal die Tür auf. Dann lehnte ich mich im Flur an die Wand. Nadine grüßte mich stumm und eilte in ihren Schutzraum.

Während der Stunde, die ich stehend dort verbrachte, dachte ich an unser Gespräch am vergangenen Sonntag, an Cattys Offenbarung, diese Mischung aus Geständnis und Geheimniskrämerei; an die übel riechende Wohnung, den Ort des

Verbrechens; an den Unbekannten in der Nähe des Kiosks, dem ich hilflos hinterhergelaufen war; an die Männer, die nichts wussten und sich in ihrer Männlichkeit suhlten, Marco Hagen, Benjamin Greve; an die dröhnende Stille im Bett hinter der Wand, an der ich lehnte; an mein tatenloses Dastehen. Ich dachte an mein erbärmliches Verlangen nach einem zweiten Wodka.

Am Wiener Platz, keine fünf Minuten von der Klinik entfernt, kaufte ich mir keinen Wodka. Die Bierflasche, die mir der Verkäufer über den Tresen reichte, trank ich an einem Stehtisch vor dem Kiosk, in dem es Speisen, Knabbergebäck und Getränke zum Mitnehmen gab, Illustrierte, Toilettenpapier, Zigaretten und vieles mehr – genau wie bei Catrin am Kolumbusplatz. Das zweite Bier schon in der Hand, fiel mein Blick auf die Schlagzeile der Sonntagsausgabe einer Boulevardzeitung.

An einer Kreuzung in der Innenstadt hatte ein einundsechzig Jahre alter Lastwagenfahrer beim Abbiegen einen elfjährigen Jungen übersehen, der mit seinem Mountainbike auf dem Fahrradweg die Straße überquerte, auf dem Heimweg von der Schule, zweihundert Meter vom Elternhaus entfernt; der Schüler starb an der Unfallstelle.

Da war er wieder, ich sah ihn, wie in Flutlicht getaucht, vor meinen Augen: perfekt frisiert, frisch gewaschen der Bart, barfuß, weiße Hose, weißes T-Shirt, darauf in geschwungener Schrift ein Wort in Schwarz.

PASSIERT.

Er wirkte wie einer, der Trost nötig hätte.

Mir rutschte die Flasche aus der Hand und zersprang auf dem Kopfsteinpflaster.

»Passiert«, rief jemand aus dem Halbschatten des Kiosks.

Mein Handy klingelte.

Anja Sandkorn.

Während meine Chefin noch redete, meldete sich Sigrid.

24

Aus der Bandage heraus sah sie uns an, Sigrid und mich. Von der anderen Seite des Bettes warf uns Marco abschätzige Blicke zu; hauptsächlich meinte er mich. Seiner Meinung nach mischte ich mich in die Aufklärung eines Verbrechens ein, die bloß ihn etwas anging, ihn als Ehemann, als Polizisten und Kenner der Straße, als einzig Befugten.

Die heutige Ankündigung der Staatsanwaltschaft, den Überfall auf Catrin Hagen in den Zuständigkeitsbereich des Kommissariats 101 zu übertragen – Sandkorn hatte mich vorhin am Telefon informiert –, bezeichnete Hagen als »das bekannte Geschachere um interne Macht und die krankhafte Sucht nach Außenwirkung«. Perfekt alliterierend klang die Bewertung von Hauptkommissar Greve, der die Ermittlungen abgeben musste und mich auf meinem Weg zurück ins Krankenhaus am Handy erwischte. »Willkür weiblicher Wichtigtuer«, hatte er ins Telefon geschwallt und keine Antwort erwartet; seinen Unmut ließ er an mir aus; für eine Konfrontation mit Kriminaloberrätin Sandkorn fehlten ihm dann doch die Zwillinge in der Hose.

Auf ein Zeichen von Sigrid hin beugte ich mich über unsere Freundin und küsste sie behutsam auf die Stirn.

»Du wirst wieder gesund werden«, flüsterte ich. Den Satz hatte ich schon fünf Mal ausgesprochen, lauter als jetzt. Sigrid tat und sagte dasselbe.

Wir gingen zur Tür. Dort drehte ich mich noch einmal um. Zwei Pupillen schickten schwarzes Licht zu mir. Ich erschrak, stolperte und streckte die Hand nach der Klinke aus und verfehlte sie. Hastig griff Sigrid nach meinem Arm, um mich zu stützen. Vielleicht wäre ich tatsächlich hingefallen, wie in Catrins Wohnung.

Noch auf dem Flur brannte Catrins Blick mir in den Augen.

Was ich sagte, entsprang einer Fehlzündung im Kopf. »Wenn der Kerl nicht gleich rauskommt, hol ich ihn.«

Dabei beschäftigte mich im Moment nichts und niemand weniger als Catrins Ehemann. Mein innerer Aufruhr machte mich kirre. In mir wucherte ein Schrecken, den ich nicht loswurde. Geschundenen Menschen zu begegnen, gehörte seit dreißig Jahren zu meinem Alltag. Ich war geübt in Selbstkontrolle. Hier Kripo, dort Verbrechen; hier Nüchternheit, dort Chaos; hier Stille, dort Brüllen; schrilles, unverständliches, markerschütterndes Kinderschreien. Jeder Tatort schrie, jedes Opfer; sogar die Toten schrien in Gestalt unerlöster Kinder; nur wir hörten sie; wir hatten das absolute Gehör. Geschult in Unerschrockenheit, trugen wir zum Selbstschutz eiserne Masken – wie Catrin ihre Bandage.

Die Hände vorm Gesicht, kauerte ich auf einem Stuhl im Flur. Meine Haut, bildete ich mir ein, von Catrins Blick versengt. Wie peinlich musste meine Reaktion angemutet haben, mein schäbiger Abschied – wie eine Flucht vor Freundschaft, ein Eingeständnis von Hilflosigkeit.

Auf meinem Rücken lastete eine Hand; ich ruckte mit der Schulter; die Hand klebte fest.

»Du gibst dein Bestes«, hörte ich eine Stimme sagen. »Wir müssen Geduld haben.«

Ich sprang auf, schlug mit dem Arm aus und schrie.

»Nein!«

Ich begriff sofort, dass ich damit nicht Sigrids Bemerkung meinte; es war eine ungeplante, unhöfliche, viel zu laute Form von Luftholen. Solange ich dasaß, in mich gekrümmt, rang ich mit einem Erstickungsanfall, der wie eine dunkle Welle meinen Körper durchpflügte. Bei jedem Gedanken an die Situation im Krankenzimmer fehlte mir ein Atemzug mehr.

»Habe ich dich getroffen?«

»Um ein Haar«, sagte Sigrid.

Unsere Umarmung war eine vertraute Geste – viel zu kurz, wie immer.

Gleichzeitig blickten wir zur Tür von Catrins Zimmer. Ich war überzeugt, Marco Hagen würde nach meinem Schrei auf den Flur hinausstürzen. Den ersten Impuls hatte er bestimmt unterdrückt; ihn kümmerte nicht, was außerhalb des Zimmers geschah. Er blieb nicht nur wegen Catrin länger im Raum. Vielmehr, vermutete ich, wartete er ab, bis er sicher sein konnte, dass Sigrid und ich uns nicht mehr in der Klinik aufhielten.

Hin und wieder, so wie jetzt, tat er mir leid.

Seit jenem Vormittag im Standesamt, wo ich als Trauzeugin fungierte, hatte sein Wesen sich verändert, unmerklich zunächst, dann deutlicher gegenüber Kollegen, mir, Leuten auf der Straße. Mehr und mehr schraubte er sich in eine Rolle hinein, der er nicht gewachsen war. Ein Pflasterhirsch wollte Goldfasan spielen. Das funktionierte allenfalls bei den Kleinganoven, mit denen er im Viertel Umgang pflegte und deren Spielchen er unter Kontrolle zu haben glaubte.

In den eigenen Reihen blieb Marco Hagen ein alternder Hauptmeister, an dessen Karriereleiter die obersten Sprossen längst abgesägt waren. An der Ausschreibung zur neuen Leitung der PI 23 hatte er teilgenommen. Im Nachhinein erfuhr er, dass im Präsidium nur ein einziger Kollege für ihn votiert hatte; eine bittere Erfahrung, die ihn dazu brachte, seine Existenz als Stadtteilbulle weiter auszunutzen, wenn es um die Festnahme und Beschuldigung von Halb- oder Viertelverdächtigen ging. Zu Hause allerdings, erzählte Catrin uns oft, verhalte Marco sich fürsorglich und vermeide jedes laute Wort.

Und nun, zum ersten Mal im Leben, befand er sich in der Rolle des Angehörigen eines Verbrechensopfers.

Wer schrieb ihm vor, wie er sich zu verhalten hätte? Wer war ich, ihm sein sonstiges Wesen anzukreiden, mit dem im Übrigen andere Kollegen gut zurechtkamen? Was empfand er beim Anblick seiner an Geräte angeschlossenen Frau, mit dem Bild ihres verunstalteten Körpers im Kopf, den er in der Wohnung vorgefunden hatte? Mandelte *ich* mich jetzt auf? Hatte ich ein größeres Recht auf Erschütterung als er?

Allem Mist zum Trotz: Wir waren Kollegen. Und gerät ein Kollege in Not, dann lautete das ungeschriebene Gesetz, ihm beizustehen. Nichts sonst.

Zehn Minuten später verließ er das Zimmer.

Leise schloss er die Tür und senkte den Kopf; er setzte die Dienstmütze auf, die er die ganze Zeit in der Hand gehalten hatte, und sah, dass wir noch da waren. Nach einigem Zögern kam er mit müden Schritten auf uns zu.

Er sah mich an. Ein weiterer Schritt; er streckte die Arme nach mir aus. Ich erwiderte seine Umarmung. Wir krallten uns aneinander.

»Verdammte Scheiße«, sagte er draußen, an der Auffahrt zur Klinik.

Während wir schwiegen, wichen wir zwei Schwestern aus, die rauchend zur Straße hinunterliefen.

»Greve hat euch jemanden gebracht. Renner heißt der. DNS-Spuren von dem Kerl in unserer Wohnung. Glaubst du das? Drogenwichser, Daten liegen vor. Mach ihn alle, Fariza.«

Ich konnte mich nicht erinnern, wann er zum letzten Mal meinen Namen ausgesprochen hatte.

»Was ist mit dem anderen?«, fragte ich. »Dem Dampfer mit dem Dutt? Hast du ihn identifiziert?«

»Özdal heißt der Typ, betreibt eine Shisha-Bar in der Nähe; Stammgast am Kiosk. Für meinen Geschmack einer dieser Türken, die in ihrer Heimat besser aufgehoben wären. Sein Geschäft ist legal, keine Vorfälle in letzter Zeit; die halten sich alle zurück; das schöne München wollen sie nicht verlieren. Wir haben sein Alibi überprüft, Greve und ich; scheint zu stimmen. Er war in Berlin bei einer Familienfeier. Den Aufwand hätten wir uns sparen können. War ein Schnellschuss, hätte mich nicht drum zu kümmern brauchen.«

»Danke, dass du es trotzdem getan hast.«

Das sagte eine von den Ereignissen halbierte Frau. In vollständigem Zustand hätte ich ihm erklärt, dass die Fähigkeit, Pflastersteine zählen zu können, nichts mit dem üblichen kriminalistischen Alltag zu tun und die Bitte, eine Information vertraulich zu behandeln, einen Sinn hatte.

Wir begleiteten ihn zu seinem Dienstfahrzeug, gaben ihm zum Abschied die Hand, warteten auf dem Bürgersteig, bis der Wagen am Max-Weber-Platz hinter einer Straßenbahn verschwand.

»Hast du den Namen Renner schon mal im Zusammenhang mit Catty gehört?«, fragte Sigrid Neuss, ihre Augen vom ruppigen Wind doppelt gerötet.

»Den Namen höre ich zum ersten Mal.«

25

»Ein arbeitsloser Koch«, sagte Jennifer Odoki.

Sie saß in ihrem Büro, vor sich Fotoausdrucke des Mannes und Blätter aus einer Akte. Dennis Kalk und ich waren stehengeblieben; sein Holzfällerhemd roch nach frischer

Wäsche, ein Hauch von Rasierwasser bestäubte die Luft zwischen uns; beim Reden verteilte er Kaffeearoma. Ansonsten strahlte er fundamentale Erschöpfung aus. Offensichtlich war es ihm schwergefallen, den Rasierer richtig zu bedienen; um sein Kinn und am Hals sprossen silbrige Stoppeln; unter seinen ungewöhnlich schmalen Augen graubraune Halbmonde, seine Wangen von Falten durchfurcht, die ihm das Aussehen eines Mitte Sechzigjährigen bescherten. Dennis war Mitte fünfzig. Mit verzurrter Stirn blickte er auf die Notizen. Ob er etwas entzifferte, war schwer zu sagen: Seine ungeputzte Brille sah aus, als bestünde sie aus Milchglas.

Nachdem uns der Fall Catrin Hagen übertragen worden war, zählte beim Leitenden Ermittler Dennis Kalk und den beiden Kollegen Distel und Illner – Hauptkommissare, die unser Team vervollständigten – Schlaf zu den für einen Beamten schwer erschwinglichen Luxusgütern. Daran waren wir gewöhnt, redeten wir uns ein. Ein Blick in den Spiegel genügte, um uns vom Gegenteil zu überzeugen; der Körper alterte einfach weiter, nach innen, nach außen, nach Belieben. Kein Wunder, dass Dennis beim morgendlichen Badprozedere sein Antlitz vernachlässigte.

»Wie sieht Renners Speisekarte aus?«, fragte ich Jennifer.

Sie nahm ein Blatt aus der Akte. »Verhaftung wegen Drogenhandels, Verfahren eingestellt; Anklage wegen Körperverletzung, unklare Ausgangslage, jeder beschuldigte jeden, Urteil: achtzehn Monate auf Bewährung. Das Opfer, eine fünfundzwanzigjährige Verkäuferin, sagte vor Gericht, Lars Renner sei nur deshalb gewalttätig geworden, weil er besoffen war und sie ihn provoziert habe … Und so weiter …«

»Hätte sie das nicht vorher aussagen können?« Dennis deutete auf das Schriftstück. »Dann hätte wieder mal ein sinnloser Prozess nicht stattfinden müssen.«

»Ich schätze, sie wollte ihm was heimzahlen«, sagte Jennifer.

»Auf Kosten der Allgemeinheit.«

Ich brauchte Bewegung. »Wo hat Greve den Verdächtigen aufgegriffen?«

»Ursprünglich kam der Hinweis vom Ehemann deiner Freundin«, sagte Dennis. Er nahm die Brille ab, rieb sich die Augen und setzte sie wieder auf.

»Siehst du überhaupt was?«, fragte ich.

»Wieso?«

»Wegen der Gläser.«

»Was ist mit denen?«

»Sie sind schmutzig.«

»Ich sehe genug, Frau Kollegin.«

»Umso besser.«

»Der Kollege Hagen«, sagte Jennifer, »hat sich gewundert, weil Lars Renner gestern im Krankenhaus aufgetaucht war, Hagen war auch da. Er fragte den Mann, wieso er gekommen sei; Renner meinte, er kenne Catrin vom Kiosk und wollte mal Hallo sagen.«

»Hallo sagen? Das waren seine Worte?« Ich griff nach der Akte; Jennifer wehrte ab.

»Darüber steht hier nichts. Das waren Hagens Worte.«

»Woher wusste Renner, dass Catrin im Krankenhaus ist?«

»Hat sich angeblich gewundert, weil der Kiosk zu war, er ist dann vor zum Haus und hat bei Nachbarn gefragt, was los ist.«

»Der hat eine Menge Aufwand betrieben.«

»Finde ich auch«, sagte Jennifer. »Jedenfalls hat Hagen sofort Greve angerufen, der die nötigen Infos abgerufen hat. Und: Genetische Spuren von Renner in der Wohnung Hagen. Deswegen sitzt er bei uns.«

»Ich rede mit ihm«, sagte ich.

»Du darfst nicht, Fariza«, sagte Dennis.

»Ich führe die Befragung durch«, sagte Jennifer.

»Ein informatorisches Vorgespräch, eine halbe Stunde.«
»Ohne Erlaubnis der Chefin, keine Chance.«

Im Härtefall wäre ein von mir erwirktes Geständnis unzulässig. Der Verteidiger des Beschuldigten würde auf Befangenheit plädieren, da ich mit dem Opfer seit Jahren eng befreundet und von dem Verbrechen persönlich betroffen sei.

Etwas in der Art.

Bei einer informatorischen Befragung – ohne Anwalt – ersparte ich mir jegliche Belehrung. Er sei kein Beschuldigter, erklärte ich ihm, sondern bloß ein möglicher Zeuge zur Sache. Die Strafprozessordnung schrieb uns strenge Regeln vor; der kleinste Verstoß könnte eine Anklage frühzeitig zum Scheitern bringen. Aus reinem Interesse, sagte ich zu Renner, hätte ich um die Unterredung gebeten, durchaus aus privaten Beweggründen. Für seine Zeit dankte ich ihm ausdrücklich. Er nickte und murmelte etwas wie »kein Thema«.

Fünfzehn Minuten hatte die Chefin mir zugebilligt, in ihrer Gegenwart und in ihrem Büro.

In der um Korrektheit bemühten Diktion vorbestrafter und im Umgang mit der Polizei erprobter Kleinkrimineller schilderte Lars Renner – schmächtig, eingefallene Wangen, strähnige Haare, Jeanslatzhose über verwaschenem Nylonpullover – seine Situation, in die er »schuldlos hineingeschlittert« sei.

»Sie müssen verstehen«, sagte ich, »dass ich über Ihre offenen Worte überrascht bin. Mit Frau Hagen bin ich, wie Sie vorhin gehört haben, sehr gut befreundet, und sie hat Ihren Namen nie erwähnt.«

»Darum habe ich sie gebeten, dringend. Wenn jemand erfahren hätte, dass sie mir Geld leiht, unmöglich. Ihr Mann ist bei der Polizei, der hat garantiert kein Verständnis für so was. Oder, Frau Kommissarin?«

»Das weiß ich nicht. Wann waren Sie das letzte Mal in der Wohnung?«

»In der Wohnung? War ich nie, in der Wohnung. Nein.«

»Nehmen Sie zurzeit Medikamente?«

»Aspirin, wegen meinem Herz; ab und zu werf ich eine Ibu ein, gegen die Schmerzen.«

»Welche Schmerzen?«

»Gesamtschmerzen. Mein Körper hat viel durchmachen müssen, das können Sie nachlesen.«

»Sie riechen nach Alkohol.«

»Das sind die alten Klamotten, das waschen Sie nicht mehr raus.«

»Sie haben heute früh getrunken.«

»Nein. Ja. Zwei kleine Biere, drei höchstens.«

»Schnaps dazu? Aus alter Gewohnheit? Das ist kein Verbrechen.«

»Gott sei Dank, dann wären wir alle Verbrecher.«

»Ein paar Biere, ein paar Schnäpse.«

»Zwei Kräuterliesl; wegen meinem Magen, das tut dem gut.«

»Kräuterliesl-Schnäpse und Ihr Bier kaufen Sie regelmäßig am Kiosk von Frau Hagen.«

Er kratzte sich mit vier Fingern an der Wange; die Nägel waren lang, rissig, bräunlich. »Äh, ja …«

»Frau Catrin Hagen, über die wir sprechen.«

»Catrin, klar. Entschuldigung.«

»Gestern waren Sie auch am Kiosk.«

»Ja.«

»Haben Sie was gekauft?«

»War doch alles verrammelt, hab mich sofort gesorgt.«

»Warum?«

»Der Kiosk ist doch immer auf, ich dachte, hoffentlich ist ihr nichts passiert, der Catrin, bin zum Haus und hab mich erkundigt. Eine Nachbarin sagt, Catrin ist im Rechts der Isar. Bin ich hin.«

»Sie wussten, wo Frau Hagen wohnt.«

»Ja.«

»Woher wussten Sie das?«

»Weil … Ich war mal da.«

»Erklären Sie mir das bitte, Herr Renner.«

»Was erklären? Ich hab Catrin mal eine SMS geschickt.«

»Warum?«

»Sie hat's mir erlaubt.«

»Sie waren bei ihr in der Wohnung.«

»Nein. Sie … Sie ist runtergekommen und hat mir einen Schein gegeben; dann bin ich schnell verschwunden, damit sie keinen Ärger kriegt von niemand.«

»Sie waren nie in ihrer Wohnung.«

»Nein.«

»Warum schwindeln Sie uns an?«

»Ich schwindele nicht.«

»Sie können offen mit uns sprechen«, sagte ich. »Sie verbringen jeden Tag mehrere Stunden vor dem Kiosk am Kolumbusplatz, Sie kennen Catrin Hagen, die überfallen und schwer verletzt wurde. Deswegen haben wir Sie gebeten, zu kommen und uns zu helfen. Mit Lügen helfen Sie uns nicht.«

»Entschuldigen Sie.«

Sie entschuldigten sich immer.

»Wie viel Geld haben Sie von Frau Hagen erhalten?« Anja Sandkorn schaltete sich ein.

Renner drehte sich zu ihr um. »Verschieden. Mal zwanzig Euro, mal fünfzig, sehr großzügig.«

»Wie oft haben Sie von ihr Geld bekommen?«

»Zwei Mal; drei Mal höchstens.«

»Haben Sie sie darum gebeten?«

Er nickte.

Meine Chefin sah mich an. Auf die Frage, die sie nicht stellte, hätte ich bloß eine schale Antwort parat. Mit keinem Wort hatte Catrin je ihr Samaritertum erwähnt, weder am Stammtisch noch bei unseren Treffen in ihrer Wohnung.

»Warum, glauben Sie, hat Frau Hagen Ihnen Geld geschenkt?«

Er musste sich wieder mir zuwenden. »Sie mochte mich, die Catrin …«

»Sie lebt noch.«

»Was?«

»Catrin Hagen ist am Leben.«

»Was? Ja, schon …«

»Sie mögen Catrin«, sagte ich.

»Ja, sehr.«

»Haben Sie ihr das schon mal gesagt.«

»Ja.«

»Wie hat sie reagiert?«

»Sie hat gesagt, sie bedauert mich, weil ich immer Probleme in der Arbeit habe und den Stress nicht aushalte und gekündigt werde, obwohl ich nichts falsch gemacht habe; sie hat Verständnis gezeigt, hat mir ein Bier geschenkt, keinen Schnaps, Bier schon. Sie war ein guter Mensch. Ich vermisse sie.«

»Sie haben sie angebettelt«, sagte ich.

Er ruckte mit dem Körper und zog eine undefinierbare Grimasse; alkoholbedingte Gesichtsverrutschung.

»Keinesfalls. Das dürfen Sie nicht zu mir sagen, so einer bin ich nicht; kein Bettler; das sind andere. Ich habe meine Arbeit, ich krieg Unterstützung vom Staat, das stimmt; lieber stehe ich am Herd und verdiene mein Geld und zahle Steuern und falle niemandem zur Last. Beachten Sie das, bitte.

Catrin und ich haben uns unterhalten; sie spricht mit ihren Kunden, sie hört ihnen zu; sie weiß, was uns bedrückt. Sie kennt meine Situation. Ich schwöre, ich habe nie gebettelt. Sie hat mich gefragt, ob ich über die Runden komme. Hätte ich lügen sollen?

Das Geld kriegt sie zurück, das ist das Logischste von der Welt. Nächsten Monat, wenn alles klappt, fange ich im Sendlinger Bräuhaus an; meine Papiere liegen schon dort, der Chef persönlich hat mir versichert, ich bin seine erste Wahl. Drücken Sie mir die Daumen. Dann sag ich Ihnen Bescheid und Sie schauen mal vorbei und essen bei uns. Ich kann was, da werden Sie staunen; ich baue mir eine Reserve auf und bezahle meine Schulden bei Catrin. Bis dahin ist sie aus dem Krankenhaus bestimmt wieder raus. Ich wollt zu ihr, aber der Polizist hat mich weggeschickt. Sagen Sie mal gute Besserung von mir, vom Lars.«

Mein Versprechen krönte unsere Plauderei.

Er erzählte, wo er bereits gearbeitet und welche Prominenten er bekocht habe; wo er seine Ausbildung absolviert und mit guten Noten abgeschlossen habe; dass er zwei Monate bei einem »Megakoch« in Hamburg am Herd stand und zwischenzeitlich eine Cateringfirma geleitet habe …

Bevor er meine Zuhörfähigkeit komplett ramponierte, stellte ich ihm die einzig relevante Frage erneut.

»Sind Sie sicher, dass Sie die Wohnung von Catrin Hagen nie betreten haben, Herr Renner?«

»Bin ich sicher.«

»Sie kennen die Straße, in der die Wohnung liegt.«

»Dollmannstraße, nicht weit vom Kiosk, ich war da, wie gesagt.«

»Wie viele Stockwerke hat das Haus?«

»Mehrere; drei; vier.«

»Und im Haus sind Sie nie jemandem begegnet, außer Frau Hagen?«

»Kann mich nicht erinnern.«

»Nie? Auf keinem Stockwerk?«

»Nein.«

»Denken Sie noch einmal darüber nach.«

»Ich denke.« Er starrte mich an. »Bin niemandem begegnet.«

Ich stand auf und streckte ihm die Hand hin. »Der Job im Sendlinger Bräu könnte knifflig für Sie werden«, sagte ich.

Er schüttelte mir die Hand. »Sie dürfen nicht so pessimistisch sein, Frau Kommissarin.«

26

Die Übereinstimmung der genetischen Spuren aus Catrins Wohnung und der im INPOL-System gespeicherten Daten von Lars Renner betrug neunzig Prozent. Die Vorhalte altgedienter Kollegen, eine DNS-Spur absichtlich falsch zu platzieren, sei simpel, ein Fingerabdruck dagegen praktisch fälschungssicher, hatte ich zwar seit jeher ernstgenommen, im Fall Catrin verweigerte ich jeden Zweifel.

Auf Renners Erklärung wartete ich nicht weniger angespannt wie auf die meiner Freundin, die zu geben sie hoffentlich bald in der Lage sein würde. Wozu ein Stammtisch, wenn solche Themen nicht zur Sprache kamen? Sie verteilte Geld an einen Halbjunkie und verlor kein Wort darüber? Sie ließ einen Halbfremden in die Wohnung? Wie oft? Wann zum letzten Mal? Hatte er sich gewaltsam Zutritt verschafft? Aus Geldnot? Aus Geilheit?

Worüber redeten wir bei unseren Abenden im Baron? Über Pilates und Königshäuser? Männer mit Bärten und ohne Haare? Über verblüffende Weißweine aus Anatolien und exquisite Teesorten aus Ruanda? Boutiquen, Bars und Bäckereien?

Nein.

Wir redeten, dachte ich – und weigerte mich, es nicht mehr zu denken –, über Dinge, die uns betrafen und außer uns keinen Menschen, keinen Mann etwas angingen; über das alternde Gerippe; Einsamkeit und zerknüllte Träume; das sexuelle Gerümpel, das überall in unserem Körper noch herumlag; über das Erstaunen, weiter am Leben zu sein; über sinnlose Sorgen und all die Hürden, über die Frauen von einem bestimmten Alter an stolpern, ohne zu begreifen, dass sie sie für eine krude Sache selbst errichtet haben; darüber, krude Sachen künftig sein zu lassen; über das Jetzt und unser Zusammensein; das wieder einmal nicht bestellte Essen und die nächste Runde.

So war das.

So war das nicht.

Eine von uns bunkerte Erlebnisse. Eine von uns hinterging unsere Freundschaft. Einer von uns gelang die perfekte Camouflage. Plötzlich – aus heiterem Himmel – ließ sie uns am Geschehen teilhaben und verschwieg gleichzeitig das Meiste; von der Renner-Sache keine Silbe.

Pflegte Umgang mit einem Kunden; verschenkte ihr Geld an einen Süchtigen. Was noch?

Wer bist du, Catrin?, fragte ich die Wände meines Büros. Lass uns reden, lass uns endlich reden.

Sandkorn schickte mich nach Hause. Dort kam ich nicht an. Womöglich wäre ich auf den Balkon gegangen und runtergesprungen.

27

Bei Malle Schubert im Baron war meine Anwesenheit diesmal auch bloß Tarnung. In Wirklichkeit streunte ich mit meiner besten Freundin durch Neapel, auf der kindischen Suche nach den Schauplätzen von Romanen, die wir gelesen hatten. Wir schwitzten in der Maisonne, tranken mittags Weißwein und schnarchten nachmittags bei offenem Fenster in einer Pension mitten in der Altstadt. Im Abendlicht knipsten wir uns gegenseitig auf der Dachterrasse, im Hintergrund der nebelverhangene Vulkan.

Während Malle mir Verdejo brachte – seinen italienischen Pinot erhielt er vermutlich von unterbeschäftigten Optikern als Werbegeschenk –, streifte ich mit Catrin durch die für uns Berglinge seit jeher berauschende Hamburger Speicherstadt. Auf den Landungsbrücken stießen wir mit kleinen Flaschen einheimischen Bieres an – eine Sorte, die erst nach der fünften Flasche Grauen in Freude verwandelte. Am Ende der Nacht lagen wir uns in den Armen, zwei unsterblich astrale Wesen; unter uns schunkelte die Welt.

Stunde um Stunde verbrachte ich an diesem Abend in den Weiten unserer Vergangenheit, fernab der Mörder und Lügner und ihrer schäbigen Verbündeten. Catrin nahm ich einfach mit, raus aus ihrem Bett, weg von den unberechenbaren Geräten, hinein in ein übermütiges, zeitloses Treiben. Dahin, schwor ich ihr und winkte dem lahmen Wirt hinter seinem Tresen, würden wir bald zurückkehren; der Kiosk blieb zu, Zimmer 214 bis auf Weiteres geschlossen. In unserem Alter war Warten keine Option. Und Venedig, wo wir längst mal wieder hinfahren wollten …

»Und Venedig«, sagte ich zu Malle, »wird auch nicht jünger.«

»Wie meinst du das, Fariza?«

»Wann bist du zum letzten Mal verreist?«

Er überlegte eine Ewigkeit.

»Ist schon in Ordnung«, sagte ich.

»Vor fünfundzwanzig Jahren, mit meiner damaligen Frau müsste das gewesen sein.«

»Und wohin?«

»Schwarzwald.«

Gern hätte ich mich verhört. »Wolltet ihr eine Kuckucksuhr kaufen?«

»Wir haben die Schwester meiner Frau besucht, in Gengenbach, sie hatte da ein Haus; alles andere habe ich vergessen.«

Gengenbach; Hamburg; Neapel; Venedig; München. Der Ort, dachte ich und trank, und die Wirkung setzte ein, war austauschbar – die Erinnerung entfachte später Schönheit und Trost.

Und wie anwesend wir waren! Über den Moment hinaus bis zum nächsten und übernächsten; bis zur heutigen Nacht und allen Tagen, die noch kamen.

Schwester Nadine aus dem Rechts der Isar hatte ich um eine SMS gebeten, falls es Neuigkeiten gäbe. Vor drei Stunden hatte sie mir eine Nachricht geschickt: *Erste Worte fast gesprochen, schläft wieder fest, Zuversicht, liebe Grüße.*

Darauf erhob ich mein Glas. Inzwischen war Franky, der Bluesmusiker, eingetroffen. Zeitung lesend, saß er an seinem Ecktisch, trank sein Bier und redete mit niemandem. An diesem Abend wäre ich gern zu ihm rübergegangen und hätte ihm von Catrin erzählt; Geplauder unter Stammgästen; anstoßen, eine neue Runde bestellen, die Zeit feiern, das Nach-Hause-Gehen vergessen.

Man durfte ihn nicht stören. Mich auch nicht.

»Du solltest was essen«, sagte Malle Schubert.

»Hast du diesen bulgarischen Schnaps noch?«

»Musst du morgen nicht arbeiten?«

»Schließt du bald dein Lokal wegen Reichtum?«

Er brachte mir den Schnaps. Ich trank auf ex und japste nach Luft. Ich bestellte einen zweiten und japste schon weniger. Morgen würde ich ins Krankenhaus fahren, reden üben mit meiner Freundin. Vielleicht nahm ich Sigrid mit. Sie hatte gesagt, sie würde eventuell eine Zeitlang den Kiosk weiterführen; das hatte sie schon einmal getan, als unsere Freundin wegen Grippe ausfiel.

Erste Worte waren ein guter Anfang.

»Guten Abend«, sagte eine Stimme.

Ein bärtiger junger Mann versperrte mir die Sicht auf Franky. Er trug eine Lederjacke mit Fellkragen und hielt etwas in der Hand – eine Brille mit Goldbügel. Die Haare hatte er zu einem Zopf gebunden.

»So 'n Zufall«, sagte er.

Offensichtlich hatte der bulgarische Schnaps meine Zunge betäubt.

»Wir haben uns in der Bar vom Stundenhotel in der Hansastraße gesehen. Ich bin Tim. Darf ich Sie auf ein Getränk einladen?«

Mein Kopf nickte, bevor mein Hirn meinen Muskeln den Unsinn verbieten konnte.

DRITTER TEIL

1

Er hatte einfach angefangen zu reden; als hätten wir uns länger nicht gesehen, und er müsste mich schleunigst auf den neuesten Stand bringen. Seinen Namen vergaß ich zeitweise. Er sprach ein ziemlich gradliniges Hochdeutsch mit einem leichten süddeutschen Akzent, der in meinen Ohren ab und zu in einen dezenten ostdeutschen Dialekt schwappte; das lag vielleicht am bulgarischen Schnaps, den Malle auch meinem Tischbesatzer unaufgefordert hinstellte. Wir tranken auf ex und duzten uns übergangslos.

»Und wo lebst du jetzt noch mal?«, fragte ich. Beim Zuhören war ich abgeschweift, in den grünen Raum mit der grauen Frau, in das weiße Krankenzimmer mit meiner vermummten Freundin, an den Tisch im Raum 214, wo ein Leichenschänder gesessen hatte, der Sohn eines Kinderschänders.

»Weimar«, sagte er.

»Hab deinen Namen vergessen.«

»Tim.«

Zum wiederholten Mal betrachtete ich diesen trotz seiner affigen Pilotenbrille und der protzigen Lederjacke eher unscheinbar wirkenden Kerl um die dreißig aus der Nähe. Schon in Gittes Bar, auf die Entfernung am Tresen, hatte ich mir eingebildet, ich würde ihn von irgendwoher kennen. Aus einer Kneipe? Von meiner Arbeit? Ein Zeuge, ein Verdächtiger, einer aus dem Milieu?

Die wuchtige Jacke kaschierte seine schmalen Schultern; blasses Gesicht, dem der Backen- und Kinnbart keinen männlichen Mehrwert verlieh; dunkle Knopfaugen, dünne Brauen, abschätzender Blick. Was wollte der von mir? Und: War er tatsächlich zufällig ins Baron und davor in die Bar reingeschneit? Wenn nicht, was lief dann gerade ab?

»Wieso Weimar?«, fragte ich.

Er erklärte mir, seine Heimatstadt sei München; in Neuhausen war er zur Schule gegangen; nach der mittleren Reife begann er eine Ausbildung zum Werkzeugmechaniker, die er auch beendete, allerdings hätte er in der Stadt und der Region keine Anstellung bekommen; die einzige freie Stelle, die er übers Internet entdeckt habe, sei in einer Maschinenbaufabrik in Viersen am Niederrhein gewesen; dort habe er nicht hinziehen wollen. Dann bot sein Kumpel Rollo ihm an, in dessen Tattoo-Studio einzusteigen, und er stellte fest, dass er Talent hatte. Er lernte eine Menge Leute aus der Szene kennen; mit einem der Tätowierer freundete er sich näher an, der stammte ursprünglich aus Thüringen, wohin er nach dem tragischen Unfalltod der Eltern zurückkehrte; der Mann verscherbelte das alte, heruntergekommene Haus seiner Eltern und beschloss, ein eigenes Tattoo-Studio zu eröffnen, unweit des zentralen Frauenplans. Er unterbreitete seinem Kumpel Tim das Angebot, mit einzusteigen.

»Wir ham die Thüringer unterschätzt«, sagte Tim. »Die lassen sich nicht gern stechen.«

Ich ließ die Geschichte eine Zeitlang nachwirken. Bisher hatte er Bier getrunken, jetzt bestellte er Whisky Cola; er fragte, ob er mich zu einem Drink einladen dürfe – meinen Weißwein und den Schnaps würde er eh übernehmen, das hatte er gleich am Anfang klargestellt. Aus einem unverzeihlichen Grund nahm ich die Einladung an.

Das letzte Mal, als ich Whisky Cola getrunken hatte, war ich zweiundzwanzig und hatte gerade sämtliche Prüfungen bei der Polizei bestanden; dieser Triumph musste gefeiert werden; mit vier frisch gebackenen Kolleginnen enterten wir das Parkcafé, bestellten bunte Getränke und endeten bei einem Bataillon Whisky Cola, umringt von einer Horde junger Männer, die versuchten, mitzuhalten, was nur dem einen gelang, den ich schließlich sinnlos mit nach Hause karrte. Wir übergaben uns stereo, er in die Badewanne, ich in die Toilette. Von diesem Tag an zählte das Gesöff zu den Todfeinden meiner Eingeweide.

Der viele Zucker lähmte mich. Ich schaffte es einfach nicht, aufzustehen und abzuhauen. Malle warf mir verständnislose Blicke zu; sogar Franky schaute von seiner Zeitung auf und wechselte mit dem Wirt Sätze, in denen sie mein Image garantiert nicht aufpolierten. Wie hätte ich mich wehren sollen?

Indem du nein gesagt hättest.

Ich hatte nein gesagt.

Träum weiter.

»Und du?«, fragte er mich beim zweiten Whisky Cola. »Stimmt das, du bist bei der Polizei?«

»Wer sagt das?«

»Die Wirtin in der Nachtbar.«

»Dann wird es stimmen.«

»Kripo, da wett ich was.«

Zahlen, dachte ich, morgen früh hatte ich eine Vernehmung, die Catrin betraf, die durfte ich nicht vermasseln.

»Nicht vermasseln«, lallte ich und winkte Malle.

»Willst du schon gehen?«

Neben mir auf der Bank lag meine Daunenjacke; in einer der Taschen steckte mein Geldbeutel.

»Du bist eingeladen, vergessen?«

»Ich zahl selber.«

»Lass dich doch einladen, Frau Kommissarin.«

»Wenn sie zahlen will, zahlt sie«, sagte Malle, der an den Tisch gekommen war.

»Den Whisky zahl auf jeden Fall ich«, sagte der gescheiterte Tätowierer.

Ungelenk und auch noch unter Zeugen dirigierte ich meine Arme in die Jackenärmel, schaffte es nicht auf Anhieb, verhedderte mich; ich musste an Ines Kaltwasser denken, die in ihre Herrenjacke nicht hineingefunden hatte. Ich war betrunken, das ärgerte mich maßlos. Der Kerl hatte mir den Rest gegeben. Er war nicht schuld; ich hätte längst weg sein müssen, bevor er aufgetaucht war. Zu viele Bilder im Hirn, zu viele Stimmen.

Das Elend der beiden Frauen, die eine misshandelt bis zur Bewusstlosigkeit, die andere geschändet ohne jede Aussicht auf Erlösung. Und ich? Ich hockte die halbe Nacht in meiner Stammkneipe, goss mir Weißwein in die Birne und ließ mir von einem Fremden flüssigen Starkstrom einflößen; als gäbe es etwas zu feiern, wie damals; als hätte ich ein Recht zum Saufen.

»Was machst du überhaupt in der Stadt?« Ich hatte zwei Scheine auf den Tisch gelegt und endlich meine Jacke an.

»Alte Freunde besuchen. Soll ich dich ein Stück begleiten? Ich wohn in der Nähe, im Hotel Steiger beim Siegestor.«

»Denkst du, ich geh mit dir mit, oder was denkst du?«

»Ich denke, du könntest Unterstützung gebrauchen.«

»Ich ruf dir ein Taxi«, sagte Malle, nahm das Geld und ging zum Tresen.

Wir glotzten uns an, der Kunststecher, den ich irgendwo, irgendwann schon einmal gesehen hatte, und ich. So besoffen war ich nicht, dass ich nicht bemerkte, wie er mich taxierte, und zwar nicht, wie ein Mann den Körper einer Frau scannt; ihn interessierten mein Gesicht, meine Augen, meine Mimik; was immer er damit bezweckte.

»Mal Probleme mit der Polizei gehabt?«, fragte ich.

»Kann man sagen.« Er ließ sich Zeit. »Lang her; alte Geschichten.«

Ich hatte keine Lust mehr, mit ihm zu reden. Ich musste hier raus und den Mann vergessen und die ungeklärte Frage, warum wir uns zwei Mal innerhalb von zwei Tagen an unterschiedlichen Orten begegnet waren und was das zu bedeuten haben könnte. Der Kerl hatte kein Anrecht auf meine Nähe, er störte, er hatte da nichts verloren. Unerlaubt griff er nach meinem Arm, half mir beim Aufstehen, sagte, Komm gut heim, alles Gute; etwas in der Art.

Malle öffnete mir die Tür. Im Taxi ärgerte ich mich, dass ich vergessen hatte, Franky zum Abschied zu grüßen.

Im Aufzug des so genannten Fuchsbaus – einer Betonpyramide aus den siebziger Jahren des vorigen Jahrhunderts mit zweihundertvierzig Wohnungen – fummelte ich schwankend in den Taschen meiner Jacke. Im sechsten Stock stieg ich aus und hatte einen Zettel in der Hand, von dem ich nicht wusste, wie er in meine Tasche gelangt war. Darauf standen ein Name und eine Handynummer: Tims Name. Ich zerknüllte den Zettel und steckte ihn wieder ein.

Der Weg zu meiner Wohnungstür hatte sich seltsam verengt; mit der Schulter schrappte ich an der Wand entlang.

2

Entgegen seinen bisherigen Beteuerungen hatte sich der arbeitslose Koch Lars Renner definitiv ein oder zwei Mal in der Wohnung an der Dollmannstraße aufgehalten. Für die Zeit des Überfalls hatte er jedoch ein stichhaltiges Alibi. Er gab zu, einige Tage zuvor Catrin wieder einmal aufgesucht und um Geld gebeten zu haben. Da sie sich gerade die Haare gewaschen und noch ihre Hauskleidung getragen habe, meinte sie zu ihm, er solle kurz nach oben kommen. Sie habe ihn in den Flur gebeten und ihm dreißig Euro gegeben, »zum letzten Mal«, fügte sie nach Aussage Renners hinzu. Er habe ihr versprochen, sie nicht mehr anzuschnorren.

Er schwor, dass er ihr niemals etwas hätte antun können, Catrin sei die großherzigste Person im ganzen Viertel, das wüssten alle ihre Kunden.

Nach der Auswertung der Fakten und meiner Einschätzung von Renners Verhalten – was seine Beziehung zu Catrin und ebenso seine Reaktion auf die Ereignisse betraf – zweifelte ich nicht an seiner Unschuld. Bei aller Unberechenbarkeit, die Drogen und Verzweiflung in ihm auslösen mochten, traute ich ihm einen derartigen Gewaltakt nicht zu.

Beim Verlassen des Kommissariats sagte Renner, er werde, »damit Catrin möglichst schnell wieder in unseren Kiosk zurückkehren« könne, in der Heilig-Geist-Kirche eine Kerze für sie anzünden.

Bevor ich zu einem Kurzbesuch ins Krankenhaus fahren wollte, fragte ich die ermittelnden Kollegen nach Neuigkeiten; sie hatten nichts Handfestes zu bieten. Mein Trost war: Catrin hatte »erste Worte« gesprochen.

Als mein Handy klingelte – mit der Melodie von Freude, schöner Götterfunken – schaute ich nicht aufs Display. »Hallo?«

»Fariza«, sagte Marco Hagen. »Catrin ist vor einer halben Stunde gestorben. Akuter Herzstillstand. Sag was, Fariza.«

»Du lügst«, sagte ich.

3

Erste Worte, hieß es, hättest du gesprochen.

Nicht zu mir, Heimlichtuerin, nicht zu mir.

Geheimniskrämerin.

Nicht zu mir. Lügnerin.

Verzeih mir, Catrin.

Du darfst nicht tot sein.

Dein Leinenhemd so weiß und unversehrt. Das Licht so weiß und voller Tod.

Wir sind hier, siehst du uns nicht? Dein Mann, unsere Sigrid, und ich. Wir erweisen dir die letzte Ehre.

Die letzte Ehre.

Warum sollte es die letzte sein? Dürfen wir dir von nun an keine Ehre mehr erweisen?

Marco wirkte überfordert, ratlos. Immer wieder schüttelte er den Kopf, blickte zum Bett, klopfte mit der Faust gegen seine Hüfte. Meinen Blicken wich er aus, dafür suchte er die Nähe zu Sigrid, berührte sie am Arm, bevor er ungeniert ihre Hand umfasste. Sie warf mir einen verlegenen Blick zu. Ein wenig kränkte es mich, dass sie es zuließ. Vielleicht wünschte ich, sie hätte nach meiner Hand gegriffen.

Unerwartet strich mir von hinten Schwester Nadine über den Rücken. Ich zuckte zusammen. Sie entschuldigte sich. Mir fiel keine Erwiderung ein.

Im Zimmer hing der Geruch von verwelkten Rosen. Ich sah zur Vase und dachte, in der Stunde des Todes hatten die Blumen, wie Catrin, aufgehört zu atmen.

Mit gedämpfter Stimme erklärte Nadine, das Bett würde bald in einen anderen Raum verbracht; dort könnten wir in Ruhe Abschied nehmen, solange wir wollten.

Ich wollte das nicht.

Vorhin hatte ich Catrin das verbundene Gesicht gestreichelt, sie auf die Stirn geküsst und lange angesehen.

Seit Marco angerufen hatte, rauschte ich in die Tiefe – im Mahlstrom meiner lebenslangen, gottverdammten Einsamkeit.

»Ich muss dir was sagen«, flüsterte Marc-André Hagen.

»Jetzt?«

»Es ist wichtig.« Er ließ Sigrids Hand los und blickte zur Tür.

Verzeih mir, Catrin.

Auf dem Flur, dessen Trostlosigkeit mich beleidigte, nahm Marco meinen Arm. »Ich hab einen Kerl gesprochen, heut früh, der arbeitet mit diesem Türken zusammen, Özdal. Der Typ sagt, Özdal hatte ein Verhältnis mit einer älteren Frau aus dem Viertel. Du musst den zur Rede stellen, den Özdal, heut noch.«

»Ihr habt doch sein Alibi überprüft, Greve und du.«

»Da stimmt was nicht, wir waren womöglich nicht akribisch genug. Du musst den Türken einbestellen, sofort, Fariza.«

»Ich darf nicht, ich bin persönlich betroffen.«

»Red mit deiner Chefin, du musst mit dem Kerl reden, du, sonst niemand.«

»Wie heißt dein Informant?«

»Nico Sims. Telefonnummer, Adresse, kriegst du alles, geb ich dir gleich.«

Er schaute mich an; beiges Hemd, braune Hose, Wildlederjacke; Plasterhirsch ohne Uniform.

Was hätte ich tun sollen?

Da standen wir dann, eingeklemmt in eine Umarmung, die wir schlecht geübt hatten. Ich heulte. Ich sah verschwommene Bilder von Städten und Landschaften, Gesichtern und Lokalen, Sigrid und Catrin, Catrin und mir, Sigrid, Catrin und mir, von der Welt, die wir waren.

Ich machte mich von Marco los, wischte mein Gesicht mit einem Papiertaschentuch ab und versuchte, mich zu konzentrieren. »Hältst du das für möglich, Catrin und dieser Mann?«

Marco drehte sich zur Seite, sah zum Ende des Flurs, zur automatisch sich öffnenden Glastür.

»Find's raus«, sagte er. »Nagel ihn ans Kreuz, bis er alles zugibt. Der Türke muss bluten.«

Eine Stunde später saß ich wieder einmal im Büro der Kriminaloberrätin. Ich schlug ihr vor, mit dem Zeugen Nico Sims zu telefonieren und anschließend mit Özdal ein Gespräch zu führen – so, als würden wir uns nur unterhalten, keine offizielle Vernehmung, dennoch in Zimmer 214. Sandkorn solle von nebenan zuhören und zusehen und sofort eingreifen, falls ich meine Kompetenzen überschreiten würde.

»Aber du vermittelst ihm den Eindruck, als wäre es eine Vernehmung.«

»Ich werde ihm sagen, wir führen ein Gespräch.«

»Im Vernehmungsraum.«

»Wir sind in einem Kommissariat, es ist ein Raum wie jeder andere.«

»Bloß größer und ausgestattet mit Mikrophonen und Kameras«, sagte meine Chefin.

»Ich bitte dich um einen Gefallen.«

»Schon wieder.«

»Ein Mal noch. Ich hab mich im Griff.«

»Wirklich?«

»Ja.«

Sie nahm ihre Brille ab und bog die elastischen Bügel nach außen. Dann schaute sie mich an. Keine Ahnung, was von ihrem Blick ohne Brille übrig war, aber ich verspürte Erleichterung.

Bevor ich loslegte, ging ich in mein Büro; ich schaltete das Licht aus, setzte mich vor den Laptop. Ich öffnete einen privaten Ordner, suchte im Internet nach einem bestimmten Song und zwang mich zum Hinschauen.

4

Zweihundertachtundfünfzig Fotos.

Eingehüllt in Dunkelheit und den Gesang von Townes van Zandt, saß ich vor dem Bildschirm, auf dem Weg ins Paläolithikum unserer Freundschaft. Die Reise war grausam und sinnlos und würde von heute an niemals enden und immer wieder von vorn beginnen. *If you needed me, I would come to you, I would swim the seas for to ease your pain.*

Zweihundertachtundfünfzig Kilometer unter der Erde suchte ich nach einer Spur von dir.

Wohin bist du verschwunden, ohne mir eine Nachricht zu hinterlassen?

Und wer, Catrin, wer hat dich gezwungen zu gehen?

Wer, Catrin, wer?

»Sie ist gestorben.«

Stille.

»Mein herzliches Beileid, Fariza.«

Stille.

Stille.

»Soll ich in die Stadt kommen und da sein, wenn du mich brauchst?«

Stille.

»Ich setz mich ins Auto und bin in einer Stunde da.«

Stille.

»Nein.«

Stille.

»Ich werde ein Gebet für sie sprechen, für sie und für dich.«

Stille.

»Weißt du noch, wie's geht, Mama?«

Stille.

Sie hörte mir zu, wie immer; hörte zu, wie meine Worte zu Staub zerfielen.

5

In Zimmer 214 entlarvte das mitleidlose Licht das Schwarz der zum Dutt verknoteten Haare auf dem Kopf meines Gegenübers als schmierige Fälschung; die Haare waren gefärbt, die grauen Fäden unübersehbar.

Sechs Tage – von Mittwoch bis Montagnacht – hatte sich der sechsundvierzigjährige Alper Özdal angeblich in Berlin aufgehalten, seiner Aussage zufolge wegen des Geburtstags eines Cousins. Die Angaben waren insofern verifizierbar, als die Feier wirklich stattgefunden hatte. Ob Özdal tatsächlich aus München angereist war und sich am Montag, dem Tag des Überfalls auf Catrin, tagsüber noch in Berlin aufgehalten hatte, konnten die Kollegen vor Ort nicht klären; wahrscheinlich hielt sich ihr Rechercheaufwand aufgrund einer gewöhnlichen Bitte aus Bayern in Grenzen.

Am Dienstag, einen Tag nach dem Überfall, hatte ich den Mann, auf den Özdals Beschreibung passte, am Kiosk beobachtet.

Elektrisierend wirkte auf mich nach wie vor die Aussage des Angestellten von Özdal, der behauptete, er wisse von einer Beziehung seines Chefs mit einer älteren Frau, möglicherweise, meinte der Mann vorhin am Telefon, mit der Ehefrau eines Polizisten. Wie er darauf komme, fragte ich ihn. Er meinte, Özdal habe mal was »in der Richtung« erwähnt; er, Nico Sims, halte das mit der Polizistenfrau, »unter uns«, für Aufschneiderei.

Im Herbst vergangenen Jahres hatte Özdal von einem befreundeten Wirt eine Shisha-Bar in der Humboldtstraße übernommen. Sims arbeitete als Barkeeper in der Kneipe, von der man zu Fuß nur ein paar Minuten bis zu Catrins Kiosk brauchte.

Die Bar hatte ich bemerkt, ohne zu ahnen, dass der Mann, den ich am Kiosk aufgescheucht hatte und nach dem ich auf der Humboldtstraße Ausschau hielt, der Besitzer war. Meiner bisherigen Einschätzung nach trieb er sich nicht zufällig in der Nähe des Tatorts herum. Ob sein Alibi für die Tatzeit – Tag der Abreise aus der Bundeshauptstadt – standhielt, würde die zentrale Frage meines launigen Gesprächs sein, zumal sowohl Marco als auch der kopfgeile Greve inzwischen starke Zweifel am Alibi eingeräumt hatten.

»Danke, dass Sie sich zu einem Gespräch bereit erklärt haben.«

»Erklärt hab ich gar nichts. Ihre zwei Kollegen sind gekommen, der Mann und die schwarze Frau, und die sagen, jemand hätte gequatscht, über mich, über mein Privatleben, sagen, es geht um die Frau, die überfallen worden ist, ich sag zu denen, was hab ich damit zu tun, der Typ sagt, das wird sich rausstellen, sie behaupten, dass ich eine Affäre mit der Frau eines Bullen gehabt hab und dass sie mich abserviert hat, was ich nicht verkraftet hätte. Bin also hier. Was genau wollen Sie von mir?«

»Wann hat die Affäre mit der Frau des Polizisten begonnen, Herr Özdal?«

»Ich hatte keine Affäre mit der. Das sind Gerüchte; die

Leute brauchen was zum Quatschen; die sollten sich lieber mal eine Pfeife reinziehen, das beruhigt, macht klar, schützt vor Aggressionen.«

»Die Frau mochte Sie sehr«, sagte ich.

»Welche Frau?«

»Catrin Hagen ist an den Folgen des Überfalls gestorben. Das bedeutet, meine Kollegen ermitteln wegen Mordes. Lassen Sie sich nicht in einen Mordfall hineinziehen, Herr Özdal. Vor einem Jahr haben Sie ein Geschäft übernommen, eine Bar, Sie haben sich im Viertel etabliert. Ich weiß, dass Sie früher eine Bar in Taufkirchen betrieben haben, recht erfolgreich, wie ich gehört habe. Zerstören Sie nicht Ihre Zukunft als Unternehmer in München. Vermutlich würden Sie gern weitere Shisha-Bars eröffnen, dazu brauchen Sie Geld und das Wohlwollen einiger Personen bei der Stadtverwaltung, in der Gastronomie, im Kreisverwaltungsreferat. Ihre Freundin lebt nicht mehr. Die Affäre geht mich nichts an, das war eine private Angelegenheit. Es war Catrin Hagens Entscheidung, sich auf Sie einzulassen und mit Ihnen eine heimliche Beziehung einzugehen. Für die Polizei ist das ein Tabu-Bereich.«

Mich verstörten meine eigenen Worte. *Geht mich nichts an … private Angelegenheit … Tabu-Bereich …*

»Sie müssen nicht drum rum reden«, sagte ich. »Das macht Sie ein wenig verdächtig, Herr Özdal.«

Er gab einen ekelhaften Zischlaut von sich. »Ja, und? Der Mann ist Bulle. Ist Ihr Problem.«

»Das Problem meiner Kollegen. Ja, ihr Mann ist Polizist, das ist wahr.« Ich breitete die Arme aus.

Ausnahmsweise hatte ich mich nicht hingesetzt; er musste zu mir aufschauen. Ich ging vor dem Tisch auf und ab; zwischendurch stützte ich mich auf der Stuhllehne ab. Ich brauchte Auslauf, Raum um mich, eine Anlaufstrecke.

»Auch das ist im Grunde Privatsache, was kümmert mich der Beruf des Mannes, wenn die Frau eine außereheliche Affäre beginnt? Vergessen Sie bitte den Ehemann. Mich interessiert jedes Detail. Denken Sie nach. Kramen Sie in Ihren Erinnerungen, vor allem in den schönen. Vielleicht sagte Frau Hagen etwas zu Ihnen, das Sie irritierte, dem Sie aber keine Bedeutung beimaßen. Wirkte Frau Hagen manchmal ängstlich? Deutete sie an, dass sie Sorgen hat; dass die Affäre öffentlich werden könnte; dass etwas oder jemand sie bedrohte. Sie sind Gastronom, Sie haben ständig mit Menschen zu tun, Sie kennen ihr Verhalten, Sie hören ihnen zu, Sie durchschauen, wenn einer Sie austricksen will. Welche Eigenschaft an Frau Hagen verblüffte Sie am meisten?«

»Kann ich Ihnen genau sagen: dass sie mitgegangen ist.«

»Dass sie sich auf Sie eingelassen hat.«

»Wir kannten uns vom Kiosk, wir waren keine Fremden; ich war öfter da, wir haben geredet, ich hab sie auf einen Prosecco eingeladen, sie wollte lieber Weißwein. Wir haben uns gut verstanden. Ja, ich hatte eine Affäre mit ihr. War's das?«

Stimmt das, Catrin? Ist das die Wahrheit, die du uns verheimlicht hast? Ein Mann mit Dutt? Jünger als du? Als wir? Hast du dich deswegen geschämt? Catrin! Sprich mit mir.

»Hatte Catrin Hagen keine Bedenken wegen ihres Mannes?«

»Doch. Deswegen hab ich auch nicht wirklich damit gerechnet, dass wir mal im Wien landen, ganz ehrlich.«

»Was wollten Sie in Wien?«

»Wien doch nicht, Hotel Stadt Wien am Hauptbahnhof. Da sind wir rein, ich kenn einen der Geschäftsführer, ich wollt nicht, dass es Probleme gibt oder wer was mitkriegt; hab die Sache im Vorfeld geklärt.«

»Wie oft waren Sie mit Frau Hagen im Hotel?«

»Drei Mal; öfter war das nicht.«

»Zu welcher Tageszeit?«

»Ist das wichtig?«

»Jemand könnte Frau Hagen gesehen haben. Hat jemand Sie beide mal angesprochen, jemand, der nicht zum Hotel gehört?«

»Uns hat niemand angesprochen; wir sind rein, rauf ins Zimmer, eine Stunde Spaß, wieder raus; keine Zeugen.«

»Zu welcher Tageszeit?«

»Vormittag; zwei Mal; einmal abends; da war ihr Mann bei einer Feier mit Kollegen in Nürnberg; am Vormittag hat sie einen Arzttermin vorgeschoben; das andre Mal ein Treffen mit einer Freundin, Namen hab ich vergessen, Silke oder so ähnlich.«

Ich dachte an Sigrid und konnte den Gedanken nicht gebrauchen.

»Wann hat das alles angefangen?«

»Seit wann ich zu dem Kiosk geh?«

»Wann waren Sie zum ersten Mal mit Frau Hagen im Hotel?«

»Mitte August.«

»Und das zweite und dritte Mal?«

»September. Datum weiß ich nicht mehr.«

»Und danach hat Frau Hagen die Beziehung beendet.«

»Sie hat gesagt, sie kann das nicht mehr; das Übliche. Hab damit gerechnet.«

»Sie waren trotzdem verletzt.«

»Ziemlich verletzt, ehrlich gesagt; ich bin abserviert worden, ich geb's zu; kann ich nicht leiden, so was.«

»Wann war die Trennung?«

»Anfang Oktober. Dachte, sie hätt sich wieder eingekriegt.

Bin zum Kiosk, rede ganz ruhig mit ihr; sie schickt mich weg, meint, ich soll mir einen anderen Kiosk suchen. Wer bin ich? Ich hab eine Bar, ich geh nicht zu einem Kiosk, um mir Schnaps zu kaufen. Ich bin wegen ihr da dauernd hin. Steh rum mit den Pennern, lass mich blöd anquatschen, schlag die Zeit tot, bis sie endlich allein ist und ich mit ihr reden kann. Sie sagt, ich soll mich schleichen.

Sie hat mit der Sache angefangen, sie hat ja gesagt, ich hab sie nur gefragt. Mal was trinken gehen? Abendessen in einem befreundeten türkischen Restaurant in der Landwehrstraße; wie man das so macht, höflich und zurückhaltend. Sie sagt ja; ich führ sie aus, wir essen, trinken Wein. Wir küssen uns. Sie ist nicht weggelaufen, als ich sie berührt hab. Ich hab sie nicht bedrängt, so einer bin ich nicht.

Hab ihr gesagt, dass ich ein Hotel in der Nähe kenn, sie sagt, sie muss nach Hause, ihr Mann und so weiter; kein Problem. Morgen Vormittag, sagt sie auf einmal, hätt sie Zeit, zwei Stunden; eigentlich müsste sie zum Zahnarzt, hat auch schon einen Termin, will aber nicht hin. Schlag ich ihr was anderes vor; Hotel Stadt Wien, Goethestraße. Sie meint, das klingt intellektuell, ich sag ihr, das Hotel wird von einem Türken und einem Deutschen geführt, sehr gemütlich; sie sagt ja. In der Nacht hab ich meinen Freund, den Geschäftsführer, angerufen und ihm die Lage erklärt. Check. *Sie* wollte das alles. Wenn sie nein gesagt hätt, wären wir nicht hingegangen.«

»Wie haben Sie reagiert, als sie mit Ihnen Schluss gemacht hat?«

»Klingt wie Hauptschule: Ich mach Schluss mit dir. Ich lass mich nicht abservieren, hab ich zu ihr gesagt, wir sind zusammen, verheiratet oder nicht, abhauen gilt nicht.«

Und wie hast du reagiert, Catrin? Und warum hast du nie davon gesprochen? Von deinen Nöten, deiner Last? Deiner Lust? Weil die Liebe nicht prahlt, wie Oma Marie sagen würde? Liebe, Catrin! Liebe?

»Und wie hat Frau Hagen reagiert?«

»Sie hat Schiss gekriegt, hab ich ihr angesehen; sie wusste, ich mein das ernst. Mich schickt man nicht weg wie einen ungebetenen Gast, man muss Respekt vor mir haben, so, wie ich Respekt vor den Frauen hab.«

»Haben Sie sich noch mal getroffen?«

»Sag ich doch, Sonntag, vorletzten Sonntag.«

»Das war der sechste Oktober.«

»Hab nicht auf den Kalender geschaut.«

Genau eine Woche danach, am Sonntag, dreizehnter Oktober, bat sie Sigrid und mich zum Kaffeekränzchen.

»Wo haben Sie sich getroffen?«, fragte ich.

»Unten an der Isar; sie hat mich da hinbestellt, ihr Mann war im Dienst, oder sonst wo. Sie sagt, ich muss sie verstehen, sie kann nicht mehr, sie hat sich getäuscht, sagt sie, sie ist zu alt für so was. So ein Quatsch; fünfzehn, sechzehn Jahre Unterschied sind perfekt. Ich hab ihr gesagt, dass mir das egal ist, was sie denkt, ich geh zu ihrem Mann und regel das mit ihm. Da hat sie geheult. Ist schwierig für mich, heulende Frau. Gut, sie hat wieder aufgehört. Wir haben uns geküsst. Dachte, die Sache ist erledigt. Wir waren schon fast wieder auf der Humboldtstraße, da sagt sie, sie nimmt alles in Kauf, auch eine Scheidung. Wenn ich ihrem Mann was verrate, legt sie bei ihm ein Geständnis ab. Hat sie so gesagt. Sie würde dann zugeben, dass sie fremdgegangen ist; wenn er sich scheiden lassen will, soll er; sie verzichtet auf jeden Cent.«

»Was ist dann passiert?«

»Sie ist gegangen; hat mich stehenlassen; bin mir vorgekommen wie verarscht. Hab mir in meiner Bar erst mal einen Raki eingeschenkt. Lässt die Frau mich auf offener Straße stehen; sagt Ja und wieder Ja und wieder Ja, und dann Nein; und haut ab. Machen das deutsche Frauen so?«

»Verheiratet waren Sie nie«, sagte ich.

»Da hab ich garantiert nichts verpasst.«

Ich sagte: »Meine Kollegen haben mir erzählt, Sie standen zwei Mal wegen versuchter Vergewaltigung vor Gericht. Stimmt das?«

»Ich hab niemanden vergewaltigt; wurde ein Urteil gesprochen? Die Frauen haben gelogen, das hat der Richter eindeutig so erkannt, in beiden Fällen. Die wollten mich hinhängen. Hat nicht funktioniert.«

»Wann waren Sie zum letzten Mal in der Wohnung von Frau Hagen?«

»War nie da; ich geh nicht in die Wohnung von der; die lebt mit einem Bullen zusammen.«

»Nachdem die Frau Sie ziemlich ruppig abserviert hatte, mussten Sie sie doch zur Rede stellen.«

»Allerdings. War aber nicht möglich. Kam nicht ran an sie, hab ihr auf die Mailbox gequatscht, sie hat sich tot gestellt.«

»Und am nächsten Tag, später?«

»Später bin ich nach Berlin, Landsmann hatte Geburtstag.«

»Sind Sie türkischer Staatsbürger?«

»Ich bin deutscher Staatsbürger türkischer Herkunft.«

»An welchem Tag kamen Sie aus Berlin zurück?«

»Montag. Montag so um sechs Uhr abends, bin mit dem Zug gefahren.«

»Haben Sie den Fahrschein noch?«

»Was soll ich damit? Finanzamt bescheißen?«

»Sie kamen am Sonntag zurück, und Montag früh haben Sie Frau Hagen besucht, als Sie sicher sein konnten, dass ihr Mann im Dienst war.«

»Nein.«

»Sie waren da, Sie haben die Frau zur Rede gestellt, sie hat Sie erneut abgewiesen, und Sie haben sie verprügelt und vergewaltigt.«

»Wirklich nicht.«

»Meine Kollegen haben Spuren von Ihnen in der Wohnung gefunden; Ihre Daten sind registriert, Sie sind der Polizei bekannt. Sie haben Catrin Hagen in ihrer Wohnung in der Dollmannstraße besucht.«

»Nein.«

»Sie waren gekränkt, Sie waren wütend, Sie wollten sich nicht abservieren lassen, Sie mussten ihr die Meinung sagen, ein für alle Mal.«

»Die Meinung hab ich ihr gesagt.«

»Sie waren in der Wohnung.«

Er schwieg, dachte nach.

In diesem Moment hatte ich ein mulmiges Gefühl, als hätte ich einen grotesken Fehler begangen; als hätte ich etwas übersehen; als hätte ich dieses *Gespräch* niemals beginnen dürfen. Aber: Er antwortete immer noch.

»Das ist meine Sache«, sagte Özdal. »Das geht nur uns was an, sie und mich.«

»Sie geben zu, dass Sie in der Wohnung von Catrin Hagen waren.«

»Ich war da, ja. Können Sie sich mal hinsetzen? Das macht mich verrückt, wenn Sie dauernd hin und her rennen. Hinsetzen, Mann!«

Ich setzte mich, ließ einige Sekunden vergehen. »Wo war der Ehemann zu dem Zeitpunkt?«

»Hatte Dienst.«

»Woher wussten Sie, dass er nicht da ist?«

»Hab geklingelt; sie war dran; hab sie gefragt, ob sie allein ist, sie sagt ja, ich sag, ich komm rauf, muss mit ihr reden, möcht mich entschuldigen, dauert nur zwei Minuten. Hat sie mich reingelassen.«

»Und dann?«

»Dann bin ich rauf in den vierten Stock; die Tür stand offen, ich bin rein. Flur ist dunkel. Plötzlich geht das Licht an. Da steht sie, mit einem Messer in der Hand, Fleischermesser, mächtiges Teil. Sie sagt, sie wartet auf meine Entschuldigung. Ich denk mir, Frauen, die ein Messer auf dich richten, bringen Unglück.

Die Haare hingen ihr vom Kopf, sie hatte einen alten Jeansrock und einen grünen Pullover an, Zeug, das ich noch nie an ihr gesehen hab; sah unsexy aus, hat aus ihr eine alte Frau gemacht, ehrlich. Die ganze Zeit hält sie das Messer hoch, die Spitze auf mich gerichtet. Was soll das, sag ich. Sie sagt, sie wartet auf die Entschuldigung. Was war los mit der Frau? Als hätt sie eine Gehirnwäsche hinter sich; hab ihr Gesicht kaum wiedererkannt, das war irgendwie geistmäßig.

Wir stehen da, niemand sagt was. Da streck ich die Hand aus und sag, sie soll das Messer wieder in die Küche bringen, ich würd ihrem Mann schon nichts verraten, sie soll sich beruhigen, ich geh, ich hau ab, und ich komm auch nicht wieder, sag ich zu ihr, das Leben mit einem Bullen ist sicher fantastisch.

Auf einmal wollt ich nur noch raus aus der Wohnung, an die Luft und meine Ruhe haben. Bedroht die mich mit einem Fleischermesser, Mann!«

»Und das war am Montag, nachdem Sie am Sonntag aus Berlin zurückgekommen waren.«

Er verdrehte die Augen, schüttelte den Kopf, grinste mich

an. »Sie reden Unkraut, Frau Kommissarin. Das war auch an dem Sonntag. Wie war das Datum noch mal? Wozu ist das wichtig? Also, erst waren wir an der Isar, dann ist sie nach Hause; ich bin in die Bar. Am späten Nachmittag denk ich, so geht das nicht und bin direkt zu ihr, hab geklingelt, wie gesagt. Wenn der Alte da gewesen wär, hätt ich mich verzogen, hätt sie am nächsten Tag am Kiosk abgepasst, ich weiß ja, wann sie aufmacht. Dann hätten wir uns auf der Straße getroffen, ohne Messer. Nichts wär passiert.«

»Sie lügen, Sie waren am Montagmorgen bei ihr.«

»Nein.«

»Wir haben Ihre Spuren, Sie hatten ein Motiv, Sie hatten die Gelegenheit, Sie haben den Überfall geplant. Sie kommen vor Gericht, und diesmal wird der Richter nicht auf Ihre Ausreden reinfallen, diesmal werden Sie verurteilt. Sie sind festgenommen, Herr Özdal.«

Er sprang auf. »Du bist so dumm. Du denkst, du bist Polizistin, aber du bist eine armselige Frau, die Angst hat vor Männern wie mir. Deswegen willst du mich wegsperren. Du bist einfach nicht wichtig genug, Polizistin.«

»Du hast die Frau halb totgeprügelt«, schrie ich und stand ebenfalls auf, zeigte allen Ernstes mit dem Finger auf ihn. »Du hast sie vergewaltigt und missbraucht und misshandelt, und sie ist gestorben. Du hasst Frauen, du behandelst sie wie Dreck, du hast kein Recht, in Freiheit auf der Straße rumzulaufen. Du hast ein Verbrechen begangen und bist stolz drauf. Eine Frau hat dich abgewiesen, und du hast dich gerächt, so, wie das deiner Art entspricht. Catrin Hagen ist ihr Name, merk dir das. Weißt du, wer sie war? Sie war meine Vertraute, sie war der Mensch, der mir so nahestand wie sonst niemand. Ich verabscheue dich, du nichtsnutzige Ratte.«

In dem Moment, als die Tür aufgerissen wurde und ich den

entsetzten Gesichtsausdruck von Kriminaloberrätin Sandkorn sah, versagte mir die Stimme.

Von einer Sekunde zur anderen brach mein Furor in sich zusammen.

Mit meinem Auftritt hatte ich meiner besten Freundin Unehre gemacht und dem gesamten Kommissariat einen Bärendienst erwiesen.

6

Schwarzer Anzug, schwarze Krawatte – statt der üblichen gelben –, reglos in der offenen Tür stehend: So beerdigte Oberstaatsanwalt Dr. Sebastian Aberle meinen Namen. Meine Chefin hatte ihn informiert. Von seinem Büro gegenüber dem Hauptbahnhof bis in die Hansastraße benötigte er ausnahmsweise keine fünfzehn Minuten. Nur er, Sandkorn und ich nahmen an der Aussprache teil. Von der Tür aus hatte er uns begrüßt; weiter in den Raum hinein bewegte er sich nicht. Hinter ihm im Flur wuselten die Kollegen; einige hielten kurz inne. Die Kriminaloberrätin saß am Schreibtisch, ich hörte im Stehen zu, zwei Meter vom Staatsanwalt entfernt, das Gesicht ihm zugewandt, ausgehöhlt von Scham.

»Sie waren nicht befugt. Sie haben sich unseren Anweisungen widersetzt. Sie haben den Zeugen nicht belehrt; Sie haben ihn mutwillig getäuscht. Sie haben ihn massiv unter Druck gesetzt, unter Vorspiegelung falscher Tatsachen. Sie haben ihn glauben lassen, es handele sich um ein reines informatorisches Gespräch. Ihr Vorhalt, in der Wohnung seien Spuren von ihm gefunden worden, entbehrte jeder Grundlage.

Von Anfang an verfolgten Sie mit Ihrer Befragung nur ein einziges Ziel, nämlich Herrn Özdal in die Irre zu führen, ihn zu manipulieren und zu einem falschen Geständnis zu zwingen. Sie haben ihn beschimpft, beleidigt und fortwährend provoziert.

Als Sie merkten, dass Ihre Strategie nicht verfängt, wurden Sie laut und schrien den Mann an. Was Sie sich geleistet haben, ist für mich unbegreiflich.

Wie eine erfahrene Kriminalbeamtin derart die Kontrolle verlieren kann, erschüttert mich. Auf der Fahrt hierher habe ich noch nicht einmal alle Einzelheiten lesen können; Frau Sandkorn hat mir am Telefon Bericht erstattet; ich musste sie bitten, einige Details mehrmals zu wiederholen. Wer glaubt denn so was?

Sie bekamen diese Stelle, weil Sie sich als gewissenhafte Vernehmerin bewährt haben. Ich war beeindruckt von Ihrer Fähigkeit, Verdächtige zum Sprechen zu bringen, sich einzufühlen, Geduld zu zeigen und genau jenes Maß an Vertrauen herzustellen, das nötig ist, um später die entscheidenden Antworten auf Ihre Fragen zu erhalten. Man könnte so weit gehen und behaupten, ein Mensch, der aus Verdachtsgründen in Ihr Kommissariat kam, fand sich bei Ihnen in den besten Händen wieder. Kaum ein Kollege oder eine Kollegin arbeitet mit einer solchen nicht nachlassenden Konzentration.

Sie sehen, Frau Nasri, ich weiß Ihre Verdienste zu würdigen. Es ist nicht meine Absicht, das, was Sie erreicht haben, zu schmälern oder zu entwerten. Ich versuche, objektiv zu bleiben, was mir, zugegeben, schwerfällt. Ich bemühe mich, ähnlich wie Sie bei Ihrer Arbeit, um Geduld und nochmals Geduld.

Frau Hagen war eine enge Freundin von Ihnen. Die Tatsache, dass wir den Überfall bisher noch nicht geklärt haben, macht Sie wütend, was ich nachvollziehen kann. Noch dazu handelt es sich um die Ehefrau eines Kollegen. Wir stehen alle unter Spannung, wir sind alle höchst unzufrieden mit dem Stand der Ermittlungen.

Umso schwerer wiegt Ihr Versagen, Kollegin Nasri. Und vor dem Hintergrund der schleppenden Fahndung – das sollen Sie nicht als Vorwurf verstehen, Frau Sandkorn – erhält Ihr Versagen, Kollegin Nasri, eine monströse Note. Über Ihre Beteiligung an der Sache, Frau Sandkorn, sprechen wir noch gesondert, später, unter vier Augen. Die Vernehmung des Zeugen Özdal ist wertlos, darüber brauchen wir nicht zu reden. Anhaltspunkte, die für eine Tatbeteiligung sprächen, sehe ich nicht, und ich gehe nicht davon aus, dass Herr Özdal in der Angelegenheit gelogen hat. Allerdings werde ich Frau Sandkorn bitten, eine zweite Befragung durchführen zu lassen; viel verspreche ich mir davon nicht. Andererseits hat er eine intime Beziehung mit dem Opfer eingestanden, was ihn zwangsläufig zu einem entscheidenden Zeugen macht.

Enorm wichtig ist, dass der Mann nicht an die Öffentlichkeit geht, darüber sind Frau Sandkorn und ich uns einig. Sie hat bereits mit dem Zeugen gesprochen, falls Sie das noch nicht wissen, und sich bei ihm in aller Form für Ihr Verhalten entschuldigt. Özdal meinte, er nehme die Sache nicht persönlich, da Sie anscheinend schwerwiegende private Probleme hätten. Wir kommentieren das nicht. Ihm wurde mitgeteilt, dass er noch einmal befragt würde, von einer anderen Kollegin oder einem Kollegen; er erklärte sich bereit dazu.

Natürlich wird er im Bekanntenkreis seine Geschichte erzählen und sie vermutlich weiter aufbauschen; wer erlebt schon eine vollständig ausrastende Kripobeamtin hautnah mit? Und sollte er mit einem Journalisten befreundet sein, haben wir ein glorreiches Wochenende vor uns.

Sie, Frau Nasri, sind zunächst bis Ende des Monats beurlaubt; danach entscheiden wir das weitere Vorgehen. Vieles hängt davon ab, ob dieser unheilvolle Vormittag an die Öffentlichkeit gelangt oder ob wir in aller Stille eine interne Lösung finden können. Auch der eine oder andere Kollege hat Beziehungen zu Journalisten und sticht schon mal eine Information durch, aus welchem Grund auch immer.

Ich weiß, Ihre Rückkehr zur Kripo wurde nicht von allen Kollegen im Dezernat mit Applaus belohnt, ein Fehlverhalten Ihrerseits gäbe der üblen Nachrede neue Nahrung. Eine derartige Entwicklung will niemand, ich selbstverständlich auch nicht.

Der Vorfall ist noch frisch; einen oder zwei Tage werde ich brauchen, ihn zu analysieren und nüchtern über das weitere Vorgehen nachzudenken. So lange bleibt die Sache unter uns und Ihren Kollegen Odoki und Kalk. Am besten, Sie fahren sofort nach Hause und sprechen mit niemandem, es sei denn, Frau Sandkorn ruft Sie an. Mein Fahrer wartet.«

7

Was hätten wir noch reden sollen, meine Chefin und ich? Wir brauchten beide eine Auszeit voneinander. Wir gaben uns die Hand. Gewöhnlich küssten wir uns auf die Wangen oder gingen nach Dienstschluss mit einem lockeren Gruß auseinander.

Meine Übelkeit wurde stärker. In meinem Büro trank ich ein Glas Mineralwasser, das abgestanden schmeckte. Ich zog meine Daunenjacke an, machte einen Schritt in Richtung Tür. Meine Beine gehorchten mir nicht. Ich schob den Oberkörper vor, schwenkte kindisch meine Arme – als wären meine Stiefel am Laminat festgetackert. Ich ruckte mit den Knien, streckte den Bauch vor.

Ich stand da, wie im Büro meiner Chefin, Blick zur Tür, und machte keinen Mucks. Schweiß lief mir übers Gesicht; ich fing an zu kichern; ich kicherte nie. Aus meinem Mund und meiner Nase kamen schnarrende Geräusche, die ich noch nie gehört hatte; ein hartes, hysterisches Giggeln, das lauter wurde.

Mein Körper schlotterte. Speichel sammelte sich in den Mundwinkeln, ich war unfähig, ihn wegzuwischen oder abzulecken; meine Zunge klebte am Gaumen. Ich schämte mich.

Mit aller Kraft versuchte ich, um Hilfe zu rufen. Ich riss den Mund auf. Die Töne, die ich von mir gab, schrillten mir in den Ohren.

Da tauchte eine Gestalt vor mir auf, verschwommen, wie die Bilder von Catrin auf meiner Erinnerungsreise. Ich erkannte den Geruch. Ich erkannte die dunkle Haut. Ich wollte ihren Namen sagen.

Sie schlang die Arme um mich, drückte mich an sich. Ich stand weiter da, mein Gesicht an ihrem Hals.

Als Jennifer mich losließ, schwankte ich. Wieder streckte sie die Arme nach mir aus; ich machte einen Schritt zur Seite; ein Bein gehorchte mir, das andere auch. An den Türrahmen gelehnt, wischte ich mir über das verschwitzte Gesicht. Alles, was ich wahrnahm, war ein Hauch von Parfüm und das unscheinbare Lächeln meiner Kollegin.

An diesem Ort hatte ich nichts mehr zu suchen. Das Klingeln der Telefone hinter den geschlossenen Türen irritierte mich. Ich überlegte, ob ich drangehen sollte. Um mich drehte sich alles, oder in mir. Ich musste es schaffen, dieses Haus zu verlassen. In meinem Kopf passte kein Gedanke zum anderen. War ich gelähmt gewesen und nun geheilt? Hatte ich wirklich eine Strafpredigt ohne ein einziges Widerwort über mich ergehen lassen?

War ich gefeuert?

Angestrengt rekonstruierte ich die vergangene Stunde; mir fehlten ganze Sequenzen. Worüber hatte ich mit meiner Chefin geredet, nachdem der Staatsanwalt gegangen war? Nicht einmal, ob Özdal ein Geständnis abgelegt hatte, fiel mir mehr ein. Was waren seine letzten Worte gewesen? War ich handgreiflich geworden?

Erschrocken betrachtete ich meine zitternden Hände; ich vergrub sie in der Daunenjacke; die Taschen voller zerknüllter Papiertücher; warum ich sie eingesteckt hatte, anstatt sie wegzuwerfen, konnte ich mir nicht erklären.

»Ruh dich aus«, sagte Jennifer. »Melde dich, wenn du reden möchtest.«

Auf dem Bürgersteig vor dem Kommissariat beschloss ich, zu Fuß nach Hause zu gehen. Weiter als bis ins Westend kam ich nicht. An einem Taxistand stieg ich in einen Wagen; von unterwegs rief ich Sigrid an. Sie gestand, Catrin einmal ein Alibi gegeben zu haben; sie hatte es nie bestätigen müssen; worum es ging, habe Catrin ihr nicht verraten, das schwöre sie.

»Übernimmst du den Kiosk?«, fragte ich.

»Ist diese Frage jetzt wirklich wichtig?«, erwiderte sie.

Ich schaltete das Handy aus, steckte es in die Jackentasche und ertastete zwischen den gebrauchten Taschentüchern ein Papierknäuel.

8

Vor dem Kino in der Türkenstraße stieg ich aus dem Taxi. Den zerknüllten Zettel hatte ich immer noch in der Hand; wieso hatte ich ihn nicht längst weggeschmissen? Zwei Begegnungen mit dem undefinierbaren Kerl, der mir von irgendwoher bekannt vorkam, reichten vollkommen aus, um ihn nie wiedersehen zu wollen.

Warum hielt ich dann weiter den Zettel fest? Hatte die krakeligen Ziffern gelesen und, wie gestern im Lift, überlegt, wann er mir den Zettel zugeschoben hatte, ohne dass ich es bemerkte.

An die Wand gelehnt, schloss ich die Augen; der Schwindel kehrte zurück, mir schlotterten wieder die Beine, die Hand mit dem Stück Papier in der Faust. Was machte ich hier? Ins Kino gehen?

Vorsichtig öffnete ich wieder die Augen, der Asphalt unter mir bewegte sich nicht. Ein altes Plakat kündigte einen Film mit James Dean an. Hatte ich mich in der Zeit verlaufen? Hatte das Taxi mich Jahrzehnte in die Vergangenheit katapultiert?

Wahrscheinlich hätte ich noch länger, eingebunkert in schwarze Gegenwart, mitten auf dem Bürgersteig gestanden, hätte eine Fahrradklingel mich nicht aufgeschreckt und verscheucht; eine Frau auf einem Hollandrad mit einem kastenförmigen Anhänger voller Tüten mit Lebensmitteln strampelte an mir vorbei; sie warf mir einen strafenden Blick zu, der dem des Staatsanwalts zur Ehre gereichte.

Ich betrachtete meine Hand; jemand hatte ein Handy darin platziert, vermutlich ich. Wenn ich zu Fuß ging und mich beeilte, bräuchte ich von der Türkenstraße, Ecke Akademiestraße, bis zu meiner Wohnung an der Ungererstraße keine zwanzig Minuten.

Worauf wartete ich?

Absurd, was ich tat, abseitig und lächerlich, unangebracht und peinlich.

Lass das, hörte ich mich denken.

Schon hielt ich das Smartphone ans Ohr; es klingelte genau zwei Mal. Allen Ernstes nannte ich meinen Vornamen.

»Gut, dass du anrufst«, sagte er. »Ich muss mit dir reden, kannst du ins Hotel kommen?«

»Ich bin fast vor der Tür«, sagte ich und konnte es nicht fassen.

Das denkmalgeschützte Gebäude aus dem neunzehnten Jahrhundert befand sich gegenüber der Kunstakademie, nahe dem Siegestor, an dem die vielbefahrene Ludwigstraße in die Leopoldstraße überging. Wie in alter Zeit rumpelte der eiserne Lift in den dritten Stock. Vor seiner Zimmertür erwartete mich der zopferte Tim.

Kaum hatte ich mich aus dem klaustrophobischen Aufzug gezwängt und einen Blick den Flur hinunter geworfen, bereute ich meine Entscheidung. Anstatt in der Stille oder bei friedvoller Townes-Musik meiner toten Freundin zu gedenken, befand ich mich in einem Hotel mit einem Mann, der sich mir aufgedrängt und keine Rücksicht auf meinen katastrophalen Zustand genommen hatte.

Was war kaputtgegangen in mir?

»Du bist so was von kaputt«, sagte er, packte meinen Arm, schob mich ins Zimmer und schlug die Tür zu.

Grauer Teppich, blaue, dünne Stoffvorhänge, Einzelbett an der Wand, ein Tisch aus hellem Holz, darauf ein Minifernseher, neben der Tür ein Waschbecken, kein Extraraum mit Toilette und Dusche; staubige, nach Putzmitteln riechende Luft; irgendwo musste eine Heizung versteckt sein, ausgeschaltet, der Temperatur nach zu urteilen.

Der Mann trug einen schwarzen Wollpullover, schwarze Jeans und weiße Turnschuhe. Er fummelte hinten an seinem Hosenbund herum; im nächsten Moment hielt er eine Pistole am herabbaumelnden Arm, eine P7, die ehemalige Dienstwaffe der bayerischen Polizei.

»Geh zum Fenster und bleib da stehen.« Er nickte in die Richtung; ich machte zwei Schritte rückwärts.

»Tim«, sagte ich. »Wie ist dein Familienname?«

»Weißt du doch, Frau Kommissarin. Ich heiß wie mein Vater. Gorden.«

»Tim Gorden.« Mehr brachte ich nicht heraus.

»Hör mir einfach zu«, sagte er, »dann geschieht nix. Ich bin hier, weil ich dich erledigen wollte. Ich wollte, dass du abtrittst und die Konsequenzen für den Mord an meinem Vater ziehst. Du hast ihn erstochen und bist davongekommen. War mir erst nicht sicher, ob du das wirklich warst. Mitten in der Nacht, keine richtige Beleuchtung auf der Straße, ich hab am Fenster gestanden und vor dem Haus eine weibliche Gestalt gesehen. Hab dich vorher höchstens zwei, drei Mal zu Gesicht gekriegt. Dann hab ich eins und eins zusammengezählt. Wen sonst außer dir würde mein Alter in seine Wohnung lassen? Welche Frau, hab ich mich gefragt, könnte das sein? In letzter Zeit hatte er kaum noch Liebschaften, anscheinend hat die Vögelei ihm nicht mehr so viel Freude gemacht wie früher. Lag wahrscheinlich an den Frauen. Die Auswahl bei der Polizei ist inzwischen groß, aber das Material … Du weißt das am besten …«

»Was willst du, Tim? Erschieß mich und texte mich nicht zu. Ich hatte einen harten Tag, mein Leben zerbröselt, drück einfach ab, aber ziel ordentlich, schaffst du das?«

Er hob den Arm mit der Waffe, entsicherte sie, zielte auf meinen Kopf. »Wollt dich abschaffen, Fariza Nasri. Du hast mich verfolgt, ich hab mir Fotos von dir aus dem Polizeicomputer besorgt …«

»Alles Lüge, die Sache mit dem Tattoo-Studio …«

»Ich bin Polizist; wollt dir eine lustige Geschichte erzählen, du warst eh sternhagelvoll. Zur Sache: Mein Alter hatte vor, dich zu erledigen, als du ihm wegen dem Brand draufgekommen bist, er hat seine Geliebte umgebracht, weil die ihn wegen Körperverletzung oder sonst was anzeigen wollte, leider sind noch andere Leute draufgegangen, kommt vor bei einem Brand.

Aber: Du warst kein Unschuldslamm; du bist zu ihm in die Wohnung, ihr habt rumgefickt, irgendwann hattest du die Schnauze voll, das hat er nicht akzeptiert. Konnt er nicht haben, wenn eine Frau ihn sitzenließ. Hat dich fertiggemacht. Sexuelle Belästigung durch eine Frau. Auf so was musst du erst mal kommen. Er hat's durchgezogen, beinhart; gegenüber der Abteilung bis rauf zum Präsidenten; sie haben ihm geglaubt; vielleicht nicht alle, aber die Wichtigsten.

Du warst angeschissen, Nasri. Abgang in die Provinz. Die talentierte Kommissarin bei der Bepo, und jeden Tag die Kollegen, die sich hinter deinem Rücken das Maul zerreißen. Mein Alter hat ganze Arbeit geleistet. Trotzdem: Man geht nicht her als Polizistin und sticht einen Kollegen ab. Macht man das? Macht man nicht.«

Schnaufend nahm er den Arm runter; er hielt sich die Waffe vors Gesicht, als hätte er sie lange nicht gesehen; ein schmatzendes Geräusch kam aus seinem Mund. »Macht man nicht«, wiederholte er und warf mir einen angewiderten Blick zu. »Hab mir über alte Kollegen aus der PI 19 deine Adresse besorgt, hab mich erkundigt, wo du dich in deiner Freizeit so rumtreibst, war nicht schwer, das rauszukriegen. Mein Plan stand fest. Die Wumme hier ist ausrangiert, die interessiert keine Sau mehr bei uns; hab sie mitgenommen, wär sowieso verschrottet worden. Paar Patronenschachteln dazu, kann man immer gebrauchen, so ein Ding.«

»Du hast es dir anders überlegt«, sagte ich. Meine Pistole

ruhte im Büroschrank an der Hansastraße. Allmählich, dachte ich, sollte ich eine Strategie entwickeln, wie ich die Situation entschärfen und den Kerl überwältigen könnte.

»Hab an meinen Alten gedacht, an die Umstände, an die Jahre, die vergangen sind, meinen Umzug nach Weimar, da war grad eine Stelle frei, und ich dachte, wieso nicht mal in den Osten? Mein Freund Philipp, der erschlagen worden ist, stammte aus Weimar, sein Vater, seine Familie. Ist okay da, gut weit weg von den alten Geschichten hier. Du warst mein Feindbild, monatelang. Plötzlich war das so. Kam nicht mehr los von der Idee, dass ich meinen Alten rächen muss; erschien mir logisch. Ist auch logisch. Du hast ihn abgestochen wie ein Viech und läufst immer noch frei rum. Darf das sein in einem Rechtsstaat?«

»Ich hab ihn nicht erstochen«, sagte ich.

Er kam auf mich zu, hob die Waffe, ließ den Arm sinken. »Ist dein Recht zu lügen, musst du machen, werf ich dir nicht vor. Du bist eine Mörderin, Nasri, und ich schwör, ich hätt dich dazu gebracht, in mein Auto zu steigen und mit mir zum Forstenrieder Park zu fahren. Keine Kameras da, verstehst du? Ich hätt dich abgeknallt und fertig. Wenn eine Kommissarin wie du tot aufgefunden wird, stellen sie dein berufliches Umfeld auf den Kopf, irgendwo findet sich ein Hinweis auf einen Gangster, der's auf dich abgesehen hat, solche Dinge. Im privaten Bereich finden sie nichts, bleibt nur der Beruf. Und ich bin längst wieder in Thüringen und erklär den Ossis die Verkehrsregeln. Was sagst du zu dem Plan? Hätt der funktioniert? Ja oder ja? Ja, würd ich sagen. Aber: Wir sind beide hier, quicklebendig.

Das wollt ich noch loswerden, damit du kapierst, dass ich Bescheid weiß. Sonst gibt's nichts mehr zu sagen. Wenn ich dich anschaue, wird's mir speiübel, also verzieh dich besser, bevor meine Stimmung noch mal umschlägt. Du weißt gar nicht, was du für ein Glück hast. Und jetzt hau ab.«

Bevor ich die Sprache wiederfand, packte er mich im Nacken; er zog meinen Kopf nach vorn und küsste mich auf den Mund, ziemlich lange. Dann trat er einen Schritt beiseite und nickte zur Tür, die Pistole immer noch in der Hand.

Ich kam nicht vom Fleck, wieder einmal.

Ich sah Tims Vater vor mir, im Sessel hängend, das weiße Hemd blutverschmiert; er versuchte, sich in die Höhe zu wuchten, vergeblich; er versuchte, etwas zu sagen, vergeblich; er versuchte, Luft zu kriegen, vergeblich; er versuchte, mich zu beschimpfen; »Du …«, begann er, und das war's. Er hatte Roastbeef eingekauft und Bratkartoffeln vorbereitet. Auf einem Teller im Wohnzimmer lagen zwei Äpfel, daneben das Obstmesser; ich habe eine Allergie gegen Kernobst; das Messer lag da, ich griff danach und stach zu; eine Sache von Sekunden. Er ließ die Schnapsflasche fallen, kippte in den Sessel, hauchte sein Leben aus.

Christopher Gorden.

Freiwillig war ich in seine Wohnung gekommen, wie damals, als ich ihm Mord und Brandstiftung nachweisen wollte und er mich fesselte und schlug und anspuckte und auslachte; ich wusste, er hatte das Feuer in dem Haus gelegt und den Tod zweier junger Leute billigend in Kauf genommen; die Frau wollte ihn wegen Vergewaltigung anzeigen, seine Existenz als Kriminaler wäre ruiniert gewesen; so einfach war das, mein Junge.

»So einfach, Tim Gorden«, sagte meine Stimme, von der ich nicht begriff, wo sie plötzlich herkam. Wieder hob er die Pistole und zielte auf meine Stirn.

»Was ist so einfach?«

»Der Tod, Tim Gorden. Der Tod bei Brezeln und Erdnüssen und einer Flasche Kirschschnaps. Frag deinen Vater.«

Ja, dachte ich, in seinen Augen hauste sein Vater. Ich musste hier weg, bevor ich zusammenklappte.

Er hielt mich nicht auf.

Die Jacke auszuziehen, schaffte ich noch, den Rest nicht mehr. Erschöpft, verschwitzt, gedemütigt plumpste ich aufs Bett; ich vergrub mein Gesicht im Kissen und wünschte, ich wäre sternhagelvoll und würde in einen chaotischen, alles verschlingenden Schlaf tauchen, der mich erst am nächsten Vormittag wieder ausspuckte.

Das tat er auch.

Um zwanzig nach elf gelang mir der erste Blick aufs Display meines Handys. Was ich geträumt hatte, wusste ich nicht mehr; ich hatte einen schlechten Geschmack im Mund und den Abdruck eines schäbigen Kusses auf den Lippen.

9

Auf dem Boden, entlang zur Tür, reihte sich eine Flasche an die nächste. Ich hatte die noch vollen Weinflaschen ausgeleert, alle acht, ebenso die Schnaps- und Likörflaschen, alle sechs. Ein Fest für Kanalratten.

Kein Alkohol mehr in meiner Wohnung.

Anschließend kniete ich mich in die Badewanne, um ein zweites Mal zu duschen; fünf Uhr nachmittags.

Bekleidet mit meiner schlabbrigen blassblauen Haushose und einem rosafarbenen Sweatshirt, das einmal weiß gewesen war, dirigierte ich den Staubsauger in sämtliche Ecken, stellte die Bürste von Laminat auf Teppich um – bei dem alten Gerät so nutzlos wie die gesamte Putzerei – und schrubbte damit über die Couchpolster.

Zu allem Überfluss staubte ich mit einem Lappen, der aussah, als hätte ihn schon Oma Marie aussortiert, den Fernseher und den Plattenspieler ab. Am Ende öffnete ich weit die Balkontür.

Unten auf der Straße schrien sich zwei junge Männer in einer mir unbekannten Sprache an. Die Luft war kalt und feucht. Ich schwitzte und hatte einen trockenen Mund; den Kussabdruck hatte ich unter der kalten Dusche mit Seife abgerieben. Vom Fenster fiel mein Blick auf den Laptop, die Bleistifte und Kugelschreiber, meinen aufgeschlagenen, unlinierten Block.

Nach den aufreibenden Vernehmungen und der grotesken Begegnung mit Tim Gorden, die mich tiefer erschüttert hatte, als ich zunächst wahrhaben wollte, hatte ich mir vorgenommen, diesen Tag – nach dem Putzen und der Alkoholvernichtungsaktion – mehr oder weniger im Bett zu verbringen, in aller Stille.

Lächerliches Gebaren.

Verzeih mir, Catrin.

Jede Faser in mir verlangte nach Aufbegehren. Die Stimme in mir, meine Urverbündete, scheuchte mich auf, trieb mich zurück vom strafenden Blick des Staatsanwalts und durch die Vernehmungen der Lügner, in die Vision vom geschniegelten Tod bis zu dem Anruf, in dem Marc-André Hagen mir mitteilte, seine Frau sei in ihrer Wohnung überfallen und misshandelt worden.

Die Stimme zwang mich zum Hinschauen.

Ich schaute ein leeres weißes Blatt an.

10

An der Tür von Catrins Wohnung fanden sich keine Einbruchsspuren.

Besaß der Täter einen Schlüssel? Außer Catrin und ihrem Mann hatte nur ich einen. Wie hoch war die Wahrscheinlichkeit, dass der Täter sich einen Nachschlüssel besorgt hatte, unbemerkt von Catrin oder Marco? Einer von beiden musste seinen Schlüssel vorübergehend verloren oder verlegt haben; davon war nie die Rede gewesen. Auch die Anfertigung einer Kopie – zumindest in legalen Läden – unterlag heute einer stärkeren Kontrolle als früher; oft mussten die Kunden einen Ausweis oder die Genehmigung der Hausverwaltung vorzeigen.

Erste Hypothese: Der Täter benutzte keinen Schlüssel. Catrin ließ ihn freiwillig in die Wohnung. Wie ich zu meiner Überraschung erfahren hatte, erlaubte sie sowohl dem arbeitslosen Koch Lars Renner den Zugang als auch dem Shisha-Bar-Besitzer Alper Özdal. Meinem Versagen bei der Vernehmung zum Trotz hielt ich Özdal nach wie vor für den Hauptverdächtigen, für den Täter. Ihn und Renner würden die Kollegen ein weiteres Mal vernehmen; ich redete mir Zuversicht ein.

Wen außer Özdal kannte Catrin noch, dem sie an einem Montagmorgen ohne Weiteres die Tür geöffnet hätte, noch dazu in ihrem erbärmlichen Zustand?

Niemanden.

Niemanden? Du kanntest nicht einmal diesen Özdal.

Wen?

Wie Marco berichtete, hatte sie sich in der Nacht mehrmals übergeben und den Morgen ausgelaugt im Bett verbracht. Vermutlich hätte sie den Kiosk an diesem Tag also überhaupt nicht geöffnet.

Wer, Catrin?

Wie viele Geheimnisse nimmst du mit ins Grab?

Laut Funkzellenabfrage befand sich zur Tatzeit keine Person im Haus oder in der Nähe des Wohnblocks, bei der die Kollegen einen relevanten Zusammenhang zu Catrin oder ihrem Ehemann hätten herstellen können. Die Alibis der Mieter waren Greves und unseren Ermittlungen zufolge wasserdicht.

Welches Motiv trieb den Täter an?

Sex? Geld?

Geraubt wurde nichts. An Catrins Körper und auf ihrer Kleidung entdeckten die Kollegen keine Spermaspuren; der Täter drang mit den Händen gewaltsam in sie ein; er trug Handschuhe, vermutlich aus Wildleder; keine verwertbaren DNS-Partikel.

Mit welcher Absicht kam der Täter? Wollte er Geld, Catrin lehnte ab, und die Situation eskalierte? War seine ursprüngliche Absicht, Catrin zu missbrauchen? Aus welchem Grund? Reiner Sextrieb? Rache für eine vorangegangene Ablehnung? Hatte sie außer Özdal noch andere Verehrer, die sich von ihr mehr versprochen hatten?

Warum, Catrin, hast du dich uns nicht anvertraut, bloß lückenhaft, halbherzig, sechzehntelherzig?

Dem Täter waren die Umstände vertraut; andernfalls hätte er damit rechnen müssen, dass sich weitere Personen in der Wohnung aufhielten.

Woher wusste er, dass sie nicht im Kiosk war? Hatte er den geschlossenen Kiosk bemerkt und sich spontan zu dem Überfall entschlossen? Wie gelangte er ins Haus? Nach den Ermittlungen meiner Kollegen klingelten regelmäßig Verteiler von Werbeprospekten oder kostenlosen Zeitungen wahllos bei den Mietern; dazu der tägliche Postbote oder Paketzusteller, der ins Haus zu den Briefkästen gelangen musste.

Manche Bewohner drückten, ohne nachzufragen, auf den Türöffner.

Zur Zeit des Überfalls befanden sich neun Personen nachweislich in der Dollmanstraße 5. Keiner von ihnen hatte einen Fremden gesehen oder laute Geräusche gehört. Wie lange hielt der Täter sich in der Wohnung auf? Aller Wahrscheinlichkeit nach hatte Catrin nicht geschrien. Der Täter musste sie überrumpelt haben. Wo? Nicht an der Wohnungstür; dort waren keine Kampfspuren festzustellen, ausschließlich im Schlafzimmer.

Zweite Hypothese: Den Täter kennzeichnete – wie die Kollegen von der operativen Fallanalyse dieses Verhalten nannten – eine »ausgeprägte Handlungsorientierung«; er zögerte nicht; er wusste genau, was er vorhatte, er ließ sich nicht ablenken. Dieser Täter handelte nicht spontan; er hatte sich unter Kontrolle. Er war sich des Risikos bewusst – ein Haus mit sechs Stockwerken, zweiundsiebzig Parteien – und verschaffte sich unbemerkt Zutritt. Er war mit den Gegebenheiten vertraut und hatte vermutlich ein Verhaltensmuster vorbereitet, für den Fall, er würde jemandem begegnen.

Warum an diesem Tag? Nach der sonstigen, kontrollierten Vorgehensweise des Täters dürfte auch das Datum kein Zufall gewesen sein. Was bedeutete das? Hatte der Täter ausgerechnet an diesem Tag Zeit, an anderen Tagen nicht?

Ähnlich, wie Ines Kaltwasser sich bewusst für einen ganz bestimmten Tag entschieden hatte, um ihren Peiniger zur Rede zu stellen, ein für alle Mal.

Und einer der wesentlichsten Aspekte: War der Täter maskiert? Wenn nicht, hätte Catrin ihn identifizieren können; er hatte sie nicht getötet, was unter diesen Umständen keinen Sinn ergab. Hatte er sich also vor der Wohnungstür eine Maske übergestreift? Schwer nachzuvollziehen. Garantiert hatte

Catrin durch den Spion gesehen, bevor sie die Tür öffnete. Der Täter zeigte sein Gesicht; sie ließ ihn herein; er folgte ihr und schloss die Tür hinter sich. Warum hätte sie zurück ins Schlafzimmer gehen sollen? Einen Gast bittet man ins Wohnzimmer, in die Küche.

Oder?

Catrin?

Oder?

Oder hatte sie ihrem Mann bloß vorgespielt, krank zu sein? Hatte sie in Wahrheit die Absicht, einen Liebhaber zu empfangen?

Verzeih mir, Catrin.

Du gibst mir keine Antworten. Meine Fragen drehen sich im Kreis.

Keine Kampfspuren in der Küche, im Wohnzimmer oder im Flur.

Der Täter klingelt, zuerst wahllos an der Haustür, dann im vierten Stock an Catrins Tür. Sie schaut durchs Guckloch, macht sich keine Sorgen, öffnet. Der Täter kommt herein, tut nichts, greift sie nicht an, stiftet keinerlei Unordnung; er folgt ihr ins …

Sie lag im Bett, als sie angegriffen wurde.

Kam der Täter herein, ohne dass sie ihn bemerkt hätte?

Der Täter hatte einen Schlüssel.

Um zehn Uhr nachts erwischte ich die verschlafene Jennifer am Handy; sie sagte, sie sei auf dem Sofa eingenickt und habe von einer Bootsfahrt auf einem See geträumt, mit einem Mann, der aussah wie Zac Efron.

»Wer ist das?«, fragte ich.

»Was willst du um die Zeit? Geht's dir nicht gut?«

»Kannst du morgen früh zwei Befragungen durchführen, ich erklär dir, warum. Es ist sehr wichtig.«

»Du sollst abschalten, Fariza.«

»Bitte«, sagte ich.

»Hast du dich wieder den ganzen Tag mit dem Fall beschäftigt?«

»Bitte«, wiederholte ich und schilderte ihr meine Überlegungen.

Mein Handy klingelte. Ich saß immer noch am Tisch, über meine Notizen gebeugt, eingeschraubt in Trauer.

»Schlechte Nachricht«, sagte Anja Sandkorn. »Ines Kaltwasser hat versucht, sich mit Fluxat, das jemand in der Dusche vergessen hatte, zu vergiften. Man benutzt das zum Reinigen von Abflussrohren. Sie wurde gerettet und liegt in Großhadern. Ich dachte, du solltest das wissen.«

Mit einem Reinigungsmittel, dachte ich und drückte mir das Telefon an den Bauch, bis es wehtat.

11

Ich saß an ihrem Bett und hielt ihre Hand in beiden Händen. Es war so still, als wären wir allein im Bauch dieses Kolosses, in dem mein Vater gelegen hatte und geheilt worden war, vorübergehend; eines Kolosses, in dem auf den Gängen jeden Tag Tausende Menschen wuselten, Patienten, Angehörige, Ärzte, Pfleger, Krankenschwestern, in dem Hoffnungen keimten und verdorrten, in dem der Tod spazieren ging, barfuß und geschmeidig, in weißer Hose und weißem T-Shirt, wie einer, der alle Zeit der Welt hatte.

Elf gelbe Tulpen standen in einer Vase auf dem Tisch, neben einer Flasche Orangensaft und einer Flasche Traubensaft; die Blumen hatte ich mitgebracht, die Flaschen gehörten der Frau im zweiten Bett, die mit ihrer Tochter in die

Kantine gegangen war, als ich hereinkam. Erneut hatte ich ein Krankenzimmer betreten, verdruckst, mit vorgekauten Worten im Mund, die ich dann runterschluckte.

Auch Ines Kaltwasser hatte mich nur angesehen und auf den Stuhl am Fenster gedeutet; ich hatte ihn neben das Bett gestellt. Sie hatte den Arm ausgestreckt und ich ihre Hand genommen; ihre grauen Haare wirkten weiß wie ihre Haut, ihre Augen trüb, ihre schmalen Schultern erreichten kaum die Enden des Kissens. Anders als bei Catrin führten keine Drähte oder Schläuche von sirrenden Geräten zu ihrem Körper, sie lag einfach da, unter der schneeweißen Bettdecke, in einem hell erleuchteten, aufgeräumten Zimmer, vermutlich noch einen oder zwei Tage, bevor sie wieder nach Stadelheim oder in eine psychiatrische Klinik gebracht werden würde.

Sie sah zur Decke hinauf. Als die andere Frau mit ihrer Tochter vom Essen zurückkam, hielt ich weiter ihre Hand, ohne dass wir ein Wort wechselten. Sogar die Schwester, die der Frau im Bett nebenan Fragen zu ihrem Befinden stellte, unterbrach unser Schweigen nicht, sie beließ es bei einem flüchtigen Blick und schloss beim Hinausgehen behutsam die Tür. Auch die Tochter im Lodenmantel, die mit ihrer Mutter ein Gespräch im Flüsterton geführt hatte, verabschiedete sich grußlos.

Ich blieb, bis Ines Kaltwasser die Augen zufielen; ich hob die Decke an und legte ihre Hand darunter.

Noch einmal betrachtete ich ihr schmächtiges Gesicht auf dem viel zu großen Kissen, ein aus der Gnade gefallenes Kind. Ich hörte ihre Stimme wieder, die in dem grünen JVA-Zimmer für eine kurze Weile dem Unaussprechlichen gewachsen war.

Nur einen Atemzug davon entfernt, stumm ein Gebet zu beginnen, erinnerte ich mich an ihre Worte und stand augenblicklich auf. *An den Gott glaub ich schon ewig nicht mehr, der Gott kennt kein Erbarmen, so einen brauch ich nicht.*

Ich stellte den Stuhl ans Fenster zurück, sagte Auf Wiedersehen zu der Frau im zweiten Bett, die in einer Illustrierten las, und ging leise zur Tür.

»Frau Kommissarin …«

Eine Stimme aus Hauch. Ich wandte mich um. Ines Kaltwasser sah zu mir her. »Könnten Sie im Schellingsalon Bescheid sagen, dass ich nicht mehr kommen werd? Ich trau mich nicht anrufen.« Für einige Sekunden glaubte ich, ein grünes Leuchten in ihren Augen wahrzunehmen.

»Ja«, sagte ich. »Das mache ich.«

Sie nickte und schloss die Augen.

In dem Ort, aus dem sie stammte, war ich nie. Doch ich stellte mir vor, ein Meteor raste aus dem Himmel hernieder und begrub jedes einzelne Haus in Nading unter sich.

12

Zwei Tage vor Catrins Beerdigung saßen wir in ihrer Küche und tranken Lagavulin. Das Getränk war seine Idee gewesen, die ich sofort akzeptiert hatte. Die Flasche stand seit Monaten angebrochen im Wohnzimmerschrank, gekauft für besondere Anlässe, wie er sagte; dies heute sei ein besonderer Anlass, natürlich ein besonders tragischer.

»Ich weiß gar nicht«, sagte ich zu Marco Hagen, »ob ich dir schon mein tiefes Mitgefühl ausgesprochen habe. Die Umstände unserer Begegnungen in den vergangenen Tagen waren schrecklich, aus allen möglichen Gründen.«

»Das waren sie«, sagte er. »Danke. Zum Wohl. Trinken wir auf sie, auf deine Freundin, meine Frau.«

An diesem Tisch hatten wir hin und wieder Dreierabende

verbracht, an einem Freitag oder Samstag, zusätzlich zu unserem Stammtisch am Montag im Baron. Catrin servierte mit Lammhack gefüllte rote Paprikaschoten, Reis und grünen Salat. Wir mampften, als hätten wir die Woche über gefastet. Ihre magische Formel der Zubereitung hatte sie uns nie verraten; es kam vor, dass Sigrid und ich zwei mächtige Schoten verdrückten, belobigt von der Köchin, die immer noch eine Extraportion Reis in einem Extratopf für uns bereithielt.

Der Duft nach Fleisch, Zwiebeln und verblüffenden Gewürzen; die zitronige Note des Weißweins; unser Schmatzen und kindisches Schmunzeln, wenn wir uns – beim unschicken Schaufeln ertappt – die Lippen leckten; Gespräche und Geplapper, Lachen und gegenseitiges Derblecken. Und jedes Mal nahmen wir zum Auftakt den rosafarbenen, viel zu pappigen Aperitif im Wohnzimmer ein, wie Gäste eines Stehempfangs. Wir standen herum, sommers bei offener Balkontür, und stießen mit den Gläsern an; unser Smalltalk war von kleinstem Kaliber. Heimlich schnupperten Sigrid und ich in Richtung Flur; zwischendurch huschte Catrin in die Küche und verursachte ein verheißungsvolles Klappern.

Ein oder zwei Mal kam Marco früher als erwartet vom Dienst nach Hause. Er begrüßte uns höflich, verschmähte das übrig gebliebene Essen – Catrin sicherte ihm gewissenhaft eine Portion. Er zog die Uniform aus, hängte sie mitsamt dem Pistolenhalfter in den Schrank, streifte das immer gleiche gelbe T-Shirt über, dazu die blaue Trainingshose, nahm ein Bier aus dem Kühlschrank, schloss die Wohnzimmertür und fläzte sich in den Sessel vor dem Fernseher.

Heute früh, vor meinem Aufbruch ins Klinikum, hatte ich ihn angerufen. Ich bat ihn um ein Gespräch in Freundschaft und gegenseitigem Vertrauen. Ich sagte, das erwarte Catrin von uns. Bevor sie ihre letzte Reise antrete, sollten wir sämtliche arbeitsmäßigen Unstimmigkeiten aus der Welt schaffen.

In einem von Fusseln übersäten schwarzen Anzug hatte er mich an der Tür begrüßt, das halbweiße Hemd über dem Gürtel, an den Füßen Slipper ohne Socken. Er hatte sich rasiert, die Haare mit Gel geglättet und roch streng nach Rasierwasser. Den Beutel mit den zwei Flaschen Weißburgunder, die ich in einem Lokal unweit meiner Wohnung besorgt hatte, nahm ich mit in die Küche. Auf dem Tisch standen die Whiskyflasche und zwei Gläser. Er nahm mir die Daunenjacke ab, hängte sie an die Garderobe; die Weinflaschen legte er in den Kühlschrank. Im Stehen füllte er unsere Gläser bis zur Hälfte mit Lagavulin. Wir stießen an. Der hochprozentige Alkohol scheuchte meine Eingeweide auf.

Den Kopf an die Wand neben dem Tisch gelehnt, ergab ich mich der Trauer und der Gegenwart des Mannes, der mit der rechten Hand sein Glas umklammerte und den linken Arm baumeln ließ; sein Brustkorb hob und senkte sich in schweren Schüben; er hatte den Mund halb geöffnet und keuchte leise.

In mir breitete sich eine ungewöhnliche Ruhe aus. Die marternde Angespanntheit der zurückliegenden Tage hatte sich nach meinem Besuch bei Ines Kaltwasser in professionelle Konzentration verwandelt und mich in einen Zustand gütiger Geduld versetzt. Ich wusste, dass der Alkohol, den ich im Lauf des Abends konsumieren würde, nicht den üblichen Absturz bedeutete; dass ich mich nicht noch einmal bis auf die Knochen blamieren und all das aufs Spiel setzen würde, was mir je gelungen war.

Das Glück, in der Küche meiner Freundin zu verweilen, gehörte von nun an einer wundersamen Vergangenheit an, für die es keines Beweises außerhalb unserer Erinnerung bedurfte. Auf keinem meiner zweihundertachtundfünfzig Fotos im Laptop giggelten drei Frauen mädchenhaft in die Kamera; wir hatten uns verboten, den Augenblick für ein Selfie zu ruinieren.

Gleich nachdem ich Ines Kaltwasser verlassen hatte, war mir klargeworden: Heute war der Tag des Abschieds, nicht übermorgen. Übermorgen übergaben wir ihren Leichnam auf dem Ostfriedhof der Erde; heute wollte ich die atmende Catrin auf meinen Schultern weit weg vom Tatort auf die Spitze des Vesuvs tragen, wo sie unsterblich wäre.

Ich fand mich nicht lächerlich.

»Nach dem Überfall hast du zwei Nächte in einer Pension verbracht«, sagte ich. »Wie war's da?«

»Billig; eine Absteige in der Schwanthalerstraße. Der Nachtportier hat mir erzählt, die Kripo bringt da manchmal Zeugen unter. Kennst du den Laden?«

»Konntest du nicht bei einem Kollegen übernachten?«

»Wollte ich nicht; wollte für mich sein.«

»Verstehe ich gut.«

Er hob sein Glas. »Brennt nicht, kratzt nicht, edler Tropfen.« Er trank aus, schenkte sich nach, beäugte mein Glas. »Du musst trinken, das hilft gegen die Quälerei.«

Ich nahm einen Schluck, betrachtete das Glas, die trübe Flüssigkeit.

»Catrin«, sagte ich, »hat mich mal gefragt, warum ein Täter, wenn er gefasst wird und in U-Haft sitzt, nicht unter seiner Schuld zusammenbricht und ein Geständnis ablegt; kein Mensch, meinte sie, kann doch ein Verbrechen lebenslang für sich behalten, das war ihr unverständlich.«

»Viele schaffen das.«

»Dasselbe habe ich ihr auch gesagt. Sie verdrängen die

Tat, so lange, bis sie sich fast nicht mehr daran erinnern; das Verbrechen spielt für sie keine Rolle mehr.«

Jemand klopfte hinter mir ans Küchenfenster; ich drehte mich um. Regentropfen schlugen gegen das Glas.

»Hast du Hunger?«, fragte Hagen.

»Nein.«

»Ich kann Pizza bestellen.«

»Wegen mir nicht.«

Er nickte; abwesend wischte er mit dem Handrücken über den Ärmel seiner Anzugjacke; die Zahl der Flusen verringerte sich unwesentlich.

»Warum hat sie das getan?« Es klang, als hätte ich zu mir gesprochen.

Was ich meinte, schien ihm sofort klar zu sein. »Frag ich mich die ganze Zeit.«

»Ich wusste nichts davon.«

»Lüg doch nicht, bitte.«

»Ich meine, ich wusste nichts bis zu unserem Treffen am Sonntag; und hinterher waren wir auch nicht viel schlauer. Seit wann wusstest du es?«

»Vor einigen Wochen hat sie vage Andeutungen gemacht, dann noch mal Sonntagnacht, anschließend hat sie sich nur noch übergeben; schlechtes Gewissen, oder?«

»Es tut mir sehr leid, Marco.«

»Okay.«

»Du kennst den Mann«, sagte ich.

»Der ist erst seit knapp einem Jahr in der Gegend, zumindest als Chef der Bar in der Humboldtstraße.«

»Er muss vorher auch schon im Viertel unterwegs gewesen sein.«

»Mir ist er nicht aufgefallen; muss aber so sein, er war da, wie hätt sie ihn sonst kennenlernen sollen? Er war einer ihrer Stammkunden.«

»Seit wann? Was glaubst du?«

»Januar, Februar …«

Ich gab einen Seufzer von mir, nippte am Glas.

An der Kühlschrankseite hing ein Fotokalender; das Bild des aktuellen Monats zeigte ein verschneites Dorf mit Bergen im Hintergrund. Ins Gebirge sind wir nie gereist; ein paar Mal hatte Catrin einen Ausflug nach Tirol vorgeschlagen. Ich erklärte, mein Bedarf an bewaldetem Gestein mit Gipfelkreuzen und Almöhis sei seit meiner Kindheit in Ried restlos gedeckt.

Wir hätten hinfahren sollen.

Ich hätte nicht nein sagen dürfen.

Ich hätte ja sagen müssen, Catrin. Ja. Ja.

13

Nach einem langen Schweigen stieß ich mit meinem Glas gegen seins, das vor ihm auf dem Tisch stand. »Was für eine Situation für dich, du kommst nachts von der Arbeit und erfährst, dass deine Frau eine Affäre hatte.«

»Hatte. Hat. So eindeutig war das nicht.«

Sie hatte also gebeichtet, wie ich es seit gestern, seit meiner Auflistung der Hypothesen, und seit Jennifers Bericht von heute Morgen vermutet hatte.

»Habt ihr lange geredet am Sonntag?«

»Hab's versucht; sie ist dauernd aufs Klo. Was habt ihr in dem Lokal gegessen und getrunken? Das hab ich dich schon mal gefragt.«

»Kaffee, Kuchen, Wein«, sagte ich. »Alles in Maßen.«

Wieder nickte er und sah zum Fenster; keuchend, sein Rücken krumm wie ein Buckel. Der Regen schlug heftig gegen die Scheiben.

»Du hast geahnt, dass was nicht stimmt, länger als Sigrid und ich.«

Er ruckte mit der Schulter, sein Atem ging schwer; immer öfter nestelte er am Hemdkragen, als schnürte ihm der Stoff die Luft ab.

»Vielleicht«, sagte ich, »hättest du mit mir über deine Ahnungen reden sollen.«

»Du hättst sie sofort gewarnt.«

»Wovor hätte ich sie warnen sollen? Vor dir?«

Er gab keine Antwort. Allem Anschein nach fiel ihm nicht auf, wie gekrümmt er dasaß, die Ellbogen auf den Oberschenkeln, die Hände zwischen den Knien.

»Ich hätte dich nicht verraten. Ich hätte es geschafft, Catrin auf das Thema hinzulenken, ohne dich zu erwähnen, das wäre nicht schwer gewesen.«

»Du hättst das hingekriegt, das glaub ich dir.«

»Bist du in der Nacht handgreiflich geworden?«

Er schüttelte den Kopf.

Er drehte das Glas auf dem Tisch, starrte es an; ich wartete, bis er mich ansah. »Hast du den Mann zur Rede gestellt?«, fragte ich.

»Das bringt nichts; außerdem ist mir der Kerl egal.«

»Mir auch; um ihn geht's nicht.«

Es sah aus, als würde sein Kopf jeden Moment auf die Tischplatte sinken. Ich streckte die Hand nach der Flasche aus. »Willst du noch einen Schluck, Marco?«

Aus seinem Mund kam ein undefinierbarer Laut; ich goss einen Zentimeter ins Glas; er rührte es nicht an. Ab und zu schloss er kurz die Augen, während sich ein Röcheln, das mehr einem Röhren glich, seinem Hals entrang.

Erst jetzt bemerkte ich, dass er an der linken Hand nicht mehr seinen goldenen Ehering trug.

Es wurde Zeit.

Wir mussten bald aufbrechen, Catrin und ich.

»Möchtest du mir noch etwas sagen, Marco?«

Er schwieg.

Ich sah, wie er schwitzte; ich roch den Schweiß.

Ich beugte mich über den Tisch und legte meine Hand auf seinen Unterarm. »Du darfst mir alles sagen; wir sind allein hier; wir zwei und unsere Catrin, die du um Verzeihung bitten möchtest.«

Aus seinen Augen schossen Tränen; überschwemmten seine runden Wangen, rannen in seinen Mund.

»Möchtest du mir jetzt erzählen, was passiert ist?«

Er schwieg.

»Du hast behauptet, du hättest am Montagvormittag keine Zeit gehabt, eher zu Catrin zu gehen, weil du mit einer Einbruchsache und einer Schlägerei beschäftigt warst. Das hast du mir und dem Kollegen Greve erzählt. Er hat deine Aussage protokolliert. Er hat nichts nachgeprüft, er hat dir einfach geglaubt.«

»Wieso hätte er mir nicht glauben sollen?«

Hast du gehört, Catty, wieso hätte er ihm nicht glauben sollen? Wieso nicht?

»Wir sind Kollegen«, sagte er.

Sie sind Kollegen, Catty, sie sind Polizei, sie vertrauen einander, gnadenlos.

»Jennifer Odoki hat heute Benjamin Greve und deinen Dienststellenleiter kontaktiert. Du hast sie genauso belogen wie mich.«

14

Zuerst kramte er in seinen Hosentaschen nach einem Taschentuch; er fand keines, sah zur Spüle, zur Küchenrolle an der Halterung. Er stemmte die Hände auf den Tisch; etwas in seinem bulligen Körper klemmte; schnaufend verharrte er mit schiefen Schultern. Bevor er eine Entscheidung getroffen hatte, stand ich auf. Ich riss drei Blätter ab und hielt sie ihm hin. Er brabbelte ein Danke, wischte sich quer übers Gesicht, schnäuzte sich, stopfte das zerknüllte Papier in die Jackentasche.

Ich setzte mich wieder, ließ die Hand bei mir.

»Das wollt ich nicht, dass sie stirbt«, sagte er.

»Sprich weiter, Marco.«

»In der Früh um acht hab ich die Wohnung verlassen; sie lag im Bett und stöhnte und jammerte und wollt mit mir reden, über die Nacht davor, über das ganze Zeug. Ich hab geantwortet, dass ich das alles längst gewusst hab. Das stimmt nicht, Fariza. Ich hatte nur eine Ahnung. Ich konnt nichts beweisen und hab mir eingeredet, ich spinn und bild mir was ein. Catrin macht so was nicht. Wieso hat sie das gemacht?«

»Du hast die Wohnung verlassen, bist in die Inspektion in der Chiemgaustraße gefahren und dann noch einmal zurückgekommen.«

»Da war die Vernehmung der zwei Deppen, die in ein Wohnhaus in Fasangarten eingebrochen waren und fünfzigtausend Euro erbeutet hatten. Die haben alles sofort zugegeben, die Anfänger. Die Vernehmung hat keine Dreiviertelstunde gedauert. Ich bin raus aus der PI und hab gesagt, ich muss noch mal was überprüfen in dem Haus, wo der Einbruch war; niemand hat nachgefragt.« Schnaufend rieb er sich die nassen Augen.

»Und wenn jemand dich gesehen hätte? Eine Nachbarin, Frau Krug zum Beispiel?«

»Dann hätt ich kehrtgemacht, hätt was erfunden, dass ich was vergessen hab, simple Erklärung. Die Leute kennen mich. Niemand wär was zugestoßen.«

»Hat Catrin dich nicht erkannt?«

»Sie hat doch Schmerztabletten genommen. Sie lag immer noch im Bett, davon war ich ausgegangen. Ich hab die Tür aufgesperrt, bin durch die Diele geschlichen und hab sie da liegen sehen; sie hat geschlafen, geschnarcht; sie war halbnackt, die Decke war runtergerutscht; ich hab sie angeschaut und mir vorgestellt, was der Andere mit ihr macht und wie sie sich ihm hingegeben hat, von vorn und von hinten und von oben und von unten, und ich hab einfach zugehauen. Auf den Kopf, immer wieder. Sie ist nicht mehr aufgewacht. Ich glaub, die war schon nach dem ersten Hieb von mir bewusstlos. Wenn ich wo hinhau, bleibt wenig übrig. Ist meine Art; bin nicht stolz drauf.

Hab sie auf den Boden geworfen; hatte meine alten Wildlederhandschuhe an, mit denen hab ich sie mir vorgenommen. Ein Rausch. Aufhören war unmöglich, das schwör ich dir, Fariza. Tief in mir wollt ich das nicht, ich wollt nur, dass sie kapiert, was sie mir angetan hat, wie sie mich beleidigt und erniedrigt hat vor allen Leuten im Viertel.

Mich kennt jeder; ich bin der Bulle aus der Nachbarschaft, man schätzt meine Arbeit. Ich sorg für Ordnung und bin für jeden ansprechbar. Und dann kriegt ein Türke meine Frau in die Finger und verarscht mich.

Hab nicht stoppen können. Hab sie misshandelt, bis ich einen Ständer gekriegt hab. Da hab ich aufgehört. Da wollt ich plötzlich ganz schnell weg.«

»Wie lang warst du in der Wohnung, Marco?«

»Was hab ich getan, Fariza?«

»Wie lange hat es gedauert?«

»Weiß nicht mehr; zehn Minuten. Als ich wieder im Auto saß, war's fünf nach halb zwölf, das hab ich am Armaturenbrett gesehen.«

»Was hast du mit den Handschuhen gemacht?«

»In einem Container versenkt.«

»Dein Handy war mittags in der Dollmannstraße nicht eingeloggt, das fiel mir bei der Überprüfung der Daten auf.«

»Hab's in der Inspektion absichtlich vergessen.«

»Warst du nicht extrem aufgewühlt?«

Er nickte, griff nach seinem Glas; seine Hand zitterte zu stark. Verblüfft sah er mich an. Ich nahm sein Glas und hielt es ihm schräg vor den Mund; er zögerte. Dann streckte er das Kinn vor; ich neigte das Glas noch ein wenig; er schlürfte daran.

»Du bist verdammt nett«, sagte er.

»Hast du was getrunken, bevor du zum zweiten Mal das Haus betreten hast?«

»Ich wollt in ein Lokal gehen, gleich um die Ecke in der Humboldstraße, da kenn ich den Wirt; hab mich nicht getraut; dachte, das sieht nicht gut aus, wenn ein Polizeibeamter mittags um zwölf schon ein Bier trinkt, in aller Öffentlichkeit.«

»Dann bist du wieder in die Wohnung«, sagte ich.

»Ja.«

»Hättest du ihr in der Nacht nicht einfach eine Ohrfeige geben können, und ihr hättet euch wieder versöhnt?«

»Ich kann meine Frau nicht schlagen.«

Wir kehrten zum Schweigen zurück.

Das Fenster schepperte vom Regen.

Wie vorher lehnte ich den Kopf an die Wand. Ich sah Hagen an. Nach einer Weile erwiderte er meinen Blick, kühl, distanziert, gefasst. Seine Stimme klang rau.

»Du hast mich vergiftet mit deiner Nettigkeit«, sagte er. »Du bist eine Nettigkeitsmörderin; so hast du auch deinen alten Job wiedergekriegt.«

Danach brummte er nur noch vor sich hin; keine Silbe zu verstehen; ziemlich lang ging das so weiter.

Irgendwann stand ich auf. »Ich lass dich eine halbe Stunde allein. Pack deine Sachen zusammen, stell dich noch mal unter die Dusche, sei bereit für die Kollegen, die dich zur offiziellen Vernehmung abholen.«

Zum Abschied wuchtete er sich in die Höhe. Er streckte mir die Hand hin. Sprachlos standen wir uns in der Küche gegenüber, in schlechter Luft, beide im erschöpften Verlangen nach baldiger Erlösung aus der Gegenwart des Andern.

Vor mir her hatschte er zur Wohnungstür; er öffnete sie und starrte ins Treppenhaus. Zu sagen war nichts mehr.

Ich hatte die Treppe noch nicht erreicht, da hörte ich, wie er den Schlüssel zwei Mal im Schloss umdrehte.

Im prasselnden Regen ging ich ohne Eile durch die Dollmannstraße. Vor Catrins Kiosk, von dem der trostlose Tag alle Farben gewaschen hatte, blieb ich stehen. Leute hasteten an mir vorbei zum U-Bahn-Schacht.

15

Von zu Hause aus informierte ich Kriminaloberrätin Sandkorn über das Gespräch. Nur mit Mühe unterdrückte sie einen Wutausbruch wegen meines Alleingangs. Ich versprach, am nächsten Morgen im Kommissariat umfassend Bericht zu erstatten, möglichst in Gegenwart von Oberstaatsanwalt

Aberle. Auf diese Weise könnte er meine Aussagen mit denen des bis dahin ein weiteres Mal vernommenen Ehemanns von Catrin Hagen vergleichen.

Kurz vor Mitternacht rief Jennifer Odoki an.

I got two girls, One's in heaven and one's below, Oh, one I love with all my heart, And one I do not know …, sang Townes. Leiser ließ ich ihn weitersingen, während ich zuhörte.

»Wir mussten den Schlüsseldienst rufen«, sagte Jennifer. »Die Nachbarin meinte, du hättest einen Zweitschlüssel, aber dich durften wir natürlich nicht mit einbeziehen. Wir haben Sturm geklingelt, er hat nicht geöffnet. Den Schuss hat niemand gehört; er hatte sich ein Kissen an den Kopf gehalten. Er benutzte seine Dienstwaffe. Wie wir aus der PI 23 erfahren haben, nahm er die Waffe gewohnheitsmäßig mit nach Hause, das macht sonst keiner der Kollegen, sagt der Dienststellenleiter. Die Ermittlungen laufen noch; nichts deutet auf Fremdverschulden hin. Er hat einen Zettel hinterlassen.«

Sie machte eine Pause; vielleicht für Townes.

It's cold down on the bayou, they say, it's in your mind …

»Willst du wissen, was draufsteht?«, fragte Jennifer. Meine Antwort brauchte sie nicht abzuwarten. »›Ich habe meine Frau überfallen und misshandelt. An ihrem Tod trage ich allein die Schuld. Vor KOK Nasri habe ich ein Geständnis abgelegt. Ich bereue, was ich getan habe. Mein Leben ist verwirkt. Adios. Marc-André Hagen, Polizeihauptmeister.‹ Jetzt warten wir auf deinen Bericht, dann ist dieser Fall abgeschlossen, und du wirst schon morgen rehabilitiert, darauf wette ich. Fariza?«

In meinem Herzen kauerte ein Mädchen und winkte seiner besten Freundin, wie Ines ihrer Verbündeten Minni, auf einem fremden Planeten.

EPILOG

Nachts fiel Schnee; ich stand am Fenster, schaute ins weißgepunktete Dunkel und fragte mich, ob ich es schaffen würde, das Haus zu verlassen. Wohin ich gehen musste, hatte ich vergessen, ich wusste nur, mir lief die Zeit davon. Trotzdem schien ich keine Eile zu haben; ich sah den tänzelnden Flocken zu, sie erinnerten mich an Tage in der Kindheit, an denen mein Zimmer eine große Geborgenheit war und ich bloß da sein durfte und spielen und niemand nach mir rief und eine samtene Stille mich umgab, deren Segen ich erst Jahre später begriff.

Ich träumte, ich stand am Fenster, und es schneite, und ich dachte an mich als siebenjähriges Mädchen, das keinen Großvater mehr hatte, weil er zwei Tage vor Weihnachten gestorben und an Heiligabend beerdigt worden war. Die Sonne schien. Daran erinnerte ich mich im Traum, und meine Großmutter Marie, von der ich meinen zweiten Vornamen geerbt hatte, hielt meine Hand am offenen Grab und flüsterte: Die Liebe erträgt alles, glaubt alles, hofft alles, hält allem stand. Mama und Papa hielten sich ebenfalls an den Händen, was ich nie vorher gesehen hatte. Um uns herum standen mindestens hundert schwarz gekleidete Gestalten, von denen einige nach der Beerdigung an den reservierten Tischen im Gasthof Schneider sitzen würden, wo meine Großeltern früher als Kellner und Buffetfrau gearbeitet hatten.

Das alles fiel mir ein, als ich am Fenster stand im Traum und mich sorgte, ich könnte mein Ziel wegen des unaufhörlichen Schneefalls nicht erreichen.

Dann dachte ich, der Sonntag wäre ein guter Tag, wieder

mal meine Mutter anzurufen. Meine Gedanken glitten wie selbstverständlich vom Traum in den Wachzustand. Noch verwirrt vom lautlosen Ausharren am Fenster, dem Anblick des friedlichen Flockengetümmels und meiner Anwesenheit auf dem Friedhof unter tiefblauem Himmel – ich hatte ihn so deutlich vor Augen, als wäre ich in einem doppelt belichteten Traum unterwegs –, tastete ich nach dem Handy; es lag irgendwo unter meinem Bett.

Allerdings bräuchte ich vor dem Anruf im Kommissariat dringend einen Kaffee. Acht Uhr fünfundzwanzig auf dem Display.

Nachdem ich im Bad gewesen war – ohne meinen ausgeleierten, ausgewaschenen Schlafanzug aus- und vernünftige Klamotten anzuziehen –, schaltete ich die Kaffeemaschine ein und öffnete die Balkontür, um am neuen Tag zu schnuppern.

Die Türklingel schnarrte. Jemand klopfte – typisches Verhalten meiner Nachbarin Doris, der entweder zum zweihundertsten Mal der Kaffee ausgegangen war, oder einer ihrer »Liebhaber« hatte sich wieder dermaßen danebenbenommen, dass sie darüber reden musste; es waren Freier, aber sie wusste nicht, dass ich das wusste.

»Wer klopft?«, fragte ich trotzdem.

»Ich bin's.«

Eine dünne, männliche Stimme.

Ich drehte den Schlüssel und öffnete die Tür.

»Habe die Ehre.« Er stieß mich an der Schulter ins Zimmer zurück, schlug die Tür zu und sperrte ab. In der Hand hielt er die P7, an deren Lauf ein Schalldämpfer geschraubt war. »Hab's mir überlegt«, sagte Tim Gorden. »Der Verkehr in Weimar kann warten. Du hast meinen Vater gekillt, dafür musst du gradestehen. Knie dich hin.«

»Wie soll das gehen«, sagte ich. »Gradestehen und gleichzeitig knien?«

Er hob die Waffe, schloss die Hand um den Griff, um die Pistole zu entsichern – das vertraute, metallische Knacken des Schlagbolzenschlosses ließ mich zusammenzucken –, und drückte mir die Rundung des Schalldämpfers an die Stirn.

»Dann bleib einfach stehen und denk an was Erhabenes.«

Hinter mir auf dem Balkon hörte ich zwei Tauben gierig gurren.

Textzitat auf Seite 186: Marlen Haushofer, *Die Wand*, Ullstein Verlag, Berlin 1991.

Die Episode mit Tim Gorden nimmt Bezug auf den Roman *All die unbewohnten Zimmer*, Suhrkamp, 2019.